Henderson's Boys VI :
Tireurs d'élite

www.casterman.com

casterman
Cantersteen 47
1000 Bruxelles

Publié en Grande-Bretagne par Hodder Children's Books, sous le titre : *One Shot Kill*

ISBN : 978-2-203-09117-7
N° d'édition : L.10EJDN001443.N001

Achevé d'imprimer en juillet 2015, en Espagne.
Dépôt légal : septembre 2015 ; D.2015/0053/301
Déposé au ministère de la Justice, Paris (loi n° 49.956 du 16 juillet 1949
sur les publications destinées à la jeunesse).

Robert Muchamore

TIREURS D'ÉLITE

Traduit de l'anglais
par Antoine Pinchot

HENDERSON'S BOYS. 06

PREMIÈRE PARTIE

16 mai 1943 – 1er juin 1943

Au milieu de l'année 1943, la Seconde Guerre mondiale a tourné en faveur des Alliés. L'armée du Reich est défaite en Afrique et sur le front de l'Est. Les bombardiers britanniques et américains pilonnent sans relâche les villes allemandes.

Pourtant, Hitler croit toujours à la victoire. Il est convaincu que le pacte qui lie l'URSS aux États-Unis volera bientôt en éclats, et que ses nouvelles armes révolutionnaires lui permettront de renverser la situation.

CHAPITRE PREMIER

Le *Fat Patty* était un bombardier quadrimoteur B-17. Si son équipage était exclusivement composé d'Américains, il était placé sous commandement britannique, au sein d'un escadron de la Royal Air Force formé pour les opérations spéciales. Il avait pris les airs quatre heures plus tôt et filait vers les côtes françaises. Outre le pilote, le copilote et le navigateur qui occupaient le cockpit, l'appareil avait à son bord sept spécialistes chargés de l'équipement électronique et des tourelles de défense, ainsi que deux agents de renseignement qui s'apprêtaient à être parachutés en territoire occupé.

L'équipage du *Fat Patty* était composé de vieux briscards. À plusieurs reprises, ils avaient semé les chasseurs de nuit de la Luftwaffe[1] et bravé les défenses antiaériennes pour larguer des espions au fin fond de l'Allemagne ou des armes aux groupes de résistants d'Europe de l'Est.

1. Nom porté par l'armée de l'air allemande de 1935 à 1945.

À leurs yeux, cette intrusion dans le ciel français n'était qu'une mission de routine. Après le décollage, l'appareil avait survolé la Cornouailles puis décrit un arc au-dessus de l'Atlantique, où aucun appareil allemand n'osait plus s'aventurer. Les agents devaient être parachutés en pleine campagne, à quelques kilomètres de la ville portuaire de Lorient et de sa base de sous-marins fortifiée.

L'opérateur radio se prénommait Dale, mais ses compagnons l'appelaient « le vieux ». Il avait trente-cinq ans, soit dix de plus que le pilote. Les autres membres d'équipage étaient plus jeunes encore.

Dale frotta ses mains gantées, souleva l'un de ses écouteurs et se tourna vers la jeune fille accroupie derrière lui, son parachute serré contre la poitrine.

— On se les gèle, n'est-ce pas ? cria-t-il de façon à couvrir le vacarme produit par les moteurs. J'ai une Thermos de café, si tu as besoin de te réchauffer.

La cabine était plongée dans la pénombre. Seule la lumière produite par les cadrans du cockpit et les rayons de lune filtrant au travers des tourelles vitrées permettaient de s'orienter.

— Je préfère m'abstenir de boire, répondit Rosie Clarke en désignant un tube flexible relié au fuselage. Je ne vois pas comment je pourrais utiliser vos... toilettes avec un minimum de dignité.

— Je comprends, sourit Dale. Quel âge as-tu ? Dix-huit, dix-neuf ans ?

Née en Angleterre et élevée en France, Rosie n'avait pas encore fêté son dix-septième anniversaire. Elle se sentait flattée, mais redoutait qu'il ne s'agisse d'un piège qui se refermerait sur elle dès son retour au quartier général de CHERUB.

— Malheureusement, je ne peux pas répondre à cette question. Les règles de sécurité, vous savez ce que c'est.

Dale hocha la tête. Rompu aux manœuvres de largage, il ne se préoccupait guère du sort des agents qu'il conduisait en territoire ennemi, mais Rosie lui rappelait sa fille laissée au pays.

— D'où venez-vous ? demanda-t-elle.

— Du comté de Garfield, dans l'Utah. Je parie que tu n'en as jamais entendu parler.

Le bombardier se cabra brutalement, si bien que Rosie dut poser les mains sur le sol de la cabine pour ne pas basculer jambes par-dessus tête. Elle sentit son estomac se retourner. Jusqu'alors, le pilote était demeuré au-dessous de la couverture des radars allemands, mais il devait prendre de l'altitude afin de localiser la zone de saut.

Les membres d'un groupe de partisans locaux étaient censés activer une balise lumineuse alimentée par un générateur électrique dès qu'ils entendraient les moteurs du *Fat Patty*. Eugène, le coéquipier de Rosie, se courba en deux pour se glisser hors du cockpit.

Ce militant communiste de vingt et un ans avait été chargé par Charles Henderson, l'officier de commandement de Rosie, de coordonner les réseaux de

Résistance de la région de Lorient. Pendant deux ans, il avait recruté un grand nombre de partisans et les avait initiés aux techniques de sabotage et de renseignement dans le but de détruire la base de sous-marins fortifiée de Keroman.

Si Rosie flottait dans sa tenue de combat, celle d'Eugène semblait avoir été taillée sur mesure. Ses sourcils anguleux et ses cheveux gominés lui donnaient des airs de vampire de cinéma.

— Tout se passe comme prévu ? demanda Rosie.

— On attend plus que le signal lumineux, répondit Eugène. J'ai insisté pour observer le terrain depuis le cockpit. La dernière fois que j'ai sauté, le navigateur a confondu la balise avec un projecteur de la DCA allemande et j'ai dû marcher vingt kilomètres pour rejoindre mon objectif initial.

Eugène avait rejoint l'Angleterre pour rendre compte de son travail auprès de ses supérieurs, recevoir une formation aux techniques d'espionnage et s'accorder un peu de repos après deux années d'opérations clandestines en territoire occupé.

Rosie, elle, s'apprêtait à sauter pour la première fois depuis qu'elle avait obtenu sa qualification de parachutiste, deux ans plus tôt. Dès que le contact serait établi avec les membres du réseau d'Eugène, elle remplirait les fonctions d'opératrice radio et se chargerait de la formation des jeunes résistants.

Dale ôta ses écouteurs, quitta son siège et s'accroupit près d'une trappe aménagée dans le sol de la cabine.

Quelques secondes plus tard, une ampoule rouge placée à la verticale de l'ouverture s'alluma.

— Balise droit devant, lança le pilote dans l'intercom. Largage dans une minute.

Cette annonce provoqua un vif remue-ménage à l'arrière de l'appareil. Eugène et Rosie sanglèrent hâtivement leurs parachutes puis attachèrent à leurs cuisses les encombrants paquetages contenant leur équipement. L'artilleur de la mitrailleuse située dans le nez de l'appareil quitta son poste afin d'aider Dale à pousser dans le vide les caisses de ravitaillement destinées à la Résistance.

— Vingt secondes. Vent nord nord-est, cent vingt pieds minute.

Gagnée par la nausée, Rosie se tourna vers Eugène.

— Ça veut dire qu'on va se déporter vers la gauche ou vers la droite ?

— Légèrement vers la gauche. Approche, tu vas sauter la première.

Une ampoule verte illumina la cabine. Dale souleva la trappe rectangulaire à l'aide d'une corde. Un vent violent s'engouffra dans le fuselage puis l'appareil tout entier se mit à vibrer.

Eugène fixa la sangle du parachute de sa coéquipière à la ligne métallique qui courait au plafond de l'avion.

— En position ! ordonna Dale.

Stabilisé à deux cents mètres d'altitude, le bombardier volait à cent cinquante kilomètres à l'heure, à la limite du décrochage. À chaque seconde, il s'éloignait de quarante mètres de la zone de saut initiale.

Rosie s'assit au bord de la trappe, les jambes ballant au-dessus de l'abîme. En levant les yeux, elle surprit une expression anxieuse sur le visage de Dale. Eugène posa la main entre ses omoplates et la poussa dans le vide. Elle tomba comme une pierre pendant deux secondes. La sangle se tendit puis se détacha, libérant sa voile.

Le son rassurant de la soie claquant au vent parvint à ses oreilles. Si le pilote avait ordonné le largage à l'altitude prévue, il ne lui restait que quatorze secondes avant de toucher le sol. Elle distingua les contours d'une colline, mais chercha vainement du regard la balise lumineuse. Elle entendit le parachute d'Eugène se déployer au-dessus de sa tête, puis le craquement caractéristique des caisses rompant leur sangle. Une seconde plus tard, le *Fat Patty* vira lentement sur l'aile en direction de l'océan puis piqua vers le sol afin de se placer hors d'atteinte des radars.

Rosie compta à haute voix :

— Neuf Mississippi, dix Mississippi, onze Mississippi...

À cet instant, un faisceau de lumière croisa son regard. Elle resta éblouie quelques secondes, puis vit un bosquet se rapprocher à vitesse grand V. Au douzième Mississippi, elle tira sur une suspente et orienta sa trajectoire vers la droite.

Lorsqu'elle eut frôlé la cime des arbres, elle se trouva confrontée à une haute clôture de bois. La pointe de sa botte droite heurta l'obstacle mais elle effectua un roulé-boulé à quelques mètres de là.

Aussitôt deux torches se braquèrent dans sa direction, projetant son ombre démesurée sur les planches de l'enclos. Elle défit son harnais et rassembla hâtivement sa toile. Alors, elle entendit des mots prononcés en langue allemande.

Affolée, elle se laissa tomber sur les fesses et se tourna vers les hommes qui venaient à sa rencontre. Lorsqu'ils se trouvèrent à une dizaine de mètres de sa position, elle reconnut la silhouette de deux soldats casqués.

CHAPITRE DEUX

La Gestapo de Lorient avait établi son quartier général dans une grande villa confisquée à l'un des plus riches notables de la ville. L'Obersturmführer Huber était assis devant un petit bureau métallique, dans une salle d'interrogatoire aux murs nus. Une seconde table était réservée à la dactylographe chargée de consigner les confessions, mais il était une heure du matin, et aucune employée n'était disponible.

Vêtu d'un élégant complet gris, Huber accusait quelques kilos de trop. La chaîne en or de sa montre à gousset, fixée à l'un des boutons de son gilet, lui donnait des airs de dandy. Il étudiait ses ongles d'un air détaché lorsqu'un garde poussa une prisonnière dans la pièce. La fillette, d'une maigreur extrême, n'avait pas plus de quatorze ans. Elle ne portait qu'une culotte souillée et une veste d'homme tachée de sang dont les pans atteignaient ses genoux. Ses yeux étaient tuméfiés, son corps constellé de brûlures et d'ecchymoses.

— Édith Mercier, dit Huber lorsque le garde eut forcé la malheureuse à s'asseoir devant lui. Nous n'avons jamais eu le plaisir de nous rencontrer.

Édith brava le regard de l'officier. Son geôlier se tenait derrière elle, prêt à frapper. Elle n'avait jamais été conduite dans cette salle d'interrogatoire, mais elle était semblable à toutes les autres, avec son néon blafard vissé au plafond et sa forte odeur d'eau de Javel.

— Cette petite salope communiste m'a craché au visage, expliqua le garde. Ça lui a valu une bonne paire de baffes.

— Oh, Édith, feignit de s'indigner Huber. Édith ! Qu'est-ce que c'est que ces manières ? Tu ferais bien de te montrer plus respectueuse. C'est dans ton intérêt, crois-moi. Et pour commencer, je te prierai de répondre gentiment à quelques questions. Dès que j'aurai obtenu satisfaction, tu pourras te laver, je te trouverai de quoi manger et tu bénéficieras de conditions d'incarcération plus confortables.

La jeune fille le considéra en silence.

— D'où te vient ce caractère obstiné ? poursuivit l'officier. Tu n'es qu'une gamine, à la fin. Qui crois-tu impressionner ? Tu cours au-devant de graves ennuis, ma petite. Si tu tiens à en endurer davantage, libre à toi. Mais si tu préfères en rester là, il te suffit de me dire tout ce que tu sais sur la bande de terroristes à laquelle tu as prêté assistance.

Accablé par le mutisme d'Édith, Huber se tourna vers son subordonné et haussa un sourcil. Ce dernier la frappa violemment à l'arrière du crâne, si bien qu'elle fut propulsée en avant et se cogna le front contre la table.

— Encore, dit l'officier.

Édith encaissa un coup si violent qu'elle glissa de sa chaise et s'affala sur le carrelage. Le garde la força à se relever puis serra les mains autour de son cou.

— Qui est Alphonse Clément ? demanda Huber. Quand l'as-tu rencontré pour la dernière fois ?

Édith sentit le sang lui monter à la tête. Le garde lâcha prise, saisit son poignet et lui tordit le bras derrière le dos.

— Est-on vraiment obligés d'en arriver là ? soupira l'officier en secouant doucement la tête.

— Je ne sais pas de qui vous parlez ! cria Édith lorsque la douleur se fit insoutenable.

Huber sortit un carnet de sa poche et le posa sur le bureau.

— Nous l'avons trouvé sur toi le jour de ton arrestation.

— Je n'ai jamais vu cet objet de ma vie.

— Pourtant, cette liste codée a bien été rédigée de ta main. Nous savons que tu fais passer des messages pour Eugène Bernard, et de nombreux témoins affirment que tu rends régulièrement visite à Alphonse Clément au port de pêche.

— Ils mentent ! hurla Édith. Ce sont des traîtres !

Huber se pencha en avant.

— Tu vas me dire tout ce que tu sais, ou je te promets la nuit la plus longue de ton existence.

Édith éclata d'un rire sans joie.

— La dernière fois que j'ai été interrogée, votre collègue a prononcé la même menace, mot pour mot. Mais comme lui, vous n'obtiendrez rien de moi.

— Qui essayes-tu de protéger ? Je me suis occupé de plusieurs de tes amis, et ils n'ont pas mis longtemps à cracher le morceau. Pourquoi risquer ta vie pour sauver leur peau ?

Édith lâcha un grognement.

— Si vous en savez autant que vous le prétendez, pourquoi êtes-vous ici, en pleine nuit, à me bombarder de questions ?

Huber avait conduit d'innombrables interrogatoires. Il savait que la plupart des suspects ne résistaient pas plus de quelques minutes aux mauvais traitements. Seul un tiers d'entre eux parvenait à tenir un jour ou deux, de façon à permettre à un complice ou à un proche de disparaître dans la nature. Un prisonnier sur cinquante était capable de supporter les souffrances qu'Édith avait endurées.

— Tu n'appartiens pas réellement à la famille de Brigitte Mercier, n'est-ce pas ? demanda l'officier en faisant signe au garde de reculer vers la porte.

Édith savait que son tourmenteur avait changé de stratégie dans l'espoir de gagner sa confiance. Elle devait profiter de ce moment de répit pour récupérer.

Elle décida de jouer le jeu tout en prenant garde à rester concentrée et à ne pas lâcher d'information capitale.

— Je n'ai jamais connu mes parents, expliqua-t-elle. Mme Mercier m'a adoptée quand j'étais toute petite.

— Mais elle te forçait à travailler, n'est-ce pas ?

— Je m'occupais de l'écurie et je rendais quelques services aux filles de ses maisons de tolérance.

Huber hocha la tête avec une tristesse composée.

— C'était davantage une patronne qu'une mère, si je comprends bien. La vie n'a pas toujours été rose, n'est-ce pas ?

— C'était toujours mieux que l'orphelinat. Enfin, ça, c'était avant que vous ne la fassiez assassiner.

— Mme Mercier a été victime d'un malheureux accident cardiaque lors d'un interrogatoire de routine.

— Pas de chance. Elle seule aurait pu répondre aux questions qui vous préoccupent.

Malgré la rage qui l'habitait, Huber tenta une dernière fois d'amadouer sa prisonnière.

— Elle te forçait à dormir dans l'écurie, comme une bête.

Édith était ulcérée par ces insinuations visant à salir la mémoire de sa protectrice.

— Et je suppose que je vais vivre dans le luxe, maintenant que la Gestapo s'occupe de mon cas…

L'officier se frotta les yeux, puis s'accorda quelques instants de réflexion.

— Où sont passés les animaux dont tu t'occupais ?

Il venait de toucher un point sensible. Édith se refusait à repenser à cet événement. Elle sentit une boule grossir dans sa gorge.

— Mon petit doigt m'a dit que tu avais vécu un moment terrible, insista Huber. Tes chevaux adorés brûlés vifs lors d'un raid aérien *britannique*... Tu as dû être dévastée.

Il voyait juste. Ce drame avait affecté Édith plus qu'aucun autre, y compris la mort de Mme Mercier.

Pour le plus grand plaisir de l'officier, une larme roula sur la joue de la jeune fille.

— Faites-nous porter du café et une cuvette d'eau tiède, lança-t-il à l'adresse du garde. Cette enfant a besoin de faire un brin de toilette.

— Vraiment, monsieur? Méfiez-vous d'elle. Elle est prête à tout. Elle a mordu Thorwald au poignet, si profondément qu'on pouvait voir les tendons.

— Thorwald est un imbécile, répliqua Huber en se levant d'un bond. Édith n'est qu'une enfant, et je n'apprécie pas que vous contestiez mes ordres.

— Comme vous voudrez, monsieur, répondit le garde avant de claquer les talons et de quitter la pièce.

Huber contourna le bureau et posa une main sur l'épaule de sa victime.

— Je peux m'arranger pour te rendre la vie plus facile, dit-il. J'ai juste besoin d'un peu de grain à moudre.

Édith considéra le carnet posé sur la table.

— Tout ce qui se trouve là-dedans est rédigé dans un code très simple que m'a enseigné Eugène, dit-elle.

Huber était aux anges. Les jeunes agents de la Gestapo, comme Thorwald, considéraient qu'il avait fait son temps, mais aucun d'entre eux n'était jusqu'alors parvenu à faire craquer Édith. À ses yeux, son évocation de l'incendie qui avait ravagé les écuries relevait du pur génie.

Édith ouvrit le carnet.

— Les noms sont inscrits dans cette colonne. Ici se trouvent les adresses et les dates. Là, les lieux où nous nous sommes rencontrés et les détails du paiement.

— Tous les complices du réseau sont rémunérés ?

— Oui. Ils reçoivent de l'argent, mais aussi du chocolat et du café lorsque le ravitaillement le permet. Eugène estime qu'ils doivent être considérés comme des soldats de métier. Leur solde n'est pas très élevée, mais il pense que c'est un moyen de démontrer que les Anglais et les Américains sont conscients des risques qu'ils encourent.

— Comment fonctionne ce code ? demanda Huber.

— Il faut tracer une grille. Auriez-vous de quoi écrire ?

L'officier tira un stylo plume de la poche intérieure de sa veste, en dévissa le capuchon et le remit à Édith. D'une écriture minuscule, elle traça trois rangées de quatre lettres sur une page vierge.

— Ma main tremble, dit-elle. Thorwald m'a tordu les doigts.

— J'en suis navré, ma petite, soupira Huber en se penchant pour déchiffrer l'inscription.

V E F N
I L R C
V A A E

Il fronça les sourcils, puis eut l'idée de déchiffrer la grille de haut en bas.

Les mots *Vive la France*[2] se formèrent devant ses yeux. Le credo de la Résistance. Au moment précis où l'officier comprit qu'il s'était fait berner, Édith plongea la pointe du stylo plume dans son cou.

Elle n'avait jamais reçu d'entraînement au combat, mais Eugène lui avait prodigué quelques conseils théoriques. Conformément à ses enseignements, elle avait frappé à la jugulaire.

Lorsqu'elle retira le stylo, un jet de sang sous pression jaillit de la blessure. Huber essaya de crier, mais ses poumons étaient déjà engorgés. Il lâcha un gargouillis sinistre, tituba en arrière et s'effondra sur le bureau de la dactylographe.

Le quartier général de la Gestapo était placé sous bonne garde, mais Édith décida de tenter sa chance. Foulant pieds nus le sol inondé de sang, elle tourna la poignée de la porte et se retrouva nez à nez avec le garde encombré d'une cafetière et d'une cuvette d'eau claire.

Elle fonça tête baissée et bouscula son adversaire, qui lâcha les récipients. Elle ne put enchaîner que trois foulées dans le couloir avant qu'il ne la rattrape.

2. En français dans le texte. (NdT)

— Alerte ! cria-t-il.

Elle tenta de lui porter un coup de stylo, mais il intercepta aisément son poignet et le tordit de toutes ses forces jusqu'à ce qu'elle lâche prise. Enfin, il lui cogna violemment la tête contre un mur.

À l'instant où Édith s'effondrait sans connaissance, deux SS en uniforme dévalèrent l'escalier menant au rez-de-chaussée. Le garde déboula dans la salle d'interrogatoire et découvrit le corps sanglant de son supérieur.

— Il est mort ? demanda l'un des SS.

— Bon Dieu, est-ce que tu es aveugle ?

CHAPITRE TROIS

L'un des Allemands s'adressa à Rosie en français :

— Reste où tu es ! Lève *lentement* les mains au-dessus de la tête.

Mais elle se trouvait à une dizaine de mètres de ses adversaires et n'avait aucune intention de se rendre. Elle ôta les attaches qui retenaient le paquetage à sa combinaison, tira le petit pistolet automatique glissé dans l'une de ses bottes et lâcha deux balles au jugé en direction des soldats.

— Eugène ? cria-t-elle avant de se mettre à courir.

Les balles n'avaient pas atteint leur cible, mais les Allemands, saisis de stupeur, avaient battu en retraite derrière une meule de foin. En examinant les alentours, elle repéra facilement plusieurs toiles claires éparpillées dans le champ.

— Rosie, à terre ! hurla Eugène.

Ignorant où se trouvait son coéquipier, elle gravit maladroitement une butte herbeuse.

— À terre ! répéta Eugène.

Lorsqu'elle se décida à obéir à son injonction, il signala sa présence à l'orée du bois tout proche en lâchant une courte rafale de pistolet-mitrailleur.

— Qu'est-ce que c'est que ce foutoir ? s'étrangla-t-elle lorsqu'elle eut parcouru la dizaine de mètres qui la séparaient de son partenaire.

— Ils ont dû être informés de notre arrivée. Le vent nous a déportés de deux cents mètres. Si nous avions atteint notre objectif initial, nous aurions été encerclés.

À cette pensée, Rosie éprouva un sentiment de terreur rétrospective.

— Comment s'est passé ton atterrissage ? demanda Eugène.

— Mon pied a heurté une clôture, mais rien de bien méchant.

— Les Boches ont aperçu cinq parachutes. Avec un peu de chance, ils pensent avoir affaire à un commando au grand complet. Pour l'instant, je crois que la rafale les a un peu refroidis, mais nous devons quitter les lieux avant qu'ils n'essayent de nous prendre en tenaille.

Progressant jambes fléchies, Eugène ouvrit la voie. Il avait sanglé autour de son torse un grand sac à dos trouvé dans l'une des caisses de ravitaillement. Bientôt, les faisceaux de lumière se firent innombrables et des exclamations en allemand retentirent. Cependant, les soldats ne semblaient pas pressés de se frotter à cinq partisans armés de pistolets-mitrailleurs.

Lorsque les deux agents eurent parcouru quelques kilomètres en pleine campagne, ils firent halte derrière une grange pour reprendre leur souffle et se désaltérer.

— Tu peux continuer ? demanda Eugène.

— Je me sens en pleine forme, répondit Rosie en s'aspergeant le visage, penchée au-dessus d'un abreuvoir. Finalement, tout cet entraînement n'était pas complètement inutile.

— Plus aucun signe des Allemands, mais s'ils disposent de chiens pisteurs, ils retrouveront bientôt notre trace.

— Qu'est-ce qui a bien pu se passer ? Qu'est-ce qu'ils fichaient pile sur notre point de largage initial ?

Eugène haussa les épaules.

— Il s'agit peut-être d'un pur hasard, mais je redoute que la Gestapo n'ait infiltré mon organisation lorsque je me trouvais en Angleterre. Si c'est le cas, nos activités n'ont plus aucun secret pour l'ennemi.

— Mais pourquoi les Allemands n'ont-ils pas investi une zone plus vaste ? Ils ne semblent pas très bien organisés.

— Je suppose qu'ils surestiment la précision de nos largages. Ou peut-être l'un de mes gars a-t-il lâché une information légèrement erronée, pour nous donner une chance de leur filer entre les pattes.

— Je ne comprends pas... dit Rosie. Les membres du réseau n'ont jamais cessé de communiquer par radio.

— Les Boches ont pu capturer l'un de mes opérateurs et le retourner. Ce ne serait pas la première fois.

— Qu'allons-nous faire, à présent ?

— Nous devons rejoindre une cache disposant d'un émetteur radio avant le lever du jour.

— Ne risquons-nous pas de tomber dans une embuscade, si son existence a été dévoilée ?

Eugène secoua la tête.

— Aucun risque. C'est ma planque personnelle. Personne n'en connaît l'existence. Nous nous laverons, nous nous restaurerons puis nous nous accorderons un peu de repos. Ensuite, tu transmettras un message au quartier général afin d'expliquer ce qui vient de se passer. Tu leur demanderas de rechercher tout élément suspect dans les transmissions reçues depuis Lorient au cours des sept dernières semaines.

.:.

Lorsque Édith revint à elle, deux gardes la traînaient au bas d'un escalier. Des hurlements se faisaient entendre aux quatre coins du bâtiment, signe qu'elle n'avait pas perdu connaissance plus de quelques minutes.

— Je l'ai tué, ce salaud ? bredouilla-t-elle, incapable de redresser la tête.

Les hommes restèrent muets, mais l'un d'eux raffermit sa prise sur son bras. Malgré la douleur, Édith se réjouissait d'avoir semé la terreur et le chaos au sein de la Gestapo. Elle essaya d'entonner *Le Chant des partisans*, mais son crâne ballait violemment, et elle était incapable de contrôler les mouvements de sa mâchoire.

La porte d'une cellule grinça sur ses gonds. Elle s'effondra sur le béton nu, dans une flaque de liquide poisseux. Un seau incrusté d'excréments séchés était posé dans un angle.

– Tu seras pendue pour ce que tu as fait, gronda l'un des geôliers avant de claquer la porte, abandonnant Édith dans l'obscurité absolue.

– Vous m'auriez pendue de toute façon ! hurla-t-elle, comme dopée par la colère et la douleur. Au moins, je partirai heureuse d'avoir crevé une pourriture de nazi !

Elle essaya vainement de trouver une position confortable malgré les multiples contusions dont elle souffrait. Elle s'adossa à un mur, plia les genoux sous son menton puis plaça la veste sur ses jambes.

Elle était déterminée à ne pas pleurer, à ne pas offrir aux Allemands la satisfaction de l'entendre sangloter, mais dans ce cachot obscur, elle ne voyait plus rien, plus rien que la mort indigne à laquelle ses ennemis l'avaient condamnée.

CHAPITRE QUATRE

Après l'invasion de l'été 1940, les autorités allemandes avaient contraint des centaines de milliers de paysans français à fuir le littoral atlantique déclaré zone militaire. Trois ans plus tard, les fermes abandonnées tombaient en ruine et les champs avaient disparu sous les mauvaises herbes. Au grand dam de l'occupant, la campagne fourmillait désormais de cachettes où les partisans pouvaient trouver refuge ou entreposer vivres et matériel.

Eugène avait établi sa planque personnelle dans une minuscule fermette, à six kilomètres du centre de Lorient. Perchée sur une butte à bonne distance de la première route goudronnée, elle offrait une excellente visibilité dans toutes les directions.

Outre l'équipement contenu dans leur paquetage, les deux coéquipiers disposaient d'un émetteur radio, d'armes et de nourriture en boîte enterrée dans les champs environnants.

Rosie était impressionnée par le sang-froid affiché par Eugène depuis leur arrivée mouvementée sur le sol français, deux jours plus tôt. Il réglait méthodiquement chaque problème avec calme et détermination, guère plus ému que s'il étudiait une grille de mots croisés.

Ils avaient fait profil bas pendant vingt-quatre heures, ne quittant que rarement les deux pièces au sol de terre battue. Ils s'étaient simplement autorisé une brève excursion dans le pré voisin pour déterrer des boîtes de conserves et récupérer la radio dissimulée dans une grange.

Rosie avait transmis un bref message chiffré afin d'informer l'état-major des conditions de leur arrivée, et leur avait recommandé d'étudier les messages reçus depuis Lorient lors du séjour d'Eugène en Angleterre.

Le lendemain – c'était un lundi –, Eugène se mit en route avant le lever du jour. Estimant qu'il était trop risqué de s'aventurer dans le centre-ville, il avait dressé mentalement une liste de ses contacts dans les faubourgs et les villages environnants.

C'était pour la plupart de simples sympathisants, des hommes et des femmes qui se contentaient de fermer les yeux au moment opportun ou de rendre de menus services aux partisans les plus actifs.

Rosie demeura à la ferme afin de réceptionner les communications en provenance d'Angleterre. Ne sachant ni quand Eugène la rejoindrait, ni même s'il survivrait à son escapade en territoire ennemi, elle était folle d'inquiétude. Après avoir pris un petit déjeuner composé de pommes et de poires cueillies dans le verger, elle essaya de tuer le temps en feuilletant un exemplaire écorné du *Manifeste du parti communiste*.

Deux écoles de pensée s'opposaient au sein de la Résistance. Eugène et ses camarades communistes pensaient qu'une révolution prolétarienne balaierait l'Europe dès la chute de l'Allemagne nazie. Le capitaine Charles Henderson tenait les marxistes pour de parfaits idiots qui auraient mieux fait, comme lui, de visiter la Russie pour se faire une idée des conditions de vie sous le régime bolchevique.

Rosie ne s'était pas forgé de conviction, et la lecture du *Manifeste du parti communiste* ne répondait à aucune de ses interrogations. Elle en parcourut quelques pages sans qu'aucun concept ne pénètre son esprit.

À onze heures, elle commença à déployer l'antenne de la radio. Comme tous les opérateurs, elle avait appris par cœur les horaires des fenêtres de transmission et de réception des messages. Cette procédure sécurisée était si restrictive que certaines réponses à des questions cruciales mettaient deux jours pour parvenir aux équipes sur le terrain, voire davantage lorsque les transmissions étaient brouillées par les Allemands ou altérées par les conditions météorologiques défavorables.

Lorsque Rosie eut installé l'antenne dans le champ en jachère situé derrière la ferme, elle fit chauffer les lampes de la radio reliée à une batterie. À l'ouverture de la fenêtre de réception, elle s'assit devant l'appareil, un crayon et un carnet sur les genoux, puis posa une paire d'écouteurs sur ses oreilles.

Tout comme il est possible d'identifier un individu à son écriture, on peut distinguer un opérateur radio à sa cadence particulière lorsqu'il émet un message en code morse. Dès que les premiers signaux sonores se firent entendre, Rosie reconnut la signature de Joyce Slater.

Joyce, opératrice de l'Unité de recherche et d'espionnage B, était experte en déchiffrage et en analyse des transmissions. La veille, elle avait adressé un bref message indiquant qu'elle n'avait rien détecté de suspect dans les messages reçus de Lorient au cours des sept semaines écoulées, mais qu'un spécialiste avait été chargé de mener des investigations plus poussées.

L'émission dura quatre minutes. Le signal faiblit à deux reprises, si bien que Rosie manqua une courte chaîne de caractères, mais une telle défaillance n'avait rien d'exceptionnel. Après avoir replié l'antenne et éteint l'appareil de façon à épargner la batterie, elle s'assit à une table puis entreprit de décoder le message.

Les nouvelles n'étaient pas bonnes. Depuis le 9 mai, l'opérateur radio d'Eugène avait omis à trois reprises de faire figurer le code de sécurité composé de trois lettres qui garantissait l'authenticité des communications. Ce détail aurait dû immédiatement éveiller les soupçons, mais cet oubli avait été considéré comme une simple négligence.

À partir du 12, les messages comportaient tous le code d'authentification, mais Joyce était convaincue que quelqu'un s'efforçait d'imiter la cadence singulière de l'opérateur d'Eugène, allongeant exagérément points et tirets, si bien que certains mots s'imbriquaient les uns dans les autres.

Joyce en avait déduit que le chef opérateur radio du réseau de Lorient avait été arrêté aux alentours du 9 mai. Contraint par ses geôliers d'adresser des rapports mensongers, il avait essayé d'alerter le quartier général en omettant délibérément de faire figurer le code de sécurité. À partir du 12 mai, un opérateur allemand l'avait définitivement remplacé.

.:.

Eugène regagna la ferme en fin d'après-midi. Ce qu'il avait découvert au cours de son escapade confirmait le rapport de Joyce.

– Tout le monde est mort de trouille, dit-il en se laissant tomber sur une chaise, le regard noir et le visage secoué de tics. Les rares connaissances que j'ai croisées ont refusé de m'adresser la parole. J'ai dû les secouer gentiment pour obtenir des informations. Personne ne sait précisément ce qui s'est passé, mais la Gestapo devait avoir infiltré le réseau depuis des mois. Tous les camarades ont été arrêtés en une seule et même rafle. Mme Mercier est morte sous la torture vendredi dernier. Ils ont embarqué les filles de la lingerie, mes mécanos de la base de sous-marins, quelques messagers, mes opérateurs radio et les personnes occupant les deux dernières planques d'où ils avaient effectué leurs transmissions. Apparemment, seul Alphonse Clément a échappé à l'arrestation.

— Je suis navrée, soupira Rosie en posant une main sur l'épaule de son coéquipier. Veux-tu un verre de vin ? Ça t'aidera à te détendre.

Elle lui remit un gobelet émaillé dont il engloutit le contenu en trois gorgées.

— Plus d'une dizaine de personnes ont été exécutées. La plupart ont été pendues devant la gare de Lorient et abandonnées à la vue de tous.

Des larmes roulèrent sur ses joues.

— Une femme m'a craché au visage. Elle a dit que sa fille avait été violée avant d'être assassinée. Elle pense que je suis seul responsable.

— Tu n'as rien à te reprocher. Elle était bouleversée, voilà tout.

Eugène se tordit les mains puis éclata en sanglots.

— Lorsque la révolution ouvrière triomphera, nous nous souviendrons du sacrifice de ces patriotes.

Aux yeux de Rosie, ce recours à la propagande communiste sonnait terriblement faux.

— Est-il encore possible de reconstituer le réseau ? demanda-t-elle.

— Impossible. La Gestapo a arrêté tant de monde qu'il faudrait repartir de zéro. Et les gens ont tellement peur... Quoi qu'il en soit, mon rôle dans la Résistance s'achève ici. Les Boches possèdent mon signalement, peut-être même des photos de surveillance.

— Avez-vous une idée de l'identité de celui qui nous a trahis ?

— Est-ce que ça a la moindre importance, désormais ? Nous ne sommes ni le premier ni le dernier groupe à être démantelé.

— Dans ce cas, il ne nous reste plus qu'à quitter la région au plus vite. Nous allons rejoindre Paris et entrer en contact avec le réseau Lacoste. Ils nous confieront un objectif secondaire ou organiseront notre retour en Angleterre.

Eugène lâcha un soupir.

— J'ai toujours un contact, dit Eugène. Une Allemande en poste au quartier général de la Gestapo. Je n'ai jamais parlé d'elle à personne, de peur de la compromettre.

— Une Allemande ? s'étonna Rosie.

— Je l'ai rencontrée à l'époque où je travaillais dans les établissements de Mme Mercier. Elle a une cinquantaine d'années. Son mari était pilote dans la Luftwaffe. Il s'est tué en Pologne, au début de la guerre. Ses deux fils sont morts sur le front de l'Est. Elle n'éprouve aucune sympathie pour les nazis.

— Vous… vous avez une liaison ?

Eugène éclata de rire.

— Elle pourrait être ma mère. C'était juste une pauvre femme esseulée qui avait besoin de parler.

— Et elle connaît la nature de tes activités clandestines ?

— Au cours des premiers mois, je me suis contenté de lui soutirer discrètement des informations. À la mort de son second fils, elle a manifesté une telle haine envers le régime hitlérien que j'ai prudemment abordé la possibilité qu'elle puisse se mettre au service de la Résistance. Au début, j'ai craint qu'elle ne nous manipule, mais les détails qu'elle nous a communiqués se sont révélés d'un tel intérêt qu'il est exclu qu'elle ait joué un double jeu.

— Mais elle n'a rien fait pour empêcher les arrestations.

— Si elle en avait été informée, je suis convaincu qu'elle aurait trouvé un moyen de nous avertir. Lorsque je l'ai rencontrée, aujourd'hui, elle était sincèrement bouleversée. À propos, tu te souviens d'Édith ?

— Vaguement, répondit Rosie. La gamine maigrichonne qui vivait dans l'écurie de Mme Mercier ?

Eugène hocha la tête.

— D'après mes informations, la Gestapo a obtenu toutes les informations qu'elle désirait. Les prisonniers qui n'ont pas été pendus ont déjà été déportés. Seule Édith a résisté. Non seulement elle a enduré les pires souffrances pendant deux jours sans rien révéler à ses tortionnaires, mais elle a liquidé un officier en lui plantant un stylo plume dans la jugulaire.

Rosie esquissa un sourire.

— Il n'y a pas de quoi se réjouir, lâcha Eugène. Les Boches ont l'intention de faire un exemple. Ils veulent la pendre en public devant la gare, en même temps que les mères de deux garçons qui travaillaient pour moi à la base des sous-marins.

Rosie sentit sa gorge se serrer.

— Ces femmes ont-elles participé à des opérations de la Résistance ?

— Non, sauf si l'on considère qu'une mère qui prépare le repas de son fils commet un acte de sabotage. Les méthodes allemandes sont très efficaces. Même les résistants les plus convaincus rechignent à se battre lorsque la vie de leurs proches est en jeu.

— Y a-t-il un moyen d'empêcher ces exécutions ?

— Les mères sont retenues dans la prison de la ville, et il est inutile d'espérer les en délivrer. Mais mon amie a promis de se renseigner au sujet d'Édith. Et si une occasion se présente de la sauver, je suis déterminé à la saisir.

CHAPITRE CINQ

Plongée dans l'obscurité absolue, Édith avait perdu le fil du temps. Elle ignorait si ses geôliers la conduiraient une dernière fois en salle d'interrogatoire ou si elle serait exécutée sans autre forme de procès. Pendant deux jours, personne ne sembla se soucier de son existence. C'était à peine si, de temps à autre, une paire d'yeux apparaissait derrière le judas de la porte. Lorsque la soif commença à la tenailler, elle lécha les gouttes de condensation qui coulaient le long des murs.

Lorsque la lumière pénétra enfin dans la cellule, elle fut incapable de garder les yeux ouverts.

— Recule vers le fond, ordonna une femme.

La gardienne posa sur le sol une assiette contenant du pain de guerre et des pelures de pomme de terre qu'elle fit glisser d'un coup de pied vers l'intérieur de la pièce. Même si elle était à peine capable de se tenir debout, les membres de la Gestapo considéraient désormais Édith comme une détenue extrêmement dangereuse.

— Pourrais-je avoir à boire ? supplia-t-elle en vain avant de se résoudre à mastiquer les pelures.

Une heure plus tard, la porte pivota de nouveau sur ses gonds. Entre ses yeux mi-clos, Édith reconnut la silhouette de Thorwald, l'officier au visage rond qui avait conduit son premier interrogatoire. Il s'exprima d'une voix pâteuse qui trahissait un état d'éthylisme avancé.

— Il paraît que tu as soif ? dit-il.

Le garde qui l'accompagnait, un échalas au nez saillant, lâcha un ricanement enfantin.

— Je n'ai jamais pu voir Huber en peinture, poursuivit Thorwald. Je te dois des remerciements.

Sur ces mots, il brandit une lance d'incendie et en tira le levier. Frappée de plein fouet par un puissant jet glacé, Édith se recroquevilla dans un angle de la cellule. Malgré la douleur qu'elle éprouvait, elle eut la présence d'esprit de placer ses mains en coupe afin de récupérer un peu d'eau potable.

Lorsque Thorwald se fut lassé de ce divertissement, il dirigea le jet vers le seau, le renversa puis repoussa son contenu nauséabond en direction de sa victime. Enfin, il entra dans la pièce et posa le talon de sa botte sur la poitrine d'Édith.

— Je n'en ai pas terminé avec toi, dit-il. J'ai dû me faire recoudre le poignet, sale petite traînée !

Elle leva la tête et soutint son regard sans ciller.

— Vous brûlerez tous en enfer, dit-elle.

Thorwald éclata de rire.

— Je ne sais pas encore si tu seras fusillée ou pendue, mais je suis certain d'une chose, c'est que je ne manquerai le spectacle pour rien au monde.

.:.

Si Eugène s'était laissé déborder par ses sentiments après son retour à la ferme, il avait rapidement retrouvé sa contenance et s'était aussitôt attelé à l'élaboration d'une stratégie. Il proposa à Rosie de rompre leur association, car l'opération qu'il avait en tête comportait des risques considérables. En outre, il n'était pas motivé par des raisons strictement opérationnelles, mais par le désir de venir en aide à un membre méritant de son réseau.

— Pas question de me défiler, dit-elle. J'obéirai à tes ordres.

Le mardi soir, la température baissa sensiblement. Ne pouvant faire du feu dans la cheminée sous peine de trahir leur présence, ils étendirent leurs sacs de couchage sur le sol et se pelotonnèrent l'un contre l'autre dans l'obscurité. Rosie caressa doucement les doigts d'Eugène, puis ils finirent par se prendre la main. Elle attendit en vain qu'il l'embrasse, mais il avait bien d'autres choses en tête.

Selon les dispositions adoptées par la Gestapo, Édith et les deux mères de famille devaient être exécutées le samedi matin, jour de marché, ce qui offrait aux deux agents trois jours pour échafauder une opération digne de ce nom. Ils disposaient d'une importante quantité d'armes et d'explosifs, ainsi que d'une petite fortune en francs et en Reichsmarks destinée au paiement de la solde des partisans et au versement des pots-de-vin. À l'inverse, ils n'avaient ni moyen de transport ni contacts en mesure de les informer de l'évolution de la situation à Lorient.

Si les membres de la Gestapo possédaient le signalement d'Eugène, le visage de Rosie leur était inconnu. Armée de ses faux papiers en tous points semblables à des documents authentiques, elle rejoignit Lorient le mercredi matin, panier sous le bras, sous prétexte d'acheter des provisions.

Eugène l'avait chargée de recueillir des informations concernant la potence dressée par les autorités, de noter l'emplacement des postes de contrôle et d'étudier l'état de la chaussée entre la gare et le quartier général de la Gestapo.

Deux ans plus tôt, Rosie avait exercé les fonctions d'opérateur radio lors de la création du réseau. Pourtant, c'est à peine si elle reconnaissait les rues de Lorient. Au début de la guerre, les Alliés s'étaient refusés à bombarder la ville afin d'épargner la population, puis l'état-major avait fait de la base de sous-marins une cible prioritaire.

Dans l'année écoulée, les forces aériennes et britanniques avaient concentré leurs efforts sur la zone portuaire et largué plusieurs milliers de tonnes de bombes au cours de raids nocturnes d'une ampleur inédite.

La base fortifiée qui accueillait les sous-marins allemands disposait de murs de quatre mètres d'épaisseur capables d'encaisser l'impact des engins explosifs les plus dévastateurs.

Le quartier situé aux abords des docks, qui regroupait des bars et des restaurants, mais aussi les écuries où Édith avait vécu jusqu'à son arrestation, avait été pilonné à de nombreuses reprises avant d'être ravagé par une tempête de feu. Trois cents personnes avaient trouvé la mort au cours de la catastrophe. Il ne restait que des pans de murs noircis émergeant de débris calcinés.

Près du centre-ville, les rues offraient un spectacle moins dramatique, mais il n'y avait pas âme qui vive, signe que les civils restaient saisis d'épouvante. Devant la gare, Rosie, le cœur au bord des lèvres, trouva la potence où se balançaient les corps de trois résistants. À leur pied était exposée une banderole ornée de swastikas encadrant l'inscription : *Désobéissance = mort.*

Elle se joignit à la longue file d'attente qui s'était formée devant une boulangerie puis échangea quelques faux coupons de rationnement contre un quignon de pain rassis. Eugène lui avait indiqué l'adresse d'un boucher pratiquant le marché noir, mais elle trouva l'échoppe fermée. Une vieille dame aux épaules couvertes d'un châle lui apprit que l'homme était décédé, lui céda les quatre œufs qu'elle cachait au fond de ses poches puis disparut dans une ruelle. Estimant qu'elle avait rempli sa mission de reconnaissance, Rosie décida de rejoindre la cache.

— Alors comme ça, vous êtes blanchisseuse ? lui demanda le soldat de la Kriegsmarine[3] chargé de procéder aux contrôles d'identité à l'extrémité du pont. Une blanchisseuse aux ongles noirs...

Rosie se raidit. Elle avait négligé un détail capital, de ceux qui pouvaient entraîner la perte d'un agent négligent.

— C'est mon jour de congé, dit-elle. Ce matin, j'ai travaillé au jardin, chez ma mère.

Par chance, son charme avait agi sur le jeune homme. Il n'avait pas établi le lien entre la jeune fille qui se tenait devant lui et la parachutiste signalée par l'état-major.

— Ce soir, je serai au café de la poste à partir de sept heures, dit-il. J'aimerais beaucoup vous offrir un verre.

Rosie lâcha un gloussement lorsqu'il lui rendit ses papiers.

— Avec plaisir, roucoula-t-elle avant de s'engager sur le pont en prenant soin de ne pas accélérer le pas.

∴

La Résistance locale ayant été décapitée, les agents de la Gestapo de Lorient avaient passé une semaine tranquille. Depuis que Thorwald avait martyrisé Édith

---

3. Nom de la marine de guerre allemande sous le Troisième Reich.

à l'aide de la lance d'incendie, ils s'étaient convaincus qu'elle était désormais trop faible pour présenter le moindre danger. Chaque fois que l'ennui les gagnait, ils faisaient irruption dans sa cellule pour la frapper ou l'étrangler jusqu'à ce qu'elle perde connaissance.

Le samedi, à l'aube, Thorwald fit irruption dans son cachot. Alors qu'elle s'attendait à essuyer une énième pluie de coups, il lui remit un bol de lait puis déposa à ses pieds une robe de lin élimée et une paire de sabots dépareillés.

— Ces visites vont me manquer, Édith, dit-il. C'était tellement divertissant de t'avoir à ma disposition.

Édith sentit ses entrailles se serrer.

L'Allemand lui flanqua un coup de pied à l'arrière des genoux. Elle s'effondra sur le sol.

— Passe cette robe en vitesse avant que je ne perde patience ! aboya-t-il.

La jeune fille s'exécuta, boita vers le couloir puis, aveuglée par l'éclairage électrique, dut s'agripper à la rambarde pour gravir l'escalier.

Ses sabots claquèrent sur le sol de marbre du hall de la villa où l'état-major avait installé une armée de dactylographes. Ces dernières la considérèrent avec perplexité. Elles ne parvenaient pas à croire que cette fillette décharnée ait pu se rendre coupable du crime dont on l'accusait.

Édith traversa la pièce la tête haute puis descendit la volée de marches menant à la cour intérieure. Pour la première fois depuis dix jours, elle put enfin respirer un peu d'air frais. Thorwald signa un ordre de transfert et confia sa prisonnière aux bons soins du garde qui avait assisté à la mort de Huber. Ce dernier la fit monter à l'arrière d'un fourgon Renault.

— En route, lança le soldat à l'adresse de la femme qui tenait le volant avant de prendre place à côté de sa prisonnière.

Édith savait qu'on allait la conduire sur les lieux de son supplice. Depuis près d'une semaine, elle avait perdu tout espoir. Elle n'avait plus qu'un souhait : en finir au plus vite.

On ne l'avait pas informée de sa destination. Serait-elle passée par les armes dans la cour d'une prison ou pendue devant la gare de Lorient ? Tout bien pesé, elle espérait qu'on la mettrait à mort en public. Ainsi, en ses derniers instants, elle pourrait lancer quelque parole héroïque digne d'entrer dans l'histoire.

Au fond, elle ne croyait guère à cette hypothèse. La Gestapo ne disposant pas du contingent nécessaire pour canaliser une large foule, les autorités procédaient aux pendaisons au lever du jour puis ordonnaient que les corps restent suspendus à la potence, à la vue des civils.

C'était un petit matin ensoleillé, aube d'un été qu'elle ne connaîtrait jamais. Pour la première fois, elle put étudier ses bras et ses jambes blessés à la lumière du jour. Ce spectacle lui donna la nausée. La lymphe qui suintait de ses plaies formait des taches sombres sur sa robe de lin.

La veille, la ville avait subi un bombardement de faible ampleur, sans doute une opération de diversion destinée à attirer les chasseurs de nuit de la Luftwaffe à l'écart d'une cible majeure située sur le littoral. Cloîtrée au sous-sol de la Gestapo, Édith n'avait rien entendu.

La conductrice dut effectuer un crochet de plusieurs kilomètres pour contourner une rue encombrée par une montagne de gravats puis rouler au pas pour se glisser entre deux véhicules de pompiers stationnés devant un bâtiment en feu.

— Doublez, puis appuyez sur le champignon, gronda le garde.

— Je ne vais quand même pas rouler sur ces débris, répliqua sèchement la femme.

— Il était inutile de faire un tel détour !

Édith, qui ne maîtrisait que quelques rudiments d'allemand, ne saisit pas la teneur de cet échange. Lorsque la conductrice lança le fourgon dans une rue étroite bordée de maisons en ruines, le soldat se mit à hurler :

— Pas par là ! Ça ne mène nulle part. On dirait que vous essayez de nous faire perdre du temps !

La femme écrasa la pédale de freins, pivota vivement sur son siège puis fusilla son interlocuteur du regard.

— Très bien, grogna le garde, puisque c'est comme ça, je vais prendre le volant. Asseyez-vous à l'arrière, mais gardez un œil sur cette gamine. Ne vous fiez pas aux apparences, elle est capable du pire.

À l'instant où il se tournait pour saisir la poignée de la portière, la conductrice brandit un vieux revolver et lui tira froidement une balle dans la tête.

Des gouttes de sang mouchetèrent les bras d'Édith. Redoutant d'être abattue à son tour, elle lâcha un cri étouffé. Une jeune fille surgie d'une ruelle voisine ouvrit la porte arrière du fourgon.

— Je suis avec Eugène, expliqua-t-elle. Tu peux marcher ? Nous devons ficher le camp aussi vite que possible.

CHAPITRE SIX

Tandis que Rosie aidait Édith à s'extraire du véhicule, Eugène apparut devant le capot et s'efforça de rassurer la conductrice qui, le visage gris comme la cendre, tremblait de tous ses membres.

— Vous avez été héroïque, dit-il.

L'Allemande se pencha à la portière et lui remit le revolver.

— Descendez de là, la pressa Eugène.

À l'arrière du fourgon, Rosie resta saisie d'horreur à la vue d'Édith. La puanteur causée par ses plaies purulentes et son extrême état de saleté lui sauta aux narines. Elle l'aida à sortir du fourgon puis à se traîner jusqu'à une étroite allée pavée.

— Je me souviens de toi, bredouilla la petite rescapée.

Elle vit Rosie remuer les lèvres mais n'entendit pas un mot. Elle comprit que la détonation lui avait fait momentanément perdre l'audition.

— Tendez le bras gauche, lança Eugène à l'adresse de la conductrice. Il faut qu'on croie que vous avez essayé de protéger votre visage.

La femme s'exécuta.

— Dans quoi ai-je mis les pieds ? gémit-elle.

— Vous êtes prête ?

— Oui, continuez comme prévu. C'est le prix à payer pour convaincre mes collègues que je suis tombée dans une embuscade.

Eugène recula d'un pas puis tira une balle dans la main de l'Allemande. Cette dernière lâcha un cri perçant, pivota sur les talons puis s'effondra sur la chaussée.

— Mon Dieu, soupira Eugène avant de glisser le revolver dans sa ceinture et d'armer la mitraillette qu'il tenait en bandoulière.

— Édith est très faible, cria Rosie.

— Conduis-la à l'écart. Elle est légère comme une plume. Je la prendrai sur mon dos.

Les coups de feu n'ayant pu passer inaperçus, Eugène savait que les lieux seraient bientôt investis par les soldats allemands, mais il lui restait une tâche à accomplir : cribler de balles le véhicule afin que les enquêteurs soient convaincus qu'il était tombé dans une embuscade tendue par un grand nombre de résistants.

Il s'agenouilla près de l'Allemande, passa les mains sous ses épaules et la tira à l'écart du fourgon.

— Je suis désolé, dit-il. Dès qu'ils seront ici, ils appelleront une ambulance.

Un rictus tordit les lèvres de la femme. Elle avait perdu beaucoup de sang et redoutait de sombrer dans l'inconscience, mais Eugène avait visé une partie charnue entre le pouce et l'index. La balle avait traversé la main de part en part sans provoquer de lésions irréparables.

— Allez-vous-en, gémit-elle. Si vous êtes capturés, j'aurai fait tout cela en vain.

Eugène se planta devant le fourgon et ouvrit le feu. Une grêle de balles s'abattit sur la carrosserie, détruisit le bloc moteur, fit éclater les pneus et pulvérisa le pare-brise. Il contourna calmement l'épave afin de lâcher une rafale dans le corps sans vie du garde, puis il battit en retraite.

Il savait qu'Édith avait été maltraitée, mais son état de délabrement physique dépassait de très loin tout ce qu'il avait imaginé.

— Les Boches seront là dans quelques minutes, dit-il, la mine anxieuse, avant de confier la mitraillette à Rosie et de s'accroupir. Édith, grimpe sur mon dos et cramponne-toi à mes épaules.

Au moment où la fillette serra les bras autour du cou d'Eugène, Rosie activa les détonateurs plantés dans trois charges de plastic. Elle plaça la plus grosse d'entre elles sous le bas de caisse du fourgon. Si tout se déroulait comme prévu, elle pulvériserait les Allemands dépêchés sur les lieux de la fusillade.

La deuxième, un disque de la taille d'une pièce de monnaie, était configurée pour exploser deux heures plus tard. Rosie la plaça dans la poche du garde de façon à semer le chaos dans la morgue de la Gestapo.

Pour terminer, elle laissa tomber le troisième pain de plastic au milieu de la rue. Équipé d'un retardateur réglé sur cinq minutes, il était ficelé à une boîte en carton contenant une dizaine de cartouches. Le son provoqué par le dispositif persuaderait les Allemands que plusieurs tireurs se trouvaient toujours sur les lieux de l'attaque.

Eugène progressait jambes fléchies, Édith agrippée à son dos. Outre la mitraillette et son pistolet automatique, Rosie portait un sac rempli d'armes, d'explosifs et de munitions.

Ils suivaient un itinéraire soigneusement établi. Ils avaient parcouru quelques centaines de mètres quand la sirène d'un véhicule de police se fit entendre. Ils poussèrent une porte et s'abritèrent pendant quelques minutes dans un atelier de mécanique abandonné. Après avoir emprunté la sortie de service, ils escaladèrent les débris d'un bâtiment qui s'était effondré sur un véhicule de patrouille de la Luftwaffe au cours d'un bombardement aérien.

Une mère et son petit garçon se figèrent lorsqu'ils virent les trois résistants dévaler le monticule dans leur direction.

— Vous n'avez rien vu, madame, dit Eugène avec fermeté et courtoisie.

— Vive la France libre, ajouta Rosie avant de poser un doigt sur ses lèvres. Motus et bouche cousue !

La jeune femme hocha la tête, saisit la main de son fils et se remit en route d'un pas nerveux.

L'explosion de la charge reliée aux cartouches se fit entendre à plus d'un kilomètre. Eugène entraîna Rosie vers une ruelle jonchée d'ordures qui longeait un immeuble d'habitation.

Édith avait emprunté cette venelle à des centaines de reprises pour faire parvenir des messages aux membres du réseau. Aussi ne fut-elle pas surprise par la puanteur ambiante. Rosie, elle, réprima un haut-le-cœur. Eugène dévala six marches de béton, poussa une trappe rectangulaire et dévoila un puits étroit.

Il dut déposer Édith au bas de l'escalier pour descendre quatre échelons de métal rouillé menant à une galerie de briques au centre de laquelle s'écoulait un ruisseau pestilentiel.

— Je me sens enfin chez moi, plaisanta Édith avant de s'asseoir au bord de l'ouverture et de se laisser tomber dans les bras d'Eugène.

Rosie descendit prudemment le sac contenant l'équipement, se glissa dans le puits puis referma la trappe.

Lorsque Édith se fut à nouveau agrippée à son dos, Eugène alluma une lampe de poche puis ouvrit la voie. D'innombrables rats détalèrent à son approche. Le cœur au bord des lèvres, Rosie tenta vainement de se figurer le parfum des roses et l'odeur du pain frais.

— Il n'y en a plus pour très longtemps, dit Eugène, frappé par le visage décomposé de sa complice.

Mais Rosie n'était pas dupe. Il avait prononcé ces mots sur le ton faussement rassurant d'un dentiste s'apprêtant à faire souffrir mille morts à un patient.

À mesure que le trio poursuivait sa progression à contre-courant, Édith semblait gagnée par l'euphorie.

— Eugène, c'est moi qui ai suggéré que les membres du réseau empruntent les égouts pour se déplacer dans la ville, dit-elle. Vous vous souvenez ?

— Et d'abattre les murs de certaines caves, de façon à contourner les barrages allemands. Nous pouvions entrer dans un immeuble et reparaître à deux rues de là.

— On a eu chaud, certaines fois. Pas vrai, chef ?

Il y avait de la tendresse dans la façon dont Eugène et Édith évoquaient ces opérations clandestines. Bientôt, Rosie soupçonna cette dernière d'éprouver des sentiments amoureux pour son mentor. Quoi qu'il en soit, ils étaient unis par une estime réciproque.

À plusieurs reprises, ils remarquèrent de larges fissures provoquées par les bombardements dans la structure de la galerie. Leurs pas les menèrent à une section partiellement effondrée. Pour franchir l'obstacle, ils durent ramper dans un minuscule boyau, entre les débris et le plafond.

Ils accomplirent les deux cents derniers mètres de leur périple accroupis dans une portion circulaire particulièrement étroite puis émergèrent le long d'une digue pentue. Lorsqu'ils l'eurent gravie, ils débouchèrent sur un vaste terrain envahi par la végétation et sillonné par d'innombrables rails rouillés, à plus de deux kilomètres de leur point de départ.

Les lieux avaient fait office de dépôt ferroviaire jusqu'à l'invasion allemande. Depuis que Lorient et ses environs avaient été décrétés zone militaire, aucun train n'y avait circulé. La seule voie encore en activité menait à une cimenterie bâtie par l'occupant.

En dépit du filet de camouflage censé le rendre invisible depuis les airs, l'installation était clairement visible au-delà d'une zone boisée. Après s'être assuré que les lieux étaient déserts, Eugène franchit une dizaine de voies avant de s'immobiliser derrière un poste d'aiguillage abandonné.

– Pourquoi on s'arrête ? s'étonna Rosie.

Eugène aida Édith à s'asseoir puis agita les bras.

– Mes épaules sont engourdies, expliqua-t-il.

Rosie ployait sous le poids du sac. Elle envisagea de le déposer mais n'était pas certaine de pouvoir le soulever à nouveau. Préférant demeurer immobile, elle se désaltéra au goulot d'une gourde.

Elle profita de cette halte pour étudier les blessures d'Édith. Tous les agents de l'Unité de recherche et d'espionnage B étaient initiés au secourisme, mais Charles Henderson avait insisté pour que la seule fille de son organisation reçoive une formation d'infirmière.

Après un examen sommaire, elle estima que sa patiente souffrait d'un doigt cassé et de plusieurs fractures aux côtes, un diagnostic plutôt rassurant. Cependant, le processus de guérison serait ralenti par les innombrables coupures, brûlures et ecchymoses qui constellaient le corps de la malheureuse. Elle redoutait les effets engendrés par l'excursion dans les égouts sur ces blessures déjà gravement infectées.

Eugène s'empara de la gourde et but deux longues gorgées.

– Nous ne sommes plus très loin du haras de Mme Libert, dit-il.

CHAPITRE SEPT

Mme Libert avait reçu l'autorisation officielle de poursuivre ses activités dans la zone militaire de Lorient. En raison de la pénurie de carburant, les hauts gradés de la Luftwaffe plébiscitaient les chevaux dociles et endurants qui faisaient la réputation de son exploitation.

Amie de longue date de Mme Mercier, cette femme d'une soixantaine d'années connaissait bien Édith. Si elle ne faisait pas à proprement parler partie de la Résistance, elle avait donné de nombreux coups de pouce aux partisans, allant jusqu'à abriter un opérateur radio menacé par la Gestapo.

Eugène avait envisagé de l'informer par avance de la situation et de la prier de lui procurer des montures, mais le récent coup de filet opéré par les Allemands avait inspiré aux populations une telle épouvante qu'il avait préféré garder ses projets sous silence. Aussi se présenta-t-il à l'improviste, sa protégée cramponnée à son dos.

— Mon Dieu, Édith ! s'exclama Mme Libert. Dans quel état ils t'ont mise !

Lorsqu'elle aperçut la mitraillette suspendue à l'épaule de Rosie, elle blêmit puis esquissa un mouvement de recul.

— J'attends de la visite, bafouilla-t-elle. Des Allemands. Vous n'êtes pas en lieu sûr.

Eugène, qui s'attendait à une telle réaction, plaça un pied dans l'entrebâillement pour l'empêcher de lui claquer la porte au nez.

— Je regrette de devoir insister.

— Allez-vous-en, vous dis-je ! cria Mme Libert.

Réalisant que son visiteur n'avait nullement l'intention d'obtempérer, elle recula d'un pas pour le laisser entrer. Elle étouffa un cri à la vue des membres martyrisés et de la robe tachée de sang d'Édith.

— Il y a trois jours, quatre agents de la Gestapo ont investi la maison de mes voisins, dit-elle. Leur fils n'a que treize ans. Il est un peu simplet. Ils ont menacé de le castrer s'il ne dévoilait pas la cachette d'amis de la famille impliqués dans des opérations de sabotage.

— Je sais de quoi les Boches sont capables, dit Eugène. Nous traversons tous des moments difficiles. Je vous promets que nous n'abuserons pas de votre hospitalité.

— Vous êtes seule dans cette maison ? demanda Rosie. Employez-vous du personnel ?

— Juste un garçon d'écurie, mais c'est son jour de congé.

— Nous partirons à la tombée de la nuit, dit Eugène. Nous avons besoin de trois chevaux. Votre prix sera le mien. Dès que nous aurons quitté la région, vous n'entendrez plus parler de nous.

— Avez-vous une baignoire ? s'enquit Rosie.

— J'ai une grande bassine en fer-blanc, mais plus de charbon. J'ai essayé de couper du bois mais j'ai affreusement mal au dos, et mon employé est un paresseux qui ne mérite pas les gages que je lui verse.

Eugène esquissa un sourire puis fit jouer ses biceps.

— Mes bras sont à votre disposition, dit-il. Je fendrai autant de bûches qu'il vous plaira.

Mme Libert aida Rosie à baigner Édith puis lui fournit des bandages et de la teinture d'iode. Elle ignora souverainement Eugène, ne lui adressant pas un remerciement lorsqu'il décida de son propre chef de nourrir les chevaux.

Aux alentours de onze heures, elle conduisit ses visiteurs dans la chambre qui occupait le premier étage afin d'accueillir ses clients allemands. Les murs étaient ornés de photos de chevaux et de cocardes fanées remportées lors de concours hippiques.

Eugène s'accroupit près d'une fenêtre. Édith s'étendit sur le lit. Rosie sortit du sac une trousse de premiers soins, nettoya ses blessures et sutura les plaies les plus importantes à l'aide de fil stérile.

— Je pourrais le descendre sans difficulté, dit calmement Eugène en observant l'amiral de la Kriegsmarine qui, sous le regard de son chauffeur, éprouvait les qualités d'un cheval dans le paddock aménagé derrière la bâtisse.

Mme Libert observait la scène à quelque distance.

Rosie tamponna une profonde brûlure de cigare dans le dos d'Édith à l'aide d'une compresse imbibée de lotion désinfectante. La fillette lâcha une plainte discrète.

— Je n'en ai pas fini. Il va falloir être courageuse. Les plaies de tes jambes sont gravement infectées. Je vais devoir poser des points de suture.

— Je sais, répondit Édith, les joues baignées de larmes. Mais ça fait tellement mal...

Eugène ne quittait pas l'amiral des yeux. Excellent cavalier, ce dernier alterna diverses allures avant de mettre pied à terre et d'adresser un large sourire à Mme Libert.

— Ce cheval est l'un des meilleurs que j'aie jamais montés, lança-t-il. Je vous paierai le prix convenu, en Reichsmarks.

La femme l'invita à la suivre à l'intérieur de la maison.

— On dirait qu'elle entretient d'excellents rapports avec les Boches, dit Eugène, gagné par l'anxiété.

— Disons qu'elle a le sens des affaires, dit Rosie.

— Ses chevaux sont extraordinaires, confirma Édith. Si un jour je deviens riche, je m'offrirai le plus beau d'entre eux.

Elle se sentait faible et souffrait mille morts, mais elle était propre et rassasiée. Pour la première fois depuis qu'elle était tombée entre les griffes de la Gestapo, elle avait le sentiment d'appartenir au genre humain. Le simple fait de pouvoir respirer, alors qu'elle avait cru sa dernière heure arrivée, la remplissait d'allégresse.

— Je les entends parler dans la cuisine, juste en dessous, chuchota Eugène. Le plancher n'est pas bien épais. Pose ce flacon, Rosie. Si Édith crie, nous sommes perdus.

Au rez-de-chaussée, l'amiral comptait les billets à haute voix.

— C'est inutile, voyons, dit Mme Libert. Vous avez toute ma confiance. Lorsque je fais affaire avec la Gestapo, c'est une autre chanson. De vrais voyous ! Si vous saviez les prix qu'ils me forcent à accepter…

L'amiral éclata de rire.

— Ils n'ont aucune éducation. Nous n'aurions pas tous ces problèmes avec les saboteurs si le peuple français avait été traité décemment. Mais que voulez-vous ? Nous ne sommes pas maîtres des événements. Vous et moi aspirons à un monde plus policé.

Mme Libert lâcha un rire cristallin. Un instant plus tard, Eugène entendit le grondement lointain d'un moteur diesel.

— Un camion approche, chuchota-t-il.

Hélas, la chambre ne disposait pas de fenêtre orientée vers la façade de la maison.

— C'est peut-être un transport de chevaux, suggéra Rosie.

— Non, dit Édith. Les pauvres bêtes mourraient de peur dans un véhicule aussi bruyant.

Eugène s'empara de la mitraillette posée sur le paquetage et se planta près de la porte. Rosie sentit le rythme de son cœur s'accélérer.

— Comment les Boches ont-ils pu savoir que nous nous trouvions ici ? chuchota-t-elle.

— Nous ne le saurons sans doute jamais. Un civil nous a peut-être vus sortir des égouts. Ou nous mettre à couvert derrière le poste d'aiguillage. Ou progresser dans la gare de triage.

Rosie tira une robe du sac et la tendit à Édith.

— Habille-toi. J'ai peur que nous ne soyons obligés de fuir précipitamment.

À cet instant, on frappa à la porte principale. Depuis la fenêtre, Eugène vit deux SS en armes débouler près du haras.

— Ils bloquent toutes les issues, dit-il.

Sur ces mots, il passa la mitraillette à son épaule, dégaina son pistolet automatique et en libéra le cran de sûreté. Enfin, il confia le vieux revolver à Rosie.

— Reste avec Édith, dit-il. Ne descends pas avant d'en avoir reçu l'ordre.

Des éclats de voix se firent entendre au rez-de-chaussée. L'amiral manifestait son étonnement de voir un officier SS faire irruption dans la demeure.

— Que se passe-t-il, pour l'amour de Dieu ?

— Ceci est une opération de la Gestapo. Nous avons reçu l'ordre de perquisitionner cette propriété.

Ces mots achevèrent de convaincre Eugène et Rosie qu'ils étaient confrontés à un important détachement. Presque mécaniquement, ils mirent en œuvre un principe martelé par les instructeurs lors de leur formation d'agent d'infiltration : piégés au premier étage de la maison, il leur fallait passer à l'offensive sur-le-champ afin de bénéficier de l'effet de surprise.

Eugène jaillit de la chambre, se posta en haut de l'escalier et ouvrit le feu. L'amiral fut le premier à rouler sur le carrelage, puis une rafale faucha l'officier SS à l'instant où il tentait de quitter la maison.

Terrorisée, Mme Libert plaqua les mains sur ses oreilles puis se précipita vers la cuisine. Rosie prit position devant la fenêtre et ouvrit le feu. Le vieux revolver manquant de précision, une balle siffla au-dessus de la tête d'un SS qui courait vers la porte de service donnant sur la cuisine.

Le coup de feu affola le cheval. Dans sa fuite, il déséquilibra le chauffeur de l'amiral, qui le tenait par les rênes, et piétina le SS posté à ses côtés. Alertés par les détonations, deux autres soldats se précipitèrent sur les lieux.

Constatant que son arme déviait vers la gauche, Rosie ajusta son tir et enfonça la détente à deux reprises. La première balle atteignit le chauffeur en pleine tête. La seconde frappa le casque de l'homme qui détalait à ses côtés, lui faisant instantanément perdre connaissance.

Profitant du chaos général, Eugène progressa jusqu'à la porte principale et lâcha plusieurs rafales en direction de la Mercedes décapotable de l'amiral et du camion de la Gestapo stationnés devant la maison. Un soldat s'effondra. Ses deux camarades coururent se réfugier derrière la carcasse du second véhicule.

Ayant vidé son chargeur, Eugène battit en retraite dans le vestibule, détacha une grenade suspendue à sa ceinture puis la lança sous l'essieu du camion. Au même instant, une balle tirée depuis la cuisine siffla à ses oreilles. En se retournant, il aperçut le SS qui venait d'emprunter la porte de service. C'est le moment que choisit Mme Libert, qui s'était emparée d'un couteau à pain avant de se réfugier sous la table, pour jaillir de sa cachette.

— Sale Boche ! hurla-t-elle avant de plonger son arme dans le mollet de l'Allemand.

Sous l'effet de la souffrance, ce dernier pressa involontairement la détente. Eugène sentit une violente douleur au bassin, mais son cri fut couvert par la détonation de la grenade. Le souffle de l'explosion dispersa des éclats de métal dans toutes les directions, criblant les deux SS qui s'étaient abrités derrière le camion.

Au premier étage, Rosie tira sa dernière balle dans le torse du soldat qui venait d'être piétiné par le cheval. En dépit de son état de faiblesse, Édith renversa le paquetage puis fouilla parmi les effets dispersés sur le sol.

— Merci, dit Rosie en laissant tomber le revolver pour s'emparer des trois grenades et du pistolet automatique que lui tendait sa complice. Tiens-toi prête à décamper.

Le silence qui régnait désormais dans la bâtisse l'emplissait d'effroi.

— Eugène ? hurla-t-elle avant de quitter la chambre et de dévaler les marches menant au rez-de-chaussée.

Elle le trouva recroquevillé dans le vestibule, une jambe pliée selon un angle insolite. La balle avait pénétré dans sa fesse droite pour ressortir à proximité de son nombril, perforant sa vessie et projetant une partie de son intestin sur le mur. Une odeur écœurante se mêlait au parfum de la poudre. Lorsque Rosie s'accroupit à ses côtés, il tendit le bras en direction de la cuisine.

Le SS qui avait fait feu sur Eugène s'était effondré face contre terre. Avec une énergie peu commune pour une femme de son âge, Mme Libert tenta de le poignarder une seconde fois, mais le soldat roula sur le dos, intercepta son bras et retourna l'arme contre son assaillante.

Rosie hésitait à se servir de son pistolet, de crainte de toucher la pauvre femme, mais lorsque Mme Libert poussa un hurlement, elle se décida à enjamber le corps de l'amiral pour viser la tête du soldat. La balle, parfaitement ajustée, emporta une partie du crâne de sa victime. Saisi d'un ultime spasme, le SS planta involontairement le couteau dans le cou de la pauvre femme.

Un flot de sang jaillit de la gorge de Mme Libert. Rosie s'apprêtait à lui venir en aide lorsqu'une rafale lâchée depuis l'extérieur balaya le vestibule. Lorsqu'elle eut battu en retraite dans la cuisine, Eugène épaula maladroitement sa mitraillette et riposta par un feu nourri, fauchant deux hommes de la Gestapo qui progressaient vers la maison.

De nouveau, le silence se fit. Plus rien ne pouvant sauver Mme Libert, Rosie se précipita vers Eugène.

— Tirez-vous, gémit-il.

Elle essaya de déboutonner sa chemise pour étudier sa blessure, mais il la repoussa.

— Fiche le camp, je te dis. C'est terminé pour moi.

Sur ces mots, il porta une main tremblante à sa ceinture. Rosie comprit qu'il cherchait sa pilule L, qui contenait une dose mortelle de cyanure.

— Ils seraient foutus de me maintenir en vie, le temps de m'arracher des informations. Je préfère prendre les devants.

Rosie respira profondément puis s'adossa au mur, vidée de toute énergie. Malgré la scène de carnage qui s'offrait à ses yeux, elle était déterminée à ne pas céder à la panique et à demeurer concentrée.

Elle restait sur ses gardes. Le calme apparent ne signifiait pas que tous les ennemis avaient été mis hors de combat.

Elle jeta un œil vers la cage d'escalier et trouva Édith plantée sur le palier du premier.

— Attends-moi là-haut, je vais jeter un coup d'œil à l'extérieur, dit-elle.

Elle rebroussa chemin vers la cuisine et dépouilla l'Allemand qui avait tué Mme Libert de son fusil.

Elle le rechargea puis observa prudemment les environs du paddock. Dans les stalles de l'écurie, elle trouva les chevaux dans un extrême état de nervosité.

La monture de l'amiral avait pris la fuite, abattant une haie dans son affolement.

Le soldat qui avait reçu une balle dans le casque respirait toujours. Elle répugnait à ôter la vie d'un ennemi inconscient, mais elle redoutait qu'il ne reprenne ses esprits et ne disposait pas du temps nécessaire pour le ligoter.

Après lui avoir tiré une balle en plein cœur, Rosie fit le tour de la propriété en prenant soin de longer les murs, de crainte que des hommes de la Gestapo ne soient demeurés embusqués dans les fourrés alentours. Elle ne dénombra aucun survivant.

De retour dans le vestibule, elle trouva Eugène à l'agonie. Pâle comme un linge, il balbutia quelques paroles inintelligibles puis lâcha un râle lugubre. Ses yeux étaient braqués sur la pilule mortelle qui flottait entre ses jambes, dans une mare de sang, mais il était trop faible pour s'en emparer.

Rosie s'accroupit et ramassa la capsule de cyanure. Les larmes lui montèrent aux yeux.

— C'est vraiment ce que tu veux ? demanda-t-elle.

Eugène se contenta d'écarter les lèvres. Rosie plaça le poison sur l'une de ses molaires puis referma sèchement ses mâchoires.

— Je ne voulais pas... vous abandonner, soupira Eugène.

Enfin, son corps fut secoué d'un spasme, puis il lâcha son dernier soupir.

CHAPITRE HUIT

Rosie sentit la tête lui tourner. Au moins treize personnes, ennemis ou amis, avaient perdu la vie au cours des quatre minutes de folie qui venaient de s'écouler. Redoutant de perdre connaissance, elle s'efforça de faire le vide dans son esprit et se concentra sur la nécessité de venir en aide à Édith.

— Eugène est mort, annonça-t-elle. Comme je ne suis pas aussi forte que lui, je ne pourrai pas te porter bien loin.

Elle considéra les objets éparpillés sur le plancher de la chambre et choisit de ne garder que le strict nécessaire : trois grenades, le pistolet, la mitraillette, les papiers d'identité, sa trousse de premiers soins, le portefeuille contenant l'argent, les gourdes, les cartes et la boussole.

Rosie aida Édith à descendre l'escalier, la prit sur son dos, enjamba les corps qui jonchaient le sol du vestibule puis progressa jusqu'à l'écurie, la mitraillette d'Eugène en bandoulière.

Parvenue à l'entrée de la sellerie, elle se figea. Elle n'avait que peu d'expérience de l'équitation. Dans quel sens poser la selle ? À quel point fallait-il en serrer les sangles ? Quel animal choisir ? Devait-elle en prendre un ou deux ?

— Je ne sais pas trop comment m'y prendre, dit-elle. Tu crois que tu pourrais m'aider ?

Édith avait enfilé une paire de bottes en caoutchouc dénichée dans un placard du premier étage. Elles étaient un peu trop larges, mais elles lui permettaient de se déplacer à petits pas en dépit de ses pieds martyrisés. Elle entra dans l'écurie puis longea les stalles qui abritaient les animaux. Après les avoir caressés à tour de rôle, elle choisit ceux qui lui semblaient les plus dociles puis expliqua à Rosie comment les harnacher.

— Tu es certaine de pouvoir monter à cheval ? demanda cette dernière.

— J'ai bien réussi à me tenir sur le dos de ce pauvre Eugène.

Lorsque Rosie eut achevé les préparatifs, Édith exigea qu'elle lui procure une arme afin d'être en mesure d'assurer sa propre sécurité. À cet instant, le grondement d'un moteur parvint à leurs oreilles. Les Français n'étaient pas autorisés à se procurer de l'essence. À l'évidence, d'autres Allemands se dirigeaient vers le haras.

Après avoir aidé Édith à se hisser sur le dos de sa monture, elle se mit en selle à son tour. Des voix se firent entendre à l'avant de la maison. Elles devaient quitter les lieux au plus vite.

Rosie donna un léger coup de talon dans les flancs de sa monture.

— Hue, lança-t-elle.

L'animal demeura parfaitement immobile.

— Pas comme ça, chuchota Édith. Un peu plus aigu, et plus sèchement.

Rosie jeta un coup d'œil par-dessus son épaule, s'attendant à voir un commando SS se déployer autour du paddock, fusils brandis.

— Hue ! répéta-t-elle.

Cette fois, elle n'y alla pas de main morte. Indigné, son cheval se lança au galop, si bien qu'elle manqua de basculer jambes par-dessus tête.

— Tire un grand coup sur les rênes ! cria Édith, dont l'état semblait s'être beaucoup amélioré depuis qu'elle s'était mise en selle. Tu dois lui montrer que c'est toi qui commandes.

Rosie parvint à ralentir son allure. Édith se porta à sa hauteur puis les deux montures, rassurées par leurs présences respectives, se mirent à trotter tranquillement.

Tandis que le détachement allemand découvrait l'ampleur du carnage dans la maison et ses alentours, les deux jeunes filles disparurent derrière l'écurie, dévalèrent la hauteur où était perché le haras, puis s'engagèrent sur un sentier tracé à travers champs.

— Nous allons parcourir quelques kilomètres puis nous tâcherons de trouver une cachette avant la tombée de la nuit, dit Rosie en rangeant la mitraillette dans son sac.

Elle considéra d'un œil inquiet la tache rouge qui souillait l'arrière de la robe d'Édith, signe que l'une de ses blessures n'avait pas cessé de saigner.

— Je connais tous les chemins de la région, affirma cette dernière. On ferait mieux de ne pas traîner. Tu es prête à galoper ?

•:•

Elles chevauchèrent pendant une demi-heure en prenant soin de se tenir à l'écart des villages. Malgré cette précaution, elles croisèrent plusieurs attelages et durent passer à la hauteur d'un groupe de prisonniers qui entretenaient une route sous la surveillance de gendarmes français. Par chance, ces derniers ne disposaient d'aucun moyen de communication. Quand ils réaliseraient qu'ils avaient laissé filer les criminelles les plus recherchées de la région, les fuyardes se trouveraient à des kilomètres.

Lorsqu'elles aperçurent les premières fermes abandonnées de la zone évacuée, elles firent halte près d'un ruisseau. Rosie aida Édith à mettre pied à terre et constata qu'elle ruisselait de sueur. Tandis que leurs montures se désaltéraient, elles s'étendirent dans l'herbe.

Édith but à la gourde puis avala quelques quartiers de fruits, mais se plia aussitôt en deux pour vomir tripes et boyaux.

— Ça va aller, la rassura Rosie en tenant ses cheveux rassemblés sur la nuque.

— Je ne peux pas me permettre d'être malade maintenant, gémit Édith, les poings serrés. Je n'ai pas le droit.

Aux yeux de Rosie, cet état de faiblesse n'avait rien d'étonnant. La petite rescapée n'avait presque rien avalé pendant près d'une semaine. Elle était restée cloîtrée dans une cellule obscure, ses plaies au contact du sol souillé d'excréments. Sans doute souffrait-elle d'une infection qui s'étendait progressivement à tout son organisme.

— J'ai la tête qui tourne, dit Édith avant de fondre en sanglots. J'étais prête à mourir, tu sais. Vous n'auriez pas dû venir à mon secours.

Rosie resta muette. Au fond, elle partageait le point de vue de sa protégée. Eugène l'avait d'ailleurs mise en garde contre les risques que comportait l'opération. Si elle avait émis la moindre réserve, peut-être aurait-il renoncé à son projet, sauvant sa vie et celle de Mme Libert.

Tandis que la lumière du jour déclinait, elle épongea le front de sa camarade et lui donna régulièrement à boire. Édith finit par s'assoupir. Rosie se déchaussa puis s'assit sur la rive, les pieds dans l'eau. L'œil et l'oreille aux aguets, elle nettoya ses bottes et sa mitraillette ensanglantées, puis elle étudia la carte et les documents annotés de la main d'Eugène lors de la préparation de la mission. À la vue de ces inscriptions, elle sentit sa gorge se serrer.

Selon leur stratégie initiale, une fois à l'abri dans la maison de Mme Libert, ils auraient effectué des clichés d'Édith afin de confectionner des faux papiers, puis ils auraient quitté le haras à la tombée de la nuit. Ils auraient parcouru quinze kilomètres en pleine campagne jusqu'à la voie de chemin de fer menant à la centrale électrique de Moëlan-sur-Mer.

Si la guerre avait désorganisé la plupart des liaisons ferroviaires, un convoi acheminait chaque nuit la cargaison de charbon nécessaire au fonctionnement de l'installation. Sur le chemin du retour, le train ralentissait à hauteur d'un village baptisé Lisloc'h afin de gravir une pente raide, si bien qu'il était possible d'y embarquer clandestinement.

Le train aurait conduit Édith, Rosie et Eugène loin de la côte. À l'aube, munis de leurs faux papiers, ils auraient sauté du convoi puis trouvé un moyen de rejoindre Paris.

Mais les deux fugitives étaient désormais livrées à elles-mêmes. Édith ne disposait pas de documents d'identité, et son état de santé était si alarmant qu'il semblait impossible de la hisser à bord du train.

Les nerfs à vif, Rosie se força à avaler quelques fruits et un morceau de fromage.

— Réveille-toi, dit-elle en s'accroupissant auprès d'Édith.

La jeune malade reposait sur le ventre, la tête posée sur le sac contenant l'équipement. Constatant qu'elle demeurait sans réaction, Rosie la secoua doucement sans plus de résultat. Enfin, elle la saisit par les épaules et la fit rouler sur le dos.

— Si nous ne nous mettons pas en route immédiatement, nous allons manquer le train, dit-elle.

Alors, elle sentit une formidable bouffée de chaleur émaner du corps d'Édith. La jeune malade brûlait de fièvre. Sa robe était trempée de sueur. Rosie souleva l'une de ses paupières et l'examina à l'aide de sa lampe torche. La pupille réagit à la clarté, mais sa protégée resta sans connaissance.

Rosie prit son pouls et compta quatorze pulsations en six secondes soit près de deux fois le rythme cardiaque d'une personne bien portante. À cet instant, elle se sentit submergée par la responsabilité qui pesait sur ses épaules. Le ruissellement de la rivière lui semblait assourdissant. Tout autour d'elle, les arbres lui faisaient l'effet de fantômes s'apprêtant à les entraîner toutes deux dans l'au-delà.

CHAPITRE NEUF

Malgré l'obscurité, Rosie repéra la voie de chemin de fer qui filait au beau milieu d'une prairie. Elle avait abandonné l'un des chevaux et hissé sa camarade inconsciente à l'arrière de sa selle. Elle l'en fit descendre précautionneusement puis l'étendit derrière un buisson.

Aux alentours de minuit, les rails se mirent à vibrer. Quelques instants plus tard, elle vit apparaître les phares d'une motrice au sommet d'une colline toute proche. Tandis que les voitures formant le convoi glissaient sur la voie en forme de S, Rosie estima que sa vitesse s'élevait à une vingtaine de kilomètres à l'heure.

Jusqu'alors, elle s'était figuré des fourgons aux parois rectangulaires semblables à ceux du train électrique de son petit frère. Elle découvrit des tombereaux à ciel ouvert séparés par des plateformes métalliques. En dépit du vacarme produit par les boggies, une plainte parvint aux oreilles de Rosie.

— J'ai soif... gémit Édith.

Rosie se précipita vers le buisson et la fit boire au goulot d'une gourde.

— Tout ira bien, tu verras, dit-elle en lui caressant doucement les cheveux.

— Je vois des formes bizarres.

— C'est à cause de la fièvre. Il ne faut pas t'inquiéter.

Le convoi était interminable. Lorsque ses cinquante tombereaux chargés de charbon eurent défilé, Édith perdit à nouveau connaissance.

Eugène n'avait pas précisé à quelle heure le train, une fois sa cargaison déchargée à la centrale, emprunterait le chemin du retour. Rosie s'assit dans l'herbe, la tête d'Édith sur ses genoux.

Peu avant trois heures du matin, un grondement lointain se fit entendre puis le convoi, qui avait réduit sa vitesse de façon à aborder la montée, s'engagea au pas dans la prairie. Rosie jeta son sac sur une plate-forme puis, mobilisant toute son énergie, hissa Édith sur ses épaules.

Elle grimpa sur un marchepied puis s'agrippa fermement à l'échelle permettant d'accéder à l'intérieur du tombereau. Après avoir déposé sa protégée sur une plateforme, elle progressa prudemment vers la tête du train sur l'étroite corniche de métal qui longeait l'extérieur du wagon afin de récupérer son sac abandonné deux voitures plus loin. Au moment où elle s'apprêtait à rejoindre sa camarade, le train atteignit le sommet de la colline. Les vibrations et le bruit s'intensifièrent à mesure qu'il prenait de la vitesse. Encombrée par le paquetage, Rosie éprouvait les pires difficultés à conserver l'équilibre. Elle dut se cramponner pour ne pas être emportée par les branches qui battaient les flancs des tombereaux.

Lorsqu'elle parvint enfin à se porter à la hauteur d'Édith, elle constata que les trépidations l'avaient fait glisser de plusieurs centimètres, à tel point que sa tête ballait dans le vide.

— Eh bien, quelle aventure, lança une voix enfantine.

Rosie tressaillit à la vue d'une paire d'yeux qui la scrutaient depuis le sommet de l'échelle.

— Il vaut mieux éviter de passer à l'extérieur des bennes, expliqua le garçon qui se tenait au-dessus d'elle. Moi, je passe à l'intérieur.

Rosie porta une main à son pistolet.

— Qui es-tu ? cria-t-elle.

L'enfant afficha une expression terrifiée et se laissa tomber au fond du tombereau.

— Ne tire pas ! J'essaye juste de t'aider.

Rosie s'accorda quelques secondes de réflexion. Son interlocuteur semblait trop jeune pour constituer une menace, mais aussi pour se déplacer seul, en pleine nuit, à bord d'un convoi ferroviaire.

— Qu'est-ce que tu fiches ici ?

— Je chaparde un peu de charbon.

— Tu as des complices ?

— Non, je suis seul. As-tu l'intention de me tirer dessus ?

— Non, tu peux sortir de là. Mais je te conseille de te tenir tranquille, compris ?

À son grand étonnement, elle vit apparaître un garçon âgé d'une dizaine d'années dont la peau et les vêtements étaient intégralement maculés de poussière noire.

— Je t'ai vue monter, dit-il. Ne t'accroche jamais sur les côtés d'un train. Si nous étions passés sous un tunnel, tu aurais été écrabouillée.

Rosie hocha la tête. L'enfant se laissa tomber sur la plateforme. Il portait des haillons rapiécés et des bottes de cuir craquelé.

— Je m'appelle Justin, lança-t-il. Ton amie a l'air mal en point.

— Elle est très malade. Et toi, pourquoi en es-tu réduit à voler du charbon ?

— J'ai une mère et trois sœurs à nourrir. Sur le chemin du retour, il reste toujours quelques morceaux au fond des bennes. Je les cède au plus offrant. C'est comme ça que je gagne ma vie.

— À chacun ses petites combines, dit Rosie.

— Je peux te vendre un peu de charbon, si ça t'intéresse, dit Justin en se grattant le crâne. Je ne m'en sors pas trop mal, mais la poussière démange terriblement.

— Non, je n'ai pas besoin de charbon. Où vis-tu ?

— Quelque part, répondit le garçon. Contrairement à moi, tu ne t'es même pas présentée.

— Je m'appelle Rosie. Dis-moi, tu ne t'es jamais fait pincer ?

— Si, plein de fois. Le mécano et le garde me fichent la paix, mais quand les salauds de la police des chemins de fer me tombent dessus, ils me flanquent des coups.

— Pour quelques morceaux de charbon...

— Tunnel, lâcha Justin avant de prendre une profonde inspiration et d'enfouir son visage dans le revers de sa veste.

Un instant plus tard, Rosie se trouva plongée dans l'obscurité totale. La vapeur crachée par la locomotive se mit à tournoyer dans le passage, soulevant une tempête de poussière de charbon. Saisie d'une violente quinte de toux, elle commit l'erreur de porter ses mains souillées à ses yeux.

Lorsque le wagon émergea à l'air libre, Justin éclata de rire.

— Bloque toujours ta respiration avant d'entrer dans un tunnel. En fait, dès qu'on a pris le coup, c'est plutôt marrant.

Lorsqu'elle eut essuyé le visage d'Édith avec un pan de sa robe, Rosie s'accroupit à ses côtés.

— Elle est tombée de cheval ? demanda Justin en se baissant à son tour.

Rosie trouvait son interlocuteur beaucoup trop curieux à son goût.

— Quand comptes-tu descendre du train ? demanda-t-elle.

— Il faut la conduire auprès d'un docteur, dit le garçon.

— Je sais. Je ne suis pas aveugle.

— Tu portes une arme. Elle a des traces de fouet plein les bras et des brûlures de cigarettes au niveau du cou. Tu l'as enlevée, c'est ça ?

Rosie sentit la colère la gagner.

— Réponds à ma question, gronda-t-elle. Quand vas-tu descendre du train ?

Justin esquissa un sourire.

— Toi non plus, tu n'as pas répondu à ma question.

Rosie porta une main à la crosse de son pistolet.

— Je te rappelle que je suis armée et que tu ne l'es pas.

— Vu comme ça… répondit le garçon en s'asseyant jambes croisées sur la plateforme. Dans quelques minutes, le train s'arrêtera près d'un château d'eau. J'habite tout près de là.

— Sais-tu où je pourrais trouver un médecin ?

— Il faudrait que tu marches jusqu'au village.

— Mon amie ne possède pas de papiers d'identité. Y a-t-il des barrages allemands dans les environs ?

Justin se raidit. Son expression traduisait l'effroi et la confusion.

— Oh, tu as les Boches aux trousses ? Tunnel dans une seconde !

Cette fois, Rosie plaça une main sur le visage d'Édith avant de se couvrir le nez avec sa veste. Le tunnel franchi, elle devina, au fond d'une vallée, une bourgade plongée dans l'obscurité en vertu du couvre-feu imposé par les autorités allemandes.

— Je te donnerai dix francs si tu m'aides à trouver un docteur, dit-elle.

— Me crois-tu capable de profiter d'une personne souffrante ? demanda Justin, indigné.

— Et ton docteur ? Es-tu certain qu'on peut lui faire confiance ?

— Oui, je le crois. C'est elle qui m'a soigné, quand j'avais une oreille bouchée. Comme ma mère n'avait pas d'argent, elle lui a dit que ça pouvait attendre. Tu as déjà eu une oreille bouchée ? On t'injecte de l'eau sous pression. Ça fait un de ces boucans !

La légèreté et la vivacité de Justin mettaient du baume au cœur de Rosie, qui avait passé des heures terribles, assaillie par les pensées les plus noires, en la seule compagnie d'Édith. Elle lui remit une tablette de chocolat dénichée dans son paquetage.

— Laisse-le fondre dans ta bouche ou tu te briseras les dents, dit-elle.

Le visage du garçon s'illumina. Il déchira l'emballage à la hâte et mordit un angle de la tablette.

— Nom d'un chien, qu'est-ce que c'est dur ! s'esclaffa-t-il. Oh... tunnel !

CHAPITRE DIX

À l'exception de ces excursions nocturnes à bord du convoi de charbon, Justin ne s'était guère aventuré à plus de quelques kilomètres de son village.

— Où comptes-tu débarquer exactement ? demanda Rosie.

— Chez moi, à La Patte-d'Oie.

— Ça ne figure pas sur ma carte. Où est-ce ?

— Je ne sais pas trop. Tout ce que je peux te dire, c'est que les paysans vendent leurs produits au marché de Rennes.

Cette localité se trouvait hors de la zone militaire. Rosie se voyait offrir une chance inespérée d'entrer en contact avec un médecin qui, à en croire Justin, ne la dénoncerait pas à la Gestapo.

Peu avant le lever du soleil, le train quitta la voie menant à la centrale électrique pour rejoindre le réseau général. Avant d'avoir atteint une station qui aurait permis à Rosie de déterminer sa position avec précision, le train ralentit à proximité du château d'eau où le mécanicien avait prévu de remplir sa chaudière.

— Ne traînons pas, dit Justin. La police des transports effectue souvent des rondes à cet endroit. Descendez le remblai. Je vous rejoins en bas.

Tandis qu'un torrent d'eau déferlait dans la chaudière de la motrice, vingt wagons plus loin, Justin sauta dans la benne puis lança sur le bas-côté deux sacs en toile de jute remplis d'éclats de charbon. Rosie jeta son paquetage dans un taillis, hissa Édith sur ses épaules puis descendit de la plateforme.

Parvenue au pied du talus, elle tomba nez à nez avec deux petites filles. Ces dernières se saisirent des sacs de charbon et les tirèrent en direction du champ qui bordait la voie ferrée. Les poings posés sur les hanches, une troisième enfant âgée d'environ quatre ans observait avec intérêt le corps inerte d'Édith.

— Porte ça jusqu'à la maison avant que je ne te botte les fesses, lança Justin avant de laisser tomber un petit sac à ses pieds.

Consciente qu'il s'agissait d'une menace en l'air, la gamine lui tira la langue. Rosie et ses complices se dirigèrent vers une fermette délabrée située à l'entrée d'un village.

— Attendez-moi ! couina la plus jeune des trois sœurs.

— Tu nous ralentis, lança Justin. Je préfère t'abandonner.

— Je vais le dire à maman !

— Je m'en fiche pas mal.

Les enfants empilèrent les sacs à l'entrée de la masure. Un large trou dans la toiture illuminait un escalier de pierre tapissé de lichen.

— Installe ton amie dans le fauteuil, dit Justin à l'adresse de Rosie avant de se tourner vers la plus grande de ses sœurs, une fillette âgée de huit ans. Agnès, cours chercher le Dr Blanc.

— Dis-lui que ton frère est blessé, ajouta Rosie. Surtout, ne lui parle ni de moi ni de ma camarade.

— On ne les connaît même pas, fit observer Agnès en se tournant vers son frère. Crois-tu que maman serait d'accord ?

Justin fronça les sourcils puis désigna Édith.

— Si tu n'obéis pas, cette fille va mourir. Va trouver le docteur, je te dis. Son employée va sans doute essayer de t'en empêcher, mais ne te laisse pas faire. Mords-la si c'est nécessaire.

Tout en s'agenouillant pour délacer ses bottes, il demanda à Aimée, sa sœur cadette, d'aller chercher un seau d'eau. Enfin, il remercia Isabelle, la plus jeune, de l'avoir aidé à porter le charbon, puis il lui offrit un carré de chocolat.

— Laisse-le fondre sur la langue, dit-il. Et surtout, pas un mot à tes sœurs.

Enfin, il essaya de déposer un baiser sur sa joue, mais la petite se déroba vivement.

— Tu vas me salir ! piailla-t-elle avant de s'accroupir près du fauteuil où reposait Édith et de fourrer le chocolat dans sa bouche.

— Votre mère travaille ? demanda Rosie.

— Il y a une garnison allemande pas loin d'ici, répondit le garçon, l'air un peu gêné. Elle fait le ménage et nettoie leur linge, mais elle ne les porte pas dans son cœur.

— Elle les traite tout le temps de cochons, gloussa Isabelle.

— Je t'ai dit cent fois de ne pas répéter ces choses-là, gronda son grand frère. Si on t'entendait, maman pourrait avoir de gros ennuis.

Aimée posa un seau aux pieds de Justin.

— Les demoiselles d'abord, dit-il en désignant Rosie.

Aimée posa une main sur sa bouche et lâcha un éclat de rire.

— Te voilà devenu poli à présent ? En voilà, une nouveauté !

— J'ai toujours été très bien élevé, protesta Justin.

— Tu ne nous as jamais servi du *les demoiselles d'abord*, que je sache.

— Parce que vous n'êtes pas des demoiselles. Tiens, rends-toi utile et coupe-nous quelques tranches de pain.

— Tu me prends vraiment pour ta bonne, lâcha Aimée avant de disparaître dans la cuisine.

Rosie, qui avait confié à Édith son unique robe, dut conserver son pantalon de l'armée britannique après s'être passé un chiffon humide sur le corps. Cette toilette sommaire achevée, elle humecta le visage de sa protégée.

Justin, qui s'était changé, accueillit le Dr Blanc sur le seuil de la porte. C'était une femme imposante, à la poitrine large et au nez légèrement couperosé. Constatant que son hôte était en parfaite santé, elle émit un grognement de mécontentement, mais se ravisa dès qu'elle aperçut Édith.

— Depuis quand est-elle fiévreuse ? s'enquit-elle en débarrassant hâtivement la jeune malade de sa robe.

— Depuis hier après-midi, répondit Rosie.

— Mon Dieu, on a dû s'acharner contre elle pendant des jours... Mais ses plaies ont été correctement soignées.

Rosie hocha la tête et esquissa un sourire.

— J'ai suivi une formation d'infirmière.

— Parfait, dans ce cas, vous allez pouvoir m'aider. Nous devons l'installer par terre, sur le ventre. Elle a beaucoup de fièvre, mais elle a cessé de suer, ce qui signifie qu'elle est gravement déshydratée. Il me faut de l'eau fraîche, ainsi que du sel et du sucre, s'il vous en reste.

Tandis que Rosie étendait Édith sur le sol de terre battue, Justin poussa Isabelle hors de la pièce.

— Je veux regarder ! protesta la petite fille.

Le Dr Blanc s'agenouilla auprès de sa patiente puis sortit de sa sacoche une bouteille et un tube en caoutchouc. Justin apporta une boîte de gros sel trouvée dans la cuisine. Rosie piocha deux carrés de sucre dans la boîte en fer-blanc contenant ses rations de survie puis effectua un mélange savamment dosé.

— Tournez-vous, dit le médecin. Je vais devoir faire entrer ce tuyau… là où vous savez. Ce n'est pas très agréable, mais c'est le moyen le plus simple et le plus efficace de la réhydrater.

Profondément mal à l'aise, Justin recula jusqu'à un angle de la pièce. Agnès et Aimée rejoignirent leur petite sœur dans la chambre voisine.

— Va-t-elle s'en remettre ? demanda Rosie lorsque l'opération fut achevée.

— A-t-elle déjà eu des problèmes de santé ?

— Pas que je sache.

— Installez-la confortablement et passez-lui fréquemment de l'eau fraîche sur le corps. Compte tenu de la pénurie de médicaments, il n'y a rien que je puisse faire pour lutter contre l'infection. C'est à elle de se battre, désormais.

Sur ces mots, la femme rassembla son matériel et quitta la ferme. Rosie ne pouvant demeurer en tenue de combat, elle enfila une robe trouvée dans l'armoire de la mère des enfants. En échange, elle remit à Justin une somme qui permettrait à celle-ci d'acquérir deux toilettes au marché noir.

Au matin, alors qu'elle venait d'avaler un bol de chicorée et une tranche de pain noir, un attelage dépêché par le Dr Blanc s'immobilisa devant la demeure. Joseph, son fils, étendit Édith sur un lit de paille aménagé dans la charrette.

Compte tenu des circonstances, Rosie n'avait d'autre choix que de s'en remettre à de parfaits inconnus.

— Où va-t-on ? demanda-t-elle après s'être assise aux côtés de Joseph.

— Chez mon frère, répondit le jeune homme. La maison se trouve un peu à l'écart du village. Il y a trop de témoins, ici. Ce sont des gens bien, mais ils savent qu'une information livrée à la Gestapo pourrait hâter le retour d'un père ou d'un fils retenu en Allemagne. Mieux vaut ne pas les soumettre à la tentation.

— Mais ne risque-t-on pas de tomber sur un barrage ?

— Il faudrait que nous jouions de malchance. Nous n'avons pas vu un Boche depuis des mois.

— Justin a pourtant mentionné l'existence d'une garnison tout près d'ici.

— Je parlerais plutôt d'une maison de retraite, s'esclaffa Joseph. Il n'y a que des éclopés là-bas.

— Votre frère est docteur, lui aussi ?

— Dans l'armée de terre. Pour l'heure, il se trouve dans un camp de prisonniers. Quant à moi, je faisais ma médecine au Mans, mais la Gestapo a fermé l'école après un défilé de protestation contre l'invasion allemande. Maintenant, je vis dans la clandestinité, car je redoute d'être envoyé en Allemagne au titre du service du travail obligatoire.

– Mais je croyais que les médecins en étaient exemptés, fit observer Rosie tandis que l'attelage s'engageait dans un étroit sentier.

– Le problème, c'est que je ne suis pas encore diplômé. Et toi, qui es-tu ?

– Qui je suis ? répéta Rosie, sur la défensive.

Joseph éclata de rire.

– Je suis certain que tu as des choses passionnantes à raconter. Une fille qui saute d'un train mitraillette en bandoulière en traînant une complice portant des traces de torture, on ne voit pas ça tous les jours.

Rosie estima qu'il était vain de nier l'évidence.

– Je fais partie d'un réseau de résistance, dit-elle. Mais honnêtement, si j'étais vous, je ne chercherais pas à en savoir davantage.

CHAPITRE ONZE

Joseph Blanc vivait dans une grande maison de briques rouges appartenant à son frère aîné.

Privilège rare, la demeure disposait d'un chauffe-eau. Après avoir pris un bain, Rosie lava ses sous-vêtements. Elle garda son pistolet automatique à portée de main. Au cours de sa période d'instruction au travail d'infiltration, elle avait appris à se méfier de tout le monde et à ne pas se fier aux apparences. On l'avait en particulier mise en garde contre les étrangers qui lui prêteraient assistance sans raison objective.

Cependant, elle se réjouissait de savoir Édith à l'abri, installée dans un lit douillet. Joseph répéta l'opération de réhydratation puis rafraîchit sa patiente à l'aide d'un gant de toilette. Hélas, il n'observa aucun signe d'amélioration.

Ces soins prodigués, Joseph fit cuire du poulet et des pommes de terre qu'il servit à son invitée accompagnés d'une bouteille de vin. Lorsque le Dr Blanc se présenta à la maison aux alentours de neuf heures du soir, elle les trouva en train de disputer une partie de dames, assis sur le tapis du salon.

— Nous quitterons la région dès qu'Édith sera remise, annonça Rosie en prenant place à la table où la femme médecin dévorait les restes de poulet. Mais comme elle ne dispose pas de faux papiers, je devrai d'abord me rendre à Paris afin de m'en procurer auprès de mes contacts.

— Si je comprends bien, vous souhaitez que votre amie demeure avec nous en votre absence ? demanda le Dr Blanc.

— Oui, et je partirai dès demain, si cela vous convient.

— J'ai déjà téléphoné à la gare pour obtenir les horaires de train, ajouta Joseph.

La femme hocha la tête.

— Je comprends, dit-elle. De toute façon, vous ne pourrez pas aider Édith en restant ici.

— J'espère être de retour dans deux ou trois jours, précisa Rosie. J'ai un peu d'argent, et je tiens à vous rémunérer pour les soins que vous lui apportez.

— Ne dites pas de sottises, jeune fille, répliqua le Dr Blanc avant de chuchoter sur un ton conspirateur. Vos camarades de la Résistance disposent-ils de solides appuis ?

— Ne le prenez pas mal, madame, mais il vaut mieux que vous en sachiez le moins possible. Il en va de votre sécurité.

— Je comprends. Mais j'ai deux bonnes raisons de vous poser cette question. Premièrement, j'ai besoin d'un médicament baptisé pénicilline. Il est impossible de s'en procurer dans la région, mais je suppose qu'il doit être disponible sur le marché noir parisien.

— Le médicament miracle ? demanda Rosie, qui avait entendu parler de cette découverte dans les magazines et les films d'actualité.

— Tout le monde en parle, mais personne n'en possède. Les Allemands en produisent une petite quantité, mais réservent ce stock aux hôpitaux militaires. Édith est au plus mal, mais il suffirait d'une seule fiole de pénicilline pour la sauver. Et voici la seconde raison pour laquelle je vous ai interrogée au sujet de vos amis partisans.

Le Dr Blanc ouvrit sa sacoche et en sortit un petit carnet gris. Rosie surprit une expression interdite sur le visage de Joseph, signe qu'il ignorait de quoi il retournait.

— Deux Allemands se sont présentés à ma porte, quelques jours après Pâques. Ils m'ont passé une cagoule puis m'ont fait monter dans leur voiture. Je pense que nous n'avons pas parcouru plus de quelques kilomètres. Nous avons débarqué en pleine forêt, puis nous sommes descendus dans un abri souterrain où était entreposée une énorme quantité de matériel militaire.

— Tu veux parler du vieil arsenal ? s'étonna Joseph.

Le Dr Blanc considéra son fils avec des yeux ronds.

— Tu connais cet endroit ?

— Quand on était petits, Frédéric et moi, on allait souvent jouer dans les bois. Ce dépôt date de la Grande

Guerre. On s'amusait à jeter des glands et des châtaignes à la sentinelle qui surveillait l'entrée.

Le Dr Blanc esquissa un sourire puis se tourna vers Rosie.

– Apparemment, mes garçons n'étaient pas aussi disciplinés qu'ils voulaient me le faire croire.

En feuilletant le carnet, Rosie découvrit des notes tracées d'une écriture minuscule, des équations et des dessins représentant des gyroscopes et des mécanismes d'horlogerie. Elle y trouva aussi des cartes où figurait une ligne pointillée évoquant la trajectoire d'un avion. Aux yeux de la jeune fille, ce document n'avait aucun sens.

– On m'a conduite auprès d'un patient qui venait d'attenter à ses jours, poursuivit le Dr Blanc. C'était un Français, fort bien éduqué. Par chance, comme la plupart des désespérés dont je me suis occupée au cours de ma carrière, il s'était taillé le poignet perpendiculairement aux veines et n'avait pas perdu beaucoup de sang. Il avait d'autres compatriotes à ses côtés. On n'y voyait pas grand-chose, mais j'ai la conviction qu'il s'agissait de chercheurs retenus contre leur gré dans un laboratoire secret.

– Comment vous êtes-vous procuré ce carnet ? demanda Rosie.

– Je suis restée plusieurs heures au chevet du patient. Lorsque j'ai demandé à me rendre aux toilettes, les Allemands ont affiché une certaine gêne, parce que les sanitaires étaient d'une saleté repoussante. Ils ont ordonné à un vieux prisonnier de les nettoyer. Lorsque je l'ai croisé dans le couloir, ce dernier m'a remis le carnet. Il a précisé qu'il avait beaucoup de valeur, que je devais le cacher au fond de ma sacoche et le remettre à la Résistance.

— Et pourtant, il est toujours en votre possession…

— La région est isolée. J'écoute Radio Londres, mais je n'ai jamais eu l'occasion d'entrer en contact avec des partisans.

Fasciné par les révélations de sa mère, Joseph resta muet. Rosie, elle, nourrissait quelques soupçons. Comme par hasard, la femme médecin qui lui avait permis de sauver sa complice se trouvait en possession d'un carnet dérobé dans un laboratoire secret. Cela semblait un peu gros.

Cette histoire sentait le piège à plein nez. Le Dr Blanc avait-elle accepté de livrer des informations à la Gestapo en échange de la libération de son fils aîné ?

En dépit de ses soupçons, Rosie n'avait d'autre choix que de jouer le jeu. Si le Dr Blanc était en cheville avec les autorités allemandes, la maison devait être placée sous surveillance. La Gestapo attendrait qu'elle morde à l'hameçon et se mette en relations avec son réseau pour opérer un vaste coup de filet.

— Je n'y comprends strictement rien, dit Rosie en étudiant les croquis figurant dans le carnet. Mais vous êtes tous les deux scientifiques. Ces équations doivent bien vous dire quelque chose.

Le Dr Blanc secoua la tête.

— De mon point de vue, ces notes n'ont ni queue ni tête. Je serais incapable de dire s'il s'agit des plans d'une arme secrète ou d'un coucou suisse. Tout ce que je sais, c'est que l'homme qui me les a remis semblait désespéré.

— Dès demain, je contacterai mon agent de liaison à Paris, dit Rosie. Le carnet n'est pas très encombrant. Mes supérieurs le remettront à une équipe de spécialistes qui se chargeront de l'étudier.

— J'espère qu'ils y trouveront des informations capitales, conclut le Dr Blanc en essuyant ses doigts boudinés dans la nappe. À présent, il est temps que je rende visite à notre patiente.

∴

Après avoir examiné Édith, le Dr Blanc estima que son état était stable. Lorsqu'elle eut quitté la maison aux alentours de vingt-trois heures, Rosie se retira dans une chambre aménagée au grenier. Lorsqu'elle se fut glissée entre les draps, elle étudia une nouvelle fois le carnet à la lueur d'une chandelle.

Si, comme elle le soupçonnait, elle avait affaire à un faux, ces soixante-douze pages de notes et de croquis avaient dû être fabriquées bien avant son arrivée en France. Et si la Gestapo envisageait de la filer jusqu'à Paris afin d'identifier ses contacts, pourquoi l'avoir appâtée avec ce document, propre à éveiller les soupçons de tout agent de renseignement ?

Peut-être le carnet était-il authentique, et ses hôtes des patriotes prêts à risquer leur vie pour aider la Résistance.

Rosie eut beau peser tous les éléments dont elle disposait, elle ne savait pas à quel saint se vouer. En désespoir de cause, elle décida d'envisager le pire et d'agir comme si des agents de la Gestapo avaient bel et bien reçu l'ordre de surveiller ses mouvements. Aussi choisit-elle de changer d'itinéraire et de précipiter son départ.

Après s'être habillée et avoir rassemblé ses affaires, elle déposa son sac dans le vestibule puis monta dans la chambre d'Édith. Joseph l'avait réhydratée et avait fréquemment modifié sa position afin d'éviter la formation d'escarres. Entièrement nue, elle reposait sur une alèse.

Malgré la fenêtre ouverte, le corps de la petite malade exhalait une puissante odeur de sueur. Rosie considéra son visage privé d'expression et sentit les larmes lui monter aux yeux. Elle redoutait qu'Édith ne rende son dernier soupir seule, ou ne gagne son combat contre la maladie que pour être livrée à ses bourreaux.

Après avoir chuchoté un *au revoir*, elle descendit à la cuisine où elle rédigea une note adressée à son hôte.

Joseph,
J'ai modifié mes projets pour raison de sécurité.
J'espère être bientôt de retour.
Je vous prie de veiller sur Édith, quoi qu'il arrive.
Rosie

Après avoir ramassé son sac dans l'entrée, elle enjamba une fenêtre latérale, foula un parterre planté de légumes, se hissa au sommet d'un muret puis se laissa tomber sur le chemin de terre qui longeait le champ voisin.

Rosie se retourna pour lancer un dernier regard à la fenêtre de la chambre d'Édith, étudia les alentours puis s'engagea dans le champ, du blé jusqu'aux genoux. Lorsqu'elle eut parcouru une cinquantaine de mètres, elle plongea à plat ventre et se mit à ramper dans une direction différente.

Après avoir progressé dans cette position pendant cinq minutes, elle déboucha sur la route qu'avait empruntée l'attelage quelques heures plus tôt, se redressa et se mit à courir. Aucun train de passagers ne circulait durant la nuit, mais elle comptait sauter dans un fourgon de marchandises pour Rennes puis, dès l'aube, embarquer à bord d'un autre convoi à destination de Paris.

CHAPITRE DOUZE

QUARTIER GÉNÉRAL DE CHERUB, TROIS JOURS PLUS TARD.

À cinq heures trente du matin, un motocycliste aux vêtements de cuir ruisselants de pluie s'immobilisa devant la barrière du poste de contrôle. Un soldat de l'US Air Force se glissa hors de la guérite.

— Sale temps pour tailler la route, dit-il.

— Je tourne dans le secteur depuis une heure, gronda le messager en étudiant l'uniforme de son interlocuteur. J'ai un colis à livrer au service de renseignement de la Royal Navy. J'imagine que je me suis encore trompé.

— Vous êtes à la bonne adresse, mais je dois vérifier votre laissez-passer.

Le motard ôta ses gants puis sortit de la poche intérieure de son blouson un document auquel le garde ne jeta qu'un bref coup d'œil.

— Continuez tout droit sur trois cents mètres, puis prenez la première à gauche. Vous apercevrez un ancien bâtiment scolaire. À cette heure, il faudra peut-être frapper aux carreaux pour réveiller ses occupants.

Le moteur émit quelques ratés, puis le messager s'élança sur la route tracée en pleine forêt. Parvenu à une fourche, il emprunta un sentier boueux puis mit pied à terre devant l'école. Alors qu'il s'apprêtait à gravir les marches du perron, il eut la surprise de voir une jolie jeune femme en uniforme de la Royal Navy approcher à bord d'un fauteuil roulant, indifférente à la pluie battante.

– Je crois que vous avez un paquet pour moi, monsieur, dit-elle.

Le messager fit tourner une clé dans le coffret métallique placé derrière la selle.

– Je suis chargé de le remettre en main propre au premier officier Slater.

– Vous lui parlez en ce moment même, répliqua Joyce Slater. Et le fait que je sois privée de l'usage de mes jambes ne vous dispense pas de me saluer.

– Je vous prie de me pardonner, madame, dit l'homme avant de claquer les talons et de porter une main à son front, mais je dois vous demander de me présenter votre accréditation.

Joyce se fichait royalement que les militaires de rang inférieur la saluent conformément à l'usage, mais elle détestait qu'on la juge à son fauteuil avant de compter les bandes sur ses épaulettes. Après avoir prouvé son identité, elle signa un reçu en échange d'un petit paquet de toile cirée.

— Voulez-vous que je vous conduise quelque part, madame ? demanda le motocycliste.

Joyce serra les mâchoires.

— Je suis parfaitement capable de me débrouiller toute seule, répondit-elle. Vous trouverez du thé chaud dans le bureau, sur votre droite. N'hésitez pas à prendre un peu de repos avant de vous remettre en route.

— Bien, madame, dit le messager avant de pousser la porte de l'école.

Joyce emprunta un sentier jusqu'à un hangar de tôle puis gravit la rampe de bois menant à l'entrée. Le troisième officier Elizabeth DeVere – que tous ses collègues appelaient Boo – était déjà à son poste.

Joyce contourna un émetteur radio aussi large qu'un buffet puis posa le paquet à l'extrémité d'une longue table de réunion.

— Avez-vous aperçu le capitaine Henderson ? demanda-t-elle.

— Il est debout, répondit Boo en essuyant le colis à l'aide d'un torchon. Il compte faire appel à deux agents pour procéder à l'étude du document.

Après avoir découpé l'enveloppe à l'aide d'une paire de ciseaux, elle découvrit un petit carnet gris comportant soixante-douze pages.

— Alors, vrai ou faux ? sourit Joyce en s'installant devant la table. Les paris sont ouverts…

•:•

Lorsque Charles Henderson fit irruption dans le dortoir, une cravache sous le bras, l'odeur exhalée par ses jeunes occupants lui sauta aux narines.

— Debout les morts, lança-t-il en secouant Marc Kilgour par les épaules. Arrêtez de vous tripoter et sautez dans vos vêtements en vitesse.

Il repoussa les couvertures du lit voisin, exposant le corps fluet de Paul, le petit frère de Rosie Clarke.

— Nom de Dieu… gémit ce dernier. Quelle heure est-il ?

À ses côtés, Marc s'étira puis bâilla à s'en décrocher la mâchoire.

Henderson se tourna vers PT et Joël, les deux autres occupants de la chambre.

— Vous deux, rendormez-vous. Vous faites peur à voir.

Marc et Paul enfilèrent une chemise, un pantalon et des bottes militaires avant de se ruer vers les toilettes collectives. Tandis qu'ils se vidaient la vessie, Henderson exposa brièvement la situation.

— Lorsqu'elle a rejoint Paris, il y a deux jours, Rosie était en possession d'un mystérieux carnet gris. Nous ne savons pas encore s'il s'agit d'un document d'une importance scientifique capitale ou d'un faux réalisé par la Gestapo. L'étude préliminaire réalisée en France penche en faveur de l'authenticité. Le carnet est passé clandestinement en Suisse par le train, dans une mallette à double-fond, puis a été rapatrié en Angleterre à bord d'un avion diplomatique qui s'est posé à Croydon peu après minuit. Il vient de nous être livré par un motocycliste de la RAF. Le premier officier Slater a été chargé de coordonner les travaux d'analyse.

Lorsque les garçons se furent rafraîchis devant les lavabos, Henderson les conduisit au rez-de-chaussée.

— Pour commencer, vous photographierez toutes les pages du document, vous développerez les pellicules et effectuerez huit tirages de chaque cliché. Le résultat devra être d'excellente qualité, et les mots parfaitement lisibles. Des questions ?

— Tout est clair, monsieur, dit Paul, enchanté d'échapper au footing et aux exercices matinaux. Avez-vous d'autres nouvelles de ma sœur ?

— Malheureusement, nous ne communiquons que par morse, ce qui limite considérablement la longueur des messages. Tout ce que nous savons, c'est que Rosie se trouve à Paris, et que les membres du réseau Lacoste veillent sur elle.

Dans l'entrée, ils trouvèrent un motocycliste aux vêtements détrempés qui buvait une tasse de thé en étudiant le vivarium placé près du radiateur. Marc se dirigea vers la porte du réfectoire.

— Eh, où est-ce que tu vas comme ça ? le réprimanda Henderson. Nous n'avons pas le temps de prendre le petit déjeuner.

— J'allais juste chercher un bidon d'eau chaude. Nous en aurons besoin pour développer les photos.

— Excellente initiative. Retrouve-nous au hangar radio.

Paul et Henderson parcoururent au pas de course la distance qui les séparait de la construction préfabriquée.

— Bonjour capitaine, lancèrent Joyce et Boo.

Elles avaient toutes deux été sélectionnées en raison de leur intelligence exceptionnelle. Joyce, diplômée en mathématiques de l'université de Cambridge, était l'une des meilleures spécialistes britanniques dans le domaine du déchiffrage. Boo, plus jeune, avait rejoint la Royal Navy dès sa sortie d'un pensionnat privé réservé aux jeunes filles de la haute société.

Elles s'étaient déjà plongées dans la lecture du carnet afin de se forger une première opinion.

— Alors, à quoi a-t-on affaire ? demanda Henderson.

— Nous sommes en train d'établir une liste des chercheurs cités dans ce texte, répondit Boo. Si ces hommes existent bel et bien, nous devrions retrouver leur trace dans des revues scientifiques françaises.

— Ce n'est pas ma spécialité, ajouta Joyce, mais je crois que ces schémas décrivent le fonctionnement d'un système de guidage équipé de gyroscopes magnétiques.

Henderson se pencha sur le document. Avant guerre, il avait mené de nombreuses missions d'espionnage industriel afin de s'emparer de secrets militaires pour le compte du Royaume-Uni.

— Si c'est bien ce que je pense…

Sans achever sa phrase, il s'empara du carnet.

— De quoi s'agit-il, capitaine ? demanda Joyce.

— Je sais que les Français travaillaient sur un missile à très longue portée, il y a quelques années, une sorte d'avion sans pilote équipé de tels gyroscopes.

Paul n'en croyait pas ses oreilles.

— C'est absurde. Comment un avion pourrait-il atteindre sa cible sans pilote pour le diriger ?

— Ça n'a rien d'absurde, répliqua Henderson en feuilletant le carnet. Il existe déjà des torpilles magnétiques conçues pour cibler les coques de navires et des dispositifs acoustiques attirés par le son des hélices. Pourquoi un missile ne pourrait-il pas être guidé vers un objectif au sol ?

Son regard se posa sur l'inscription *FZG-76* figurant en en-tête des notes de Joyce.

— Pourquoi as-tu relevé ce code ? s'étonna-t-il.

— Il m'a rappelé quelque chose. Je l'ai aperçu à plusieurs reprises dans des messages indéchiffrables que j'ai dû reconstituer. Ils concernaient un projet secret lié à des rampes de lancement au Danemark. Ce carnet concerne bien un objet volant, j'en suis maintenant convaincue.

À cet instant, Marc entra dans le hangar, chargé d'un sac contenant le matériel de développement photographique.

— Nous sommes en présence de notes et de croquis concernant une bombe téléguidée, résuma Joyce. Mais aucun de nous n'est assez qualifié pour estimer s'il s'agit d'un travail sérieux ou d'un projet voué à l'échec.

— Je vais contacter le ministère de l'Air et requérir l'aide d'un de leurs spécialistes. Les garçons, mettez-vous au travail. Je vais avoir besoin de ces tirages dans les plus brefs délais. Les filles, vous avez fait du bon boulot. Continuez à rassembler vos observations.

— Dès l'ouverture de la bibliothèque de l'université de Cambridge, j'appellerai Mavis Duckworthy, dit Boo. Elle conserve des exemplaires des principales revues scientifiques françaises. Elle pourra nous renseigner sur l'identité des savants cités dans le carnet.

— Nous devrons aussi étudier le bunker qui abrite le laboratoire secret où ils sont retenus, ajouta Henderson. Je me procurerai des photos aériennes de la région, et je me renseignerai auprès des volontaires de la France libre[4] et de la section française du SIS[5]. Qui sait, l'un d'eux pourrait détenir des informations concernant cette installation…

---

4. France libre : organisation de résistance basée à Londres. Fondée par Charles de Gaulle, elle rassemblait des volontaires ayant refusé de capituler face à l'armée allemande.
5. *Secret Intelligence Service* : nom officiel des services de renseignement britanniques, aujourd'hui connus sous la dénomination MI6.

CHAPITRE TREIZE

Les préparatifs du petit déjeuner furent interrompus afin de permettre à Paul, Marc et trois camarades de transformer la cuisine du campus en chambre noire. Aux alentours de dix heures, ils suspendirent plus de deux cents clichés de quarante centimètres sur trente à un fil tendu entre deux murs du gymnase.

Deux heures plus tard, un petit appareil du ministère de l'Air se posa sur la piste de l'US Air Force. Les jeunes agents reçurent l'ordre de débarrasser le plancher afin que deux experts, des frères répondant au nom de Hughes, puissent examiner les reproductions.

Visiblement contrariés d'avoir dû quitter leur bureau londonien pour échouer dans un coin perdu de la campagne anglaise, ils les étudièrent avec circonspection, s'abandonnèrent à un bref accès d'exaltation, puis commencèrent à se disputer au sujet de l'interprétation de l'un des schémas.

Henderson les rappela fermement à l'ordre.

— Messieurs, il s'agit d'une affaire de la plus haute importance. Nous devons savoir si nous avons affaire à un faux fabriqué par les Allemands ou à un authentique projet scientifique. Auriez-vous l'amabilité de vous concentrer sur cet objectif au lieu de vous chicaner sur des détails sans importance ?

— Ce carnet rassemble les découvertes d'un chercheur nommé Maurice Jaulin, expliqua le plus jeune des frères Hughes. Plusieurs croquis de sa main ont été publiés dans la revue *American Aeronautics*. Son trait est caractéristique.

— Pourrait-il avoir rédigé ces notes sous la contrainte ? Les Boches ont la fâcheuse habitude d'échafauder des plans élaborés destinés à orienter les services secrets ennemis vers de fausses pistes.

— Elles sont authentiques.

— Je confirme, lâcha l'aîné. Nous savons que les Allemands ont testé des bombes volantes sans pilote au-dessus de la Baltique. L'opération portait le nom de code FZG-76.

Le cadet désigna l'une des photographies.

— Regardez cette carte. On y voit les trajectoires d'une dizaine de missiles, leur objectif et leur point d'impact. Un peu plus loin figurent les résultats d'autres batteries de tests. Ils démontrent que la technologie de guidage est en très net progrès.

— La Résistance danoise a intercepté des signaux radio émis par les bombes volantes au cours de leur vol. Ils ont pu dresser des cartes comparables à celles-ci.

Mais ce carnet contient des précisions sur le système de guidage et sur les améliorations apportées au cours des essais. Figurent aussi des informations concernant le mode de propulsion et les rampes de lancement dont nous ignorions tout.

— Mais ce ne sont que des schémas, fit observer Henderson. Et si le résultat des expériences décrites dans ce carnet était délibérément faussé, afin de nous induire en erreur ?

Les frères Hughes secouèrent la tête de concert.

— À chaque page, on se dit : *Mon Dieu, comment n'y avons-nous pas pensé plus tôt ?* expliqua le cadet. Le schéma figurant page six décrit le procédé permettant à la bombe d'estimer la distance parcourue. Il suffit d'y jeter un coup d'œil pour en mesurer l'ingéniosité.

— Serons-nous autorisés à emporter ces clichés au ministère ? demanda l'aîné.

— Bien entendu, puisque vous disposez des accréditations nécessaires, répondit Henderson. Mais vous ne devrez en aucun cas révéler votre source. Il en va de la sécurité de mes agents sur le terrain.

Les frères Hughes détachèrent fébrilement un jeu de photos du fil à linge.

— Nous ne dormirons pas beaucoup dans les jours à venir, sourit l'un d'eux. Tout ceci est absolument renversant.

— Eh bien, il ne me reste plus qu'à vous souhaiter bon retour, annonça Henderson. Hélas, je ne peux pas vous tenir compagnie plus longtemps car j'ai des affaires urgentes à traiter.

Sur ces mots, il poussa la porte du gymnase et tomba nez à nez avec Paul et Marc, qui avaient espionné toute l'entrevue.

— Je vous félicite pour la qualité des clichés, dit Henderson tandis qu'ils marchaient vers le hangar radio. Il semblerait que les informations contenues dans le carnet soient authentiques. En fonction du programme des transmissions, nous informerons les membres du réseau Lacoste dès ce soir.

— Alors Rosie va pouvoir retourner chercher Édith ? demanda Marc.

— Si Édith est toujours de ce monde, répondit le capitaine sur un ton abrupt. Nous savons maintenant que des scientifiques français sont retenus dans un laboratoire souterrain et chargés de développer des armes secrètes sous la contrainte. À compter de cet instant, notre objectif prioritaire consiste à démanteler cette installation.

∴

La Résistance parisienne avait procuré à Rosie un studio situé au-dessus de la boutique d'un marchand de vin. La première nuit, elle y dormit comme une masse, mais dès le lendemain, des cauchemars entêtants vinrent la hanter. Le saut en parachute et la fusillade survenue au haras de Mme Libert avaient constitué deux expériences traumatisantes, mais les moments passés à transporter le corps inerte d'Édith pesaient encore davantage sur son moral.

Appliquant à la lettre les consignes qui lui avaient été transmises par les partisans, Rosie ne s'aventurait jamais dans la rue. Elle ne disposait pas de poste TSF[6] et devait se contenter des livres alignés sur une petite étagère. Chaque matin, un adolescent lui livrait de la nourriture et une bouteille de lait froid.

Au troisième soir de son séjour à Paris, alors qu'elle contemplait les rues désertes depuis la fenêtre du studio, elle vit deux Mercedes noires s'immobiliser devant l'immeuble. Les huit portières s'ouvrirent simultanément, puis un détachement composé de soldats SS et de policiers français déboula sur le pavé.

Rosie s'estimait heureuse d'être restée éveillée plus tard qu'à l'ordinaire. D'un coup de pied, elle détacha un morceau de plinthe, s'empara du pistolet compact qui y était dissimulé, le déposa sur le lit, passa une robe et chaussa une paire de sandales.

L'itinéraire de fuite préalablement établi exigeait qu'elle gravisse une volée de marches jusqu'au cinquième et dernier étage puis se hisse sur le toit. Des bruits de bottes résonnèrent dans l'escalier. Elle glissa l'arme dans un petit sac à main puis ouvrit la porte

6. TSF (transmission sans fil) : appellation désignant autrefois les postes de radio domestiques.

donnant sur le couloir. Alors, elle entendit des coups frappés à une porte, quelques étages plus bas.

Constatant que nul ne s'aventurait au-delà du deuxième palier, Rosie battit en retraite dans le studio. Des hurlements parvinrent à ses oreilles. Elle se posta près de la fenêtre et vit deux individus en sous-vêtements être traînés sur le trottoir.

Âgé d'environ dix-huit ans, le premier n'avait l'air ni d'un criminel ni d'un résistant aguerri. Rosie supposa qu'il s'agissait d'un réfractaire qui s'était caché pour échapper au service du travail obligatoire.

Le second prisonnier, un garçon plus jeune encore, était vêtu d'un caleçon long trop ample. Malgré sa petite taille, il se débattait comme un diable en poussant des cris perçants. Il parvint à porter un coup de poing à l'un des policiers qui s'escrimait à le faire entrer dans l'un des véhicules. Trois hommes le maîtrisèrent brutalement. Il reçut un coup de matraque sur le crâne qui l'étendit pour le compte.

– Salauds ! cria une femme depuis la fenêtre du deuxième étage. Lâchez-les, ce sont de bons garçons ! Vous n'êtes que des traîtres à votre patrie !

Le contenu d'un pot de chambre inonda le trottoir. Sourire aux lèvres, Rosie se déroba brièvement de l'encadrement de la fenêtre, de crainte d'être aperçue par les policiers qui scrutaient désormais la façade de l'immeuble.

Tandis que l'un d'eux secouait sa pèlerine mouchetée d'urine, deux SS rebroussèrent chemin, déboulèrent dans le hall puis grimpèrent les marches quatre à quatre. Rosie entendit un hurlement puis le son caractéristique d'un corps chutant dans l'escalier.

Ayant roulé jusqu'au premier étage, la pauvre femme se redressa péniblement et frappa à la porte d'un appartement.

— Je sais que c'est toi qui les as dénoncés, espèce d'ordure !

Lorsque les Allemands la traînèrent hors de l'immeuble, son regard croisa celui de Rosie. Elle avait l'âge d'être sa grand-mère, mais les SS la rouèrent de coups. Lorsqu'elle se fut roulée en boule sur le trottoir, deux policiers dont l'uniforme avait été souillé la piétinèrent sauvagement.

Écœurée par ce spectacle, Rosie ferma les yeux. Ces actes barbares justifiaient le combat qu'elle menait aux côtés des partisans. S'ils parvenaient à chasser les nazis et à punir leurs complices, le sacrifice d'Eugène n'aurait pas été vain.

CHAPITRE QUATORZE

Quatre heures plus tard, Rosie fut réveillée en sursaut par le signal établi par ses complices, trois coups détachés frappés à la porte. Elle supposa que le garçon chargé du ravitaillement se présentait plus tôt qu'à l'ordinaire.

Sur le palier, elle reconnut la silhouette élancée de Maxine Clerc. Rosie avait fait sa connaissance bien avant qu'elle ne devienne la figure légendaire de la Résistance connue sous le nom de Lacoste. Après deux ans passés sous la menace constante des Allemands, la jeune femme avait minci et pris quelques cheveux blancs, mais elle n'avait rien perdu de sa beauté.

Si le réseau Lacoste, le plus important de France, opérait depuis la capitale, il disposait de nombreux agents dans le nord du pays. L'organisation d'Eugène avait été démantelée en un seul coup de filet de la Gestapo. Celle de Maxine, qui imposait à ses partisans des règles de sécurité extrêmement strictes, n'avait eu que quelques arrestations à déplorer.

Son succès tenait au secret absolu dont elle s'entourait. Des membres importants du réseau ne l'avaient jamais rencontrée en chair et en os. Certains remettaient en cause l'existence même de l'énigmatique Lacoste.

Rosie aurait voulu lancer une phrase mémorable, féliciter Maxine d'avoir fondé un réseau de résistance dont les actions clandestines avaient sauvé la vie de centaines d'aviateurs et porté des coups sévères à la machine de guerre allemande, mais son esprit était encore embrumé.

— Tu t'es levée aux aurores, bredouilla-t-elle.

— Mes horaires sont plutôt... irréguliers, sourit la jeune femme en serrant Rosie dans ses bras. Parfois, j'en viens à confondre le jour et la nuit.

— Je ne m'attendais pas à te rencontrer. Le célèbre Lacoste...

Maxine éclata de rire.

— Mais tais-toi donc ! Tout ce mystère dont je m'entoure, c'est du cinéma destiné à impressionner mes complices comme mes adversaires. Mon importance est largement surestimée. Si j'étais abattue par la Gestapo à cet instant précis, mon réseau continuerait ses activités comme si rien ne s'était passé.

Rosie se garda de faire remarquer que si les Allemands s'emparaient d'elle, ils ne se contenteraient pas de l'éliminer mais la soumettraient d'abord à la torture pour lui arracher l'identité des membres de son réseau.

— Tu as reçu des nouvelles d'Angleterre ? demanda-t-elle.

— Oui, et d'excellentes. Les informations figurant dans le carnet dépassent toutes nos espérances. Leur intérêt scientifique exclut qu'il puisse s'agir d'un faux fabriqué par les services secrets allemands.

Rosie lâcha un soupir de soulagement et se laissa tomber sur le lit. Ainsi, elle n'avait pas abandonné Édith aux mains de traîtres à la solde de la Gestapo.

— Je dois retourner en Bretagne dès que possible, dit-elle. Il faut que je rassure mes hôtes. Je leur ai faussé compagnie, la nuit où je suis partie pour Paris.

— Ils comprendront, la rassura Maxine en sortant un paquet de son sac à main. Tu trouveras là-dedans des documents d'identité vierges, un appareil photo miniaturisé, du papier photosensible et des produits chimiques. Et le plus important, six fioles de pénicilline.

— Formidable ! Tu n'as pas eu trop de difficultés à te les procurer ?

— Elles se trouvaient dans le dernier colis de médicaments que les Américains nous ont fait parvenir. Nous utilisons la pénicilline pour faire chanter les Allemands victimes de blennorragie. C'est le seul médicament efficace, et ces salauds-là sont prêts à tout pour se débarrasser de cette cochonnerie avant de retrouver leur femme en permission.

Rosie lâcha un éclat de rire, puis son expression s'assombrit.

— Je prie pour retrouver Édith en vie, murmura-t-elle.

— Le prochain train part dans trois heures. Te sens-tu prête à retourner en Bretagne ? Tu y as vécu des moments tellement difficiles…

— Je suis impatiente de me remettre au travail.

— Dans ce cas, si tu l'acceptes, je souhaiterais que tu lances la seconde phase de la mission. Tu es libre de refuser, bien sûr, et personne ne t'en tiendra rigueur. Tu n'as que seize ans, mais tu es bien entraînée et tu es une excellente opératrice radio.

Rosie ouvrit de grands yeux étonnés.

— Et en quoi consiste cette seconde phase ?

— Nous avons besoin d'informations précises concernant ce laboratoire souterrain, expliqua Maxine. Nous devons connaître son emplacement exact, la disposition des lieux, les mesures adoptées pour en assurer la sécurité et le nombre de chercheurs qui sont retenus prisonniers. Dès que possible, tu recevras l'assistance d'autres agents, mais pour le moment, tu mèneras seule cette mission de reconnaissance. Libre à toi d'employer des civils en qui tu aurais entière confiance.

— Il n'est plus question de remettre en cause la loyauté de Joseph et du Dr Blanc, dit Rosie. Je suis convaincue qu'ils tiendront à participer à cette opération.

Maxine hocha la tête.

— Les médecins de province disposent d'une foule de contacts. Mais reste prudente. Assure-toi que cette femme se montre discrète. Et il lui faudra obéir à tes ordres, sans considération pour ton âge.

— Et combien de temps durera la mission ?

— Tout dépendra de tes observations et des décisions de nos supérieurs. Il se pourrait que le bunker soit bombardé. Si sa structure ne le permet pas, il devra être détruit par un commando.

— C'est compris. Il va falloir prendre des décisions difficiles.

— Commençons par la plus importante de toutes : acceptes-tu de participer à cette mission ?

Rosie avait rejoint Lorient dans le seul but de former des membres du réseau d'Eugène à la transmission et à la réception de messages radio codés. Ce que proposait Maxine était infiniment plus risqué et plus excitant.

Une petite voix la suppliait de regagner l'Angleterre au plus vite, mais en raison de son sexe, elle avait toujours dû travailler plus dur que ses camarades de CHERUB pour prouver sa valeur. Or, on l'avait toujours cantonnée à des rôles accessoires. Cette nouvelle mission lui offrait une chance de démontrer qu'elle était capable de décider et de commander aussi bien qu'un homme.

— Je suivrai tes ordres, répondit-elle enfin. C'est pour ça que je me trouve en France. Je connais de nombreuses personnes dans la région, et je suis la mieux placée pour mener cette opération. Il n'est pas question de laisser un autre risquer sa vie à ma place.

∴

Les gares parisiennes étaient placées sous étroite surveillance, mais le réseau Lacoste disposait de nombreuses complicités parmi les chemineaux.

Rosie effectua le trajet à bord d'un wagon de première classe. Un jeune officier allemand auquel il manquait trois doigts de la main droite lui fit la cour jusqu'à sa descente en gare de Laval. À son arrivée à Rennes, elle présenta ses faux papiers au gendarme posté à l'entrée du quai puis s'offrit une tasse d'ersatz de café dans un restaurant situé à deux rues de là. Quelques minutes plus tard, un mécanicien de la SNCF déposa un sac sous sa table et disparut avant qu'elle n'ait pu le remercier.

Rosie se trouvait à douze kilomètres de la maison de Joseph, une distance qu'elle dut se résoudre à parcourir à pied. Par chance, le temps était clément, et en dépit de la douleur que lui causaient ses chaussures de ville, elle accomplit cet effort sans difficulté. Lorsqu'elle aperçut la demeure, elle se mit à courir.

Elle enfonça le bouton de la sonnette mais n'obtint pas de réponse. Après avoir fait le tour du bâtiment, elle passa par la fenêtre empruntée la nuit où elle avait faussé compagnie à son hôte puis gravit l'escalier menant au premier étage.

Édith était en vie, mais toujours inconsciente. Certaines de ses ecchymoses avaient viré du rouge au gris, mais l'état de ses plaies semblait avoir empiré. Sa température restait élevée, et ses deux chevilles avaient enflé démesurément.

À peine Rosie se fut-elle assise au pied des marches afin de reprendre son souffle que l'attelage de Joseph se fit entendre devant la maison.

Ce dernier la prit brièvement dans ses bras. À l'évidence, il ne lui tenait pas rigueur d'avoir fait preuve de défiance à son égard.

— J'avais le pressentiment que vous ne seriez plus là à mon réveil, dit-il. Vous aviez l'air anxieuse quand ma mère vous a montré le carnet.

Rosie l'aida à transporter des paniers remplis de carottes et de pommes de terre jusqu'à la cuisine.

— L'état d'Édith ne s'est pas amélioré, dit-elle.

Joseph secoua la tête.

— J'ai essayé de la nourrir à l'aide d'une sonde, mais elle ne garde rien. Elle s'affaiblit d'heure en heure. Le pire, ce sont ses blessures aux jambes. Au stade où nous en sommes, je devrais demander à un chirurgien de procéder à l'amputation, mais je doute qu'elle y survive.

Rosie resta saisie d'horreur. L'idée qu'Édith puisse perdre ses membres inférieurs à quatorze ans lui semblait encore plus révoltante que la perspective de sa mort.

— Croyez-vous que la pénicilline pourrait encore la sauver ? s'étrangla-t-elle.

Sur ces mots, elle ouvrit sa valise et en sortit dix fioles enveloppées dans du papier journal. Le visage de Joseph s'éclaira.

— C'est miraculeux ! s'exclama-t-il. J'ai étudié les effets de ce médicament à la faculté de médecine, mais je n'ai jamais réussi à m'en procurer. Ma mère s'occupe d'une jeune femme plongée dans le coma. Accepteriez-vous de lui faire bénéficier de ce traitement ?

— Tant qu'il nous en reste assez pour sauver Édith, répondit Rosie.

— Bien entendu. Montons à l'étage. Je dois lui administrer une dose sans plus attendre.

CHAPITRE QUINZE

Lorsqu'Édith eut reçu le traitement, Rosie se rendit à la cuisine afin de préparer le dîner. Joseph, deux fioles en poche, partit à la recherche de sa mère à bord de l'attelage.

Ils regagnèrent la maison à l'heure du dîner et complimentèrent Rosie pour la saveur de sa soupe. En réalité, elle n'avait fait que mettre des légumes à bouillir puis de les assaisonner avec de l'ail et du sel.

Joseph et sa mère furent ravis d'apprendre que le carnet recelait des informations scientifiques de la plus haute importance. Le repas achevé, Rosie révéla qu'elle avait été chargée d'une nouvelle mission.

— On m'a confié un appareil photo miniaturisé, expliqua-t-elle. Je devrai m'approcher furtivement du bunker pour réaliser des clichés et surveiller les allées et venues.

— Si on vous trouve dans la forêt avec un appareil photo, je ne donne pas cher de votre peau, dit Joseph. Vous devrez opérer de nuit.

— Impossible. J'aurai besoin de lumière pour réaliser les clichés.

— Bien sûr, où avais-je la tête ? Nous devrions interroger les gamins qui ont l'habitude de jouer dans la forêt. Je gage qu'ils seront capables de décrire les mesures de sécurité mises en place autour du bunker. Ils ont forcément eu affaire aux sentinelles.

— Connaissez-vous des enfants qui pourraient nous renseigner ? demanda Rosie.

— Peut-être. Mais je suis une personnalité importante du village. Si je leur parle de leurs escapades dans la forêt, ils nieront tout en bloc de peur d'être punis.

— De plus, mieux vaut que vous n'évoquiez jamais ce sujet en public. Si les installations sont sabotées à l'issue de ma mission de reconnaissance, les Allemands mèneront l'enquête. Et s'ils apprennent que vous vous êtes intéressé au laboratoire souterrain…

— Pourquoi ne pas vous adresser à Justin ? demanda Joseph.

— Mais bien sûr ! sourit Rosie. C'est une excellente idée. Il est malin et courageux. Il a pris des risques pour nous venir en aide. J'irai le trouver dès demain matin.

.:.

Tandis que les premiers rayons du soleil frappaient la lucarne du grenier, Rosie descendit l'escalier menant au premier étage. La voix de Joseph se fit entendre depuis la chambre d'Édith.

— Bonjour, dit-elle en se penchant dans l'encadrement de la porte.

— Bien dormi ? demanda son hôte.

Édith tourna lentement la tête vers Rosie. Ses yeux étaient grands ouverts. Assis au bord du lit, Joseph l'aidait à avaler des œufs au plat à l'aide d'une petite cuiller.

— C'était bien un médicament miracle ! s'exclama Rosie en se précipitant vers sa camarade, la vue brouillée par les larmes.

Édith lui adressa un sourire timide.

— La pénicilline peut venir à bout de certaines bactéries en quelques heures, expliqua Joseph. J'ai vérifié sa température hier soir, et j'ai constaté qu'elle avait commencé à baisser. Alors, je me suis installé dans un fauteuil, histoire de la garder à l'œil.

Édith fit la grimace. Elle serra les mâchoires, si bien que la cuiller vint tinter contre ses dents.

— Ta gorge te fait mal parce que j'y ai passé un tuyau pour t'alimenter, expliqua Joseph. Mais tu dois manger si tu veux retrouver des forces.

— À quelle heure a-t-elle repris connaissance ? demanda Rosie en caressant la main de sa protégée.

Édith avala une bouchée et lâcha un gémissement discret.

— Là, c'est bien, murmura Joseph. Elle a ouvert un œil vers deux heures, puis s'est réveillée pour de bon à six heures. Elle risque de somnoler pendant un moment.

— Elle est tirée d'affaire ?

— La pénicilline doit être venue à bout de l'infection sanguine. Je lui injecterai une autre dose afin de m'assurer que ses plaies guérissent, mais je suis confiant.

Édith serra la main de Rosie.

— Encore faut-il qu'elle soit bien sage et qu'elle finisse ses œufs, sourit Joseph en approchant la cuiller. Allez, on ouvre grand la bouche…

.:.

D'excellente humeur, Rosie sella l'un des chevaux de la famille Blanc et se rendit au village. De jour, elle eut quelque peine à reconnaître la ferme de Justin. Elle sut qu'elle avait frappé à la bonne porte lorsqu'elle vit le visage d'Agnès apparaître dans l'encadrement.

— Tu es plus présentable que l'autre nuit, dit cette dernière, tandis qu'Isabelle s'agrippait à ses jambes.

— Votre mère est là ? demanda Rosie.

— Non, elle est à son travail.

— Et Justin ?

— Il dort encore.

— Pourrais-je lui parler ?

— Tu as quelque chose d'important à lui dire ? Il nous crie dessus quand on le réveille.

Rosie, qui était impatiente d'obtenir des informations concernant le bunker, dut insister pour qu'Agnès la conduise au premier étage, dans une chambrette où flottait une entêtante odeur de renfermé. Un épais rideau obstruait l'unique fenêtre. Étendu sur une paillasse, Justin ronflait discrètement.

— Peux-tu le réveiller ? demanda Rosie en se tournant vers Agnès.

La petite fille recula jusqu'au palier.

— Je préférerais que tu t'en charges. J'ai peur de me prendre une trempe.

Rosie s'accroupit et secoua doucement l'épaule de Justin.

— Nom de Dieu, gémit-il en roulant sur le dos. Qu'est-ce qu'il y a encore ?

Son corps exhalait une odeur de sueur et de terre, mais son regard enfantin et ses cheveux ébouriffés avaient quelque chose de désarmant.

— Vous avez besoin de charbon ? grogna-t-il avant de fusiller sa sœur du regard. Agnès, tu ne pouvais pas t'en occuper ?

— C'est la fille que tu as trouvée dans le train, idiot, répliqua cette dernière. Elle a demandé à te parler.

Justin se frotta les yeux puis cligna des paupières.

— Oh, tu es tellement différente, je ne t'avais pas reconnue. Comment se porte ton amie ?

— Son état s'est amélioré. Je croise les doigts.

— J'en suis ravi. Et de quoi voulais-tu me parler ?

Rosie se tourna vers Agnès.

— Je préférerais discuter en privé, si ça ne te fait rien.

La petite fille fit la moue, mais Justin, d'un regard noir, la convainquit qu'il valait mieux ne pas insister.

— Tu n'as pas l'air dans ton assiette, dit Rosie. Tu es malade ?

— Je suis épuisé. Ma mère se tue au travail pour presque rien, et le convoi de charbon circule sept jours sur sept. Je n'ai pas pris un jour de repos depuis des années. Et quand je peux enfin reprendre des forces, ces petites sorcières m'empêchent de dormir.

Justin rejeta sa couverture, dévoilant une marque rouge qui courait de son épaule à son torse.

— Police des chemins de fer, lâcha-t-il en ramassant sa chemise roulée en boule sur le sol. Ça s'est passé il y a deux nuits. Ces salauds ont confisqué ce que j'avais ramassé.

— Oh, je suis désolée, soupira Rosie avant d'en venir au sujet qui la préoccupait.

Elle lui parla du bunker dans les bois et lui demanda s'il connaissait un moyen de s'en approcher de façon à prendre des clichés. Elle préféra passer sous silence l'implication du Dr Blanc et l'existence du carnet. Elle s'en tint à une explication sommaire : son supérieur dans la Résistance lui avait demandé de reconnaître les lieux sans offrir plus d'explications.

Justin se gratta pensivement le menton.

— Et qu'est-ce que j'y gagnerais ? demanda-t-il. Pour quelle raison accepterais-je de t'aider ?

— Pour la France, sourit Rosie. L'autre soir, tu as dit que tu détestais les Boches.

Justin haussa les épaules.

— Je ne les porte pas dans mon cœur. Mais au fond, si les Rosbifs ou les Ricains déboulent demain, qu'est-ce que ça changera pour moi ?

— Tu ne m'as pas dit que ton père était prisonnier en Allemagne ? Ne serais-tu pas heureux de le revoir ?

— C'est un ivrogne.

Rosie réalisa que les concepts de liberté et de patriotisme étaient parfaitement étrangers à ce garçon de dix ans contraint à chiper des éclats de charbon pour nourrir sa famille. Mais après tout, on lui avait remis une belle somme d'argent pour mener à bien sa mission, et elle savait que Maxine, tout comme Eugène, rétribuait toujours ses partisans.

— Combien gagnes-tu en une nuit passée à inspecter le fond des tombereaux ? demanda-t-elle. Quelle que soit cette somme, je te paierai la même chose chaque fois que tu travailleras pour moi. Et je pourrai même te procurer des friandises. J'ai ramené une tablette de chocolat de Paris.

Justin souleva un sourcil.

— Ce n'est pas cher payé. Ces brutes de la police des chemins de fer n'arrêtent pas de me flanquer des raclées. Mais que m'arrivera-t-il si les Allemands découvrent que j'aide la Résistance ? Et que feront-ils de ma mère et de mes sœurs ?

Rosie comprenait le point de vue du garçon, mais elle préféra s'en tenir à son offre. La distribution de fortes sommes d'argent encourageait la cupidité et les comportements dépensiers propres à éveiller les soupçons.

— Si tu ne t'intéresses qu'à l'oseille, je ne peux pas te faire confiance, dit-elle, feignant l'indifférence. Je sais que tu as bon cœur. Tu aurais pu gagner une fortune en nous dénonçant à la Gestapo, Édith et moi. Mais tu as préféré prévenir le Dr Blanc.

Justin considéra ses orteils souillés de suie.

— Ne dis rien à ma mère, elle me filerait une trempe. Et les filles ont une fâcheuse tendance à parler à tort et à travers, alors il vaut mieux les laisser en dehors de tout ça.

— Tu as raison, répondit Rosie.

— Je connais plein de garçons qui braconnent dans la forêt, mais je suppose que tu cherches des gens sûrs, qui savent tenir leur langue.

Rosie hocha la tête. Décidément, Justin était un enfant très vif pour son âge.

— Deux types vivent dans les bois, expliqua-t-il. Didier et Jean. Ils vivaient à Rennes, mais ils sont en cavale pour échapper au travail obligatoire. Leurs manières sont plutôt rudes, je te préviens. La première fois que je les ai vus, j'avoue qu'ils m'ont un peu flanqué la trouille, mais je fais souvent affaire avec eux, et ils n'ont jamais essayé de me rouler.

Joseph Blanc, les Parisiens du deuxième étage, ces deux Rennais... Décidément, c'était comme si tous les jeunes Français se cachaient pour éviter d'être conduits en Allemagne.

– Voilà qui me semble parfait, dit Rosie. Quand pourrai-je les rencontrer ?

Justin hocha la tête.

– Comme ils changent souvent de bivouac, nous risquons d'avoir un peu de mal à les trouver. Mais ils descendent au village, un soir sur deux, pour livrer du gibier à la boucherie située à côté du cabinet du docteur.

CHAPITRE SEIZE

Perdue en pleine campagne, au beau milieu d'un patchwork de modestes exploitations familiales, La Patte-d'Oie était située à l'intersection de trois chemins de terre et de la route pavée menant à Rennes.

Outre le cabinet du Dr Blanc et une boucherie, on y trouvait une épicerie, une boulangerie, une forge et un magasin de produits agricoles. L'église, ceinte d'un antique cimetière, était perchée sur une colline, à une centaine de mètres des boutiques.

À l'exception des véhicules militaires qui traversaient la localité une à deux fois par jour pour relier la garnison voisine, on n'y croisait guère de soldats allemands. Cependant, tous ses habitants se connaissaient, et le moindre événement sortant de l'ordinaire était aussitôt commenté et amplifié. Aussi Rosie et Justin préférèrent-ils se poster dans la végétation qui bordait le cimetière. De leur poste d'observation, ils pouvaient surveiller la devanture des magasins des deux côtés de la route et disposaient de nombreux itinéraires de repli s'ils venaient à être découverts.

Le lundi et le mardi, ils patientèrent en vain. Le mercredi, en fin d'après-midi, leurs efforts furent récompensés : ils virent deux jeunes hommes au comportement fébrile jaillir d'un champ et s'engager sur la route pavée. Des dépouilles de lapin étaient suspendues autour de leur cou.

Les deux individus avaient à peine vingt ans. Didier était grand et large d'épaules. Sa mâchoire inférieure était fuyante, son nez un peu fort. Jean avait les cheveux roux. Il était plus petit que son comparse, mais tout aussi solidement bâti.

La jeune fille qui, faute de personnel masculin, faisait office de garçon boucher les accueillit devant la devanture. Elle huma le gibier, s'en empara, disparut quelques instants à l'intérieur de la boutique avant de reparaître, un sac de toile et quelques billets à la main.

— Suivons-les, dit Rosie. Il ne faut pas les perdre de vue.

Elle aida Justin à se hisser au-dessus du mur du cimetière, l'enjamba à son tour puis lui emboîta le pas.

Lorsqu'ils eurent dévalé la colline et se furent portés à hauteur des boutiques, ils virent Jean et Didier se glisser dans la ruelle qui séparait la forge de la boulangerie. Les trois jours de surveillance infructueuse avaient émoussé la patience de Rosie. Pourtant, elle retint Justin par le bras alors qu'il s'apprêtait à se lancer à la poursuite des garçons. Après avoir laissé ces derniers prendre un peu d'avance, ils contournèrent la boucherie puis progressèrent jusqu'à la clôture d'un champ en jachère. Au même instant, ils virent Jean et Didier sauter le portail d'une pâture ceinte d'une haie, à une cinquantaine de mètres de leur position. Rosie n'avait guère le choix : elle devait traverser le champ à découvert, au risque de trahir sa présence, ou laisser filer ses cibles. Lorsqu'elle eut atteint le portail, Justin sur les talons, elle jeta un coup d'œil au-dessus de la haie et constata avec soulagement que Jean et Didier, se croyant à l'abri des regards, avaient ralenti l'allure.

Après avoir pisté les garçons en longeant la haie sur une centaine de mètres, Rosie et Justin plongèrent derrière un taillis. Les deux fuyards venaient de s'immobiliser. Jean ouvrit le sac, en sortit une bouteille, la déboucha à l'aide d'un couteau de poche puis en porta le goulot à ses lèvres.

∴

Cinq kilomètres et deux litres de vin plus tard, Jean et Didier, la démarche hésitante, entrèrent dans une étable délabrée. Un fracas métallique se fit entendre, suivi de grands éclats de rire.

Rosie n'avait pas prononcé un mot durant la filature, mais son expression était éloquente : à ses yeux, ces individus portés sur la bouteille n'étaient pas dignes de confiance.

— Je connais un autre gars qui braconne dans les bois, dit Justin, conscient du trouble de sa complice, en s'accroupissant au pied d'un arbre. Il pourrait sans doute nous aider, mais je ne le crois pas capable de garder un secret.

Rosie secoua brièvement la tête.

— Reste ici. Je vais inspecter leur refuge.

Jambes fléchies, elle progressa jusqu'à l'étable puis jeta un coup d'œil entre deux planches disjointes. Les garçons n'avaient investi qu'un angle de la construction, mais ils étaient confortablement installés. Ils disposaient de lits de camp garnis de matelas. Un tapis recouvrait le sol de terre battue. Des lampes à pétrole étaient suspendues aux poutres. Dans un coin, Rosie aperçut même une pile de livres.

En faisant le tour de l'étable, elle découvrit une large zone herbeuse éclaboussée de sang animal, un fil à linge que Jean et Didier n'avaient pas pris la peine de camoufler et des petits tas de cendre, à l'endroit où ils avaient dressé des feux, autant d'éléments qui auraient pu trahir leur présence.

— Je sors pisser, lança Didier depuis l'intérieur de l'étable.

— J'ai bu trop vite, gloussa son camarade. J'ai la tête qui tourne.

Ils ressemblaient à des hommes des bois, mais en dépit de leur grossièreté, leur ton était celui de fils de bonne famille. En outre, ils s'étaient procuré des livres et avaient fait de leur mieux pour rendre leur cachette plus confortable. Forte de ces indices, Rosie se réjouit de ne pas avoir affaire à des brutes sans foi ni loi. Sans doute serait-il possible de discuter entre personnes raisonnables.

Mais la lumière du jour déclinait, et elle jugea plus prudent de ne pas apparaître de façon inopinée devant les deux adolescents pris de boisson. Aussi décida-t-elle de remettre les présentations au lendemain.

Tandis que Didier se soulageait de l'autre côté de l'abri, elle se baissa puis se dirigea vers Justin. À cet instant, la pointe de sa chaussure droite actionna un collet à lapin. Le fil de fer se resserra fermement autour de sa cheville, lui infligeant une douloureuse morsure. Elle étouffa un cri mais, emportée par son élan, perdit l'équilibre. Par réflexe, elle tendit un bras pour amortir sa chute, mais sa main heurta violemment l'une des parois de l'étable.

— Didier ? lança Jean, tous les sens en alerte. C'est toi qui as fait ce bruit ?

— Je n'ai pas bougé le petit doigt.

En dépit de l'urgence de la situation, Rosie étudia calmement le collet. L'extrémité du fil de fer était nouée à un buisson tout proche. Elle sortit un couteau de sa poche et tenta vainement de le trancher.

— On a dû en attraper un gros, dit Jean avant de contourner l'étable tout en replaçant hâtivement les pans de sa chemise dans son pantalon.

— Attends-moi, j'arrive, s'exclama Didier.

Rosie tira sur la manche de sa chemise afin de recouvrir ses doigts, enroula plusieurs fois le fil autour de sa main puis tira d'un coup sec, l'arrachant à son point d'ancrage. La boucle était toujours serrée autour de sa cheville, reliée à un mètre de fil métallique.

— Eh bien, voilà qui nous change des lapins ! bredouilla Didier en découvrant la jeune fille, le visage éclairé par un sourire mauvais.

Encadrée par deux garçons soûls comme des cochons, Rosie n'en menait pas large. Jean ne partageait pas l'enthousiasme de son compagnon.

— Qui es-tu ? Qu'est-ce que tu fiches ici ?

Justin vint aussitôt au secours de sa complice.

— Ne lui faites pas de mal ! Elle est avec moi.

Jean le fusilla du regard.

— Vous nous avez suivis depuis la boucherie ? Comment as-tu osé, sale morveux ?

Sur ces mots, il se rua sur l'enfant, qui détala dans les fourrés.

— Fiche-lui la paix, gronda Rosie. Ce n'est qu'un gamin.

Arraché au taillis où il avait trouvé refuge, Justin cracha et se débattit tant qu'il put. Jean le plaqua brutalement à une paroi de l'étable.

— Je t'ai demandé de le laisser tranquille, cria Rosie. C'est moi qui lui ai ordonné de me conduire jusqu'à vous.

Didier vint se planter à quelques centimètres de Rosie. À en juger par son haleine, il ne s'était pas brossé les dents depuis plusieurs semaines.

— Et comment se fait-il qu'on ne vous ait pas aperçus ? demanda-t-il.

Rosie éclata de rire.

— Vous êtes des amateurs. Vous ne vous êtes pas retournés une seule fois, vous êtes ivres, vous vous déplacez lentement. De plus, j'ai trouvé du sang et des cendres tout autour de cette bicoque.

— Pourtant, on se planque ici depuis longtemps et on n'a jamais été découverts, fit observer Jean avant de porter une légère claque à Justin.

— Pour la bonne et simple raison que personne ne s'est aventuré dans les parages. Cet endroit grouille d'indices de votre présence. Et si tu lèves encore la main sur lui…

— Je crois que nous devrions tous nous calmer, gloussa Didier en plaçant une main sur la poitrine de Rosie. Tu es drôlement mignonne, tu sais ça ?

Rosie fronça les sourcils.

— Je te donne *trois* secondes pour retirer tes sales pattes de là. Trois.

— Et sinon ? Qu'est-ce que tu vas faire, ma petite chérie ?

— Un.

Justin afficha une mine épouvantée.

— Elle a beaucoup d'amis, tu sais, s'étrangla-t-il. Si tu la maltraites, ils viendront se venger.

— Deux, lâcha Rosie.

— Oh mon Dieu, je suis vert de peur, Justin, ricana Didier.

— Trois, grogna Rosie. Bon, je vous aurai avertis.

Sur ces mots, elle saisit Didier par le col de sa chemise et lui flanqua un formidable coup de tête à l'arête du nez. Tandis que son adversaire titubait en arrière, elle le plia en deux d'un coup de genou à l'abdomen. Il atterrit sur les fesses avant de rouler dans un buisson.

Jean aurait pu hisser le drapeau blanc, mais il ne pouvait pas imaginer une seule seconde qu'une fille puisse constituer une menace. Aussi resta-t-il planté comme un piquet, laissant Rosie lui asséner un coup de pied en plein visage.

Tandis qu'il tentait vainement de demeurer debout, elle lui adressa trois puissants crochets au foie, le prit par le cou puis lui cogna le crâne contre une paroi de l'étable.

— Nom de Dieu ! s'étrangla Justin tandis que Didier s'extirpait du buisson, le nez en sang et les bras constellés d'épines.

Si ce dernier semblait avoir renoncé à toute riposte, Jean se montra plus combatif. Il se précipita sur Rosie en battant les airs de ses bras musculeux. Rosie glissa une main dans son sac à dos, en sortit un pistolet automatique puis recula d'un pas.

— Tu veux vraiment que j'éparpille ta cervelle sur le mur ? gronda-t-elle en ôtant le cran de sûreté. Les mains en l'air !

Le souffle coupé, Jean s'exécuta.

— Non, non, ne tire pas, supplia-t-il.

Rosie se tourna vers Justin.

— Il ne t'a pas fait trop mal ? demanda-t-elle.

Estomaqué par la scène à laquelle il venait d'assister, l'enfant secoua la tête.

— Étant donné que vous vous êtes comportés comme des animaux, je vais vous traiter comme tels, poursuivit Rosie. Mettez-vous à quatre pattes, direction l'étable.

Sourire aux lèvres, Justin regarda les deux garçons se traîner dans l'herbe jusqu'à leur cachette.

— Vous ne bougerez pas d'ici tant que je ne vous en aurai pas donné l'autorisation, continua-t-elle. Vous ne prononcerez pas un mot avant que je ne vous en aie donné l'ordre. Et n'allez pas vous imaginer que je vous ai épargnés parce que je suis une fille. Je suis une professionnelle, et je pourrais vous exécuter tous les deux sans sourciller.

Sur ces mots, elle s'assit en tailleur sur l'un des lits. Justin, lui, jugea plus prudent de demeurer à proximité de la porte. Rosie balaya l'étable du regard, remarqua une collection d'articles de chasse en excellent état, puis étudia les livres empilés près des couchettes. Elle réalisa qu'il s'agissait d'essais politiques et de pamphlets hostiles à l'Allemagne nazie.

— Lequel d'entre vous lit ça ? dit-elle en désignant un exemplaire du *Manifeste du parti communiste*.

Tenus en joue, les garçons préférèrent observer le silence. Un filet de sang s'écoulait du nez de Didier.

— Je l'ai eu plusieurs fois entre les mains, mais je n'ai jamais pu en lire plus de quelques pages, dit Rosie avant de jeter un œil à la couverture d'un ouvrage antifasciste. Mon Dieu, je ne comprends pas comment vous avez pu rester en vie aussi longtemps. Les Boches manquent de main-d'œuvre, c'est vrai, et ils envoient tous les hommes valides travailler en Allemagne. Mais si vous êtes capturés en possession de tels ouvrages, vous serez livrés à la Gestapo et torturés. Il faut être complètement idiot pour laisser traîner des trucs pareils à côté de son lit.

Rosie remit la brochure à Justin.

— Allume un feu. Il faut brûler tout ça.

Dès que son complice eut quitté l'étable, elle considéra calmement la situation. Elle n'avait eu d'autre choix que de corriger Jean et Didier, mais après tout, cette démonstration lui avait permis d'affirmer son statut de chef. Cependant, elle connaissait la vanité des garçons de leur âge et devait se garder de pousser trop loin l'humiliation.

— Si je range ce pistolet, vous comporterez-vous comme des gens raisonnables ?

— Entendu, grogna Jean.

— Bien, dit Rosie.

— Où as-tu appris à te battre ? demanda Didier en se redressant péniblement.

Il semblait dégrisé, comme si l'adrénaline avait balayé toute trace d'alcool dans son organisme.

— Dans la Résistance, répondit Rosie, en omettant délibérément d'apporter la moindre précision. Vous êtes en cavale, et vos lectures démontrent que vous souhaitez autant que moi que les Allemands soient chassés du pays. Mais j'ai une question à vous poser : comptez-vous vivre comme des animaux jusqu'à la fin de la guerre, ou aurez-vous le courage de vous battre pour la liberté ?

Ses interlocuteurs étaient pris au piège : quel jeune homme aurait envoyé sur les roses une jolie fille alors qu'elle le suppliait de lui venir en aide au nom d'une noble cause ?

— Qu'est-ce que tu attends de nous ? demanda Jean.

Rosie s'accroupit pour ôter le collet qui enserrait sa cheville.

— Selon Justin, vous connaissez les bois mieux que personne. C'est pour cela qu'il m'a conduite jusqu'à vous.

Ce n'était pas la stricte vérité, mais la correction qu'elle avait infligée aux garçons valait bien quelques flatteries.

— Tu t'intéresses à l'arsenal souterrain ? demanda Didier.

Rosie esquissa un sourire et plaça un mouchoir sur sa cheville blessée.

— Pour être honnête, la Résistance ne s'intéresse guère à la faune et à la flore de Bretagne. Mais pourquoi parles-tu d'un arsenal ?

— Nous avons vu des soldats de la Luftwaffe charger des bombes à bord de camions, confirma Jean.

— Est-il possible de s'approcher de la clôture ?

— Si tu as le goût du risque. Nous ne posons jamais de pièges dans le secteur, mais nous avons sympathisé avec un garde à qui nous livrons des lapins en échange de denrées chipées dans les réserves du bunker : de la confiture, des haricots, des fruits, ce genre de choses.

— J'aurai besoin d'un guide pour me conduire là-bas dès demain, dit Rosie en exhibant son minuscule appareil photo. Je dois réaliser des clichés, en plein jour, et sous tous les angles.

— C'est risqué, soupira Didier.

— Pas tant que ça, le contredit Jean. Il suffit d'approcher par-derrière, de rester à l'écart de la route et des sentiers principaux. Il n'y a pas de patrouilles. Les gardes restent plantés à l'intérieur, derrière la clôture. Au pire, s'ils te voient depuis leur chemin de ronde, il suffira de disparaître dans la végétation.

— Pas de chiens pisteurs ? demanda Rosie.

— En tout cas, je n'en ai jamais vu.

— Voici un acompte, dit-elle en sortant deux billets de dix francs de son sac à dos. Chaque fois que vous travaillerez pour moi, vous recevrez un peu d'argent. En cas de besoin, nous pourrons aussi vous procurer des papiers, vous indiquer l'emplacement de cachettes sûres et vous fournir des tickets de rationnement. Si des camarades me rejoignent, vous recevrez une instruction militaire et on vous remettra des armes.

Les garçons sourirent à pleines dents, mais lorsqu'ils essayèrent de se saisir des billets, Rosie les retira vivement avant d'ajouter sur un ton grave :

— Si vous êtes capturés, vous serez torturés avant d'être liquidés. C'est pourquoi vous devrez respecter mes instructions *à la lettre*. Si vous trahissez la Résistance, nous ne nous montrerons pas plus cléments que les bourreaux de la Gestapo. À vous de décider, à présent. Si vous refusez de me prêter assistance, je sortirai immédiatement de cette étable et vous n'entendrez plus jamais parler de moi. Mais si vous prenez cet argent, vous ne pourrez plus faire marche arrière.

Cette fois, les garçons se montrèrent plus hésitants. Didier s'empara de l'un des billets. Quelques secondes plus tard, Jean l'imita. Rosie attrapa une bouteille de vin et s'en offrit une rasade avant de la passer à Didier.

— Buvons à la Résistance, lança-t-elle.

— Et à la France libre, ajouta Didier, tandis qu'un filet de liquide rouge dégoulinait sur son menton.

DEUXIÈME PARTIE

12 juin 1943 – 3 juillet 1943

CHAPITRE DIX-SEPT

— Je dispose de vingt agents, dix-neuf garçons et une fille, expliqua le capitaine Charles Henderson en invitant l'homme vêtu d'un uniforme de l'armée américaine à entrer dans le hall de l'école. Trois d'entre eux se trouvent en France, un quatrième en Afrique du Nord, un cinquième en Suisse. Ah, j'en ai entendu, des ricanements, lorsque j'ai entrepris de créer cette organisation. *Des enfants ? Pourquoi faire ? Vous n'y pensez pas !* Aujourd'hui, ce sont ces mêmes personnes qui me supplient de leur venir en aide.

— Leurs hommes ne font pas l'affaire ? demanda l'Américain.

C'était un petit homme chaussé de lunettes à monture épaisse. La visière de sa casquette n'atteignait pas le menton d'Henderson.

— Un agent adulte ne pourrait pas se mêler à la population française. Il serait raflé sur-le-champ et envoyé en Allemagne au titre du service du travail obligatoire. Les miens sont âgés de douze à seize ans. Ils sont tous bilingues, parfaitement entraînés et prêts à être parachutés.

L'Américain remarqua un vivarium posé sur une table, contre une paroi du couloir. À l'intérieur, il découvrit une araignée de la taille d'un poing.

Avant qu'il n'ait pu faire le moindre commentaire, Henderson poussa la double porte menant au gymnase de l'établissement. Visages crispés par l'effort et la douleur, une dizaine de garçons torse nu s'empoignaient sur des tapis de sol matelassés.

— Garde à vous ! lança Takada, l'instructeur de combat, en frappant dans ses mains.

Les enfants interrompirent leurs exercices pour s'aligner, pieds écartés et mains jointes derrière le dos. Ils observèrent une immobilité absolue.

— Marc, Luc, Paul, Sam, prenez votre équipement et retrouvez-moi devant l'école dans une minute, gronda Henderson. Les autres, poursuivez l'entraînement.

Les quatre garçons qui avaient reçu l'ordre d'interrompre l'exercice échangèrent un regard interdit puis enfilèrent les tenues de combat boueuses dans lesquelles ils avaient parcouru sept kilomètres au pas de course, quelques heures plus tôt.

Marc et Luc avaient tous deux quinze ans. Si leur stature était comparable, on n'aurait pu imaginer deux êtres plus dissemblables. Le premier, blond comme les blés, jouissait d'un caractère avenant et enthousiaste. Le second, la chevelure rebelle et noire de jais, se montrait souvent brutal et indiscipliné. Paul, quatorze ans, avait gagné un peu de muscle au cours de sa période d'instruction, mais il restait si frêle qu'il semblait qu'un coup de vent aurait pu le renverser. Samuel, de deux ans son cadet, était la mascotte du groupe. Deux années durant, il avait suivi le même entraînement que ses aînés sans jamais se décourager.

– On se dépêche ! aboya Henderson tandis que les garçons dévalaient les marches du perron sous le crachin matinal. Direction le stand de tir, au pas de gymnastique. Samuel, fais-moi le plaisir de refaire ton lacet, pour l'amour de Dieu ! Crois-tu que j'aie besoin d'un blessé dans mon équipe ?

Les quatre garçons, qui redoutaient de devoir courir quelques kilomètres de plus ou de traverser le lac à la nage, se félicitèrent d'avoir dû interrompre leur entraînement pour un simple exercice de tir.

À la création du quartier général de CHERUB, ses résidents avaient dû s'initier à l'usage des armes à feu au beau milieu d'un champ, mais ils avaient désormais accès à l'installation flambant neuve de leurs voisins de l'US Air Force. Un bâtiment de bois abritait une armurerie et un champ de tir au pistolet partiellement découvert. Les utilisateurs d'armes à longue distance s'entraînaient sur une bande de terre où les instructeurs plaçaient des cibles de taille et de forme variées, depuis les lapins en fer-blanc jusqu'aux avions de chasse jugés bons pour la casse à leur retour de mission.

Ce matin-là, les agents découvrirent des silhouettes humaines découpées dans du carton réparties à diverses distances devant la butte de terre destinée à recueillir les balles. Chacune d'elles était ornée d'une petite moustache rappelant celle d'Adolf Hitler et d'une croix gammée tracée à l'emplacement du cœur.

— Écoutez-moi bien, les garçons, lança un GI. Je suis le sergent Hiram Goldberg, de l'armée des États-Unis. Le capitaine Henderson vous a présentés comme ses élèves les plus doués au tir de précision. Au cours des dix jours à venir, je m'efforcerai de faire de vous d'authentiques tireurs d'élite. Alors, dites-moi un peu : lequel d'entre vous pense être le meilleur à ce petit jeu ?

Quelques secondes s'écoulèrent avant que Paul n'ose prendre la parole.

— Je pense que Marc est le meilleur, monsieur, lâcha-t-il.

L'intéressé était conscient de sa supériorité, mais il fusilla son camarade du regard. Samuel hocha la tête en signe d'assentiment. Luc, qui haïssait Marc de toute son âme, resta silencieux, les yeux dans le vague.

— Voyons un peu ce que tu as dans le ventre, jeune homme, dit Goldberg. Les cibles sont espacées de quarante mètres : quatre-vingts, cent vingt, cent soixante et ainsi de suite... Prends un fusil, allonge-toi et dégomme la cible la plus éloignée que tu te sentes capable d'atteindre.

Marc s'empara d'un fusil Lee-Enfield équipé d'un dispositif optique.

— Tu as déjà utilisé cette arme ? demanda Goldberg.

— Oui monsieur.

— Prends ton temps. Ce n'est pas une épreuve de vitesse. Alors, quelle cible as-tu choisie ?

— La troisième, à cent soixante mètres.

Après s'être assuré que son chargeur était alimenté, il tira le levier de culasse afin de placer une balle dans la chambre puis colla l'œil à la lunette. Il effectua quelques corrections afin de tenir compte de la courbe balistique et de l'action du vent, puis fit feu. La balle se logea dans la silhouette désignée, tout près de la croix gammée.

— Pas trop mal, dit Goldberg, tout sourire, en étudiant l'objectif à l'aide d'une paire de jumelles. Maintenant, double la distance.

— Pardon, monsieur ?

— Trois cent vingt mètres, précisa l'instructeur. Pas de précipitation. Tâche de donner le meilleur de toi-même.

Marc poussa le levier de façon à éjecter la douille, puis fit monter une nouvelle balle dans la culasse, aligna la mire, retint son souffle et enfonça la détente.

Voyant la cible vibrer sous l'impact, Paul et Samuel lâchèrent une exclamation enthousiaste. Les yeux vissés à ses jumelles, Goldberg constata que le projectile n'avait atteint la silhouette que de quelques centimètres.

— Maintenant, vise la cible la plus éloignée, à six cents mètres.

Marc jeta un regard incrédule à ses camarades.

— Je vais essayer, monsieur, mais j'ai déjà failli manquer la précédente.

À cette distance, le moindre mouvement déportait le point central de la lunette d'un côté à l'autre de la silhouette. Même s'il parvenait à stabiliser sa position, il lui restait à compenser la force du vent et la courbe décrite par la balle sous l'influence de la gravité. Cette opération dépassant ses compétences, il pressa la détente et espéra que la chance serait de son côté.

— Tu as pulvérisé une touffe d'herbe, trente mètres devant l'objectif, annonça Goldberg. La courbe balistique s'accentue rapidement au-delà de quatre cents mètres. Crois-tu que tu pourrais rectifier le tir, si je te donnais une seconde chance ?

— J'en doute, monsieur. Si je compense davantage, je vais devoir viser au-dessus de la cible, qui disparaîtra de la lunette, et je n'aurai plus aucun point de repère.

— Je te parie un dollar que je fais mouche à cette distance, sourit Goldberg.

— Ça me paraît peu vraisemblable, s'esclaffa Marc, mais vous êtes un instructeur, alors je préfère garder mon argent au fond de ma poche.

L'homme lui remit les jumelles puis s'empara du fusil.

— Regarde la cible.

Henderson et les trois autres agents assistèrent à un étrange rituel. Goldberg s'allongea à plat ventre et ajusta méticuleusement sa position. Il modifia les réglages de la lunette, sortit de sa poche une longue plume blanche qu'il tint à la verticale afin d'estimer la force et la direction du vent.

Ses mouvements étaient lents mais précis, comme s'il essayait de freiner l'écoulement du temps et de se couper du reste du monde. Enfin, il posa la paume sur la poignée, bloqua sa respiration puis enfonça la détente.

– La vache ! s'exclama Marc. C'est *impossible* !

La balle avait atteint la petite moustache rectangulaire dessinée sur la cible.

Tenant à prouver que son exploit n'était pas le fruit du hasard, Goldberg actionna le levier de la culasse et fit feu une deuxième fois. Le projectile ne manqua la moustache que de quatre centimètres. Au troisième essai, il toucha le centre de la croix gammée.

Lorsque l'instructeur se redressa, Marc confia les jumelles à Henderson, qui inspecta brièvement la cible avant de les remettre aux trois autres agents.

– Alors, qui veut apprendre à tirer aussi bien que moi ? demanda Goldberg.

– Moi, moi ! lança Samuel, les yeux étincelant de joie enfantine. C'était extraordinaire !

– Le tir de précision tient en trois points : habileté, travail et calcul mental. Tout individu qui n'a pas la tremblote peut y parvenir. Certains tireurs russes font mouche à neuf cents mètres.

Goldberg écarta les bras puis balaya le pas de tir du regard.

– Mais ne vous réjouissez pas trop vite, les garçons. Il fait jour, la cible est parfaitement visible, il ne pleut pas et le vent souffle régulièrement. En outre – et c'est sans doute le plus important –, il n'y a ici aucun tireur d'élite ennemi prêt à répandre votre cervelle dans les buissons si vous commettez l'imprudence de lever la tête au mauvais moment ou si un rayon de soleil se reflète dans votre lunette.

L'instructeur marqua une pause puis poursuivit sa tirade sur un ton grave.

— Je suis ici pour vous apprendre à tirer. À tirer dans le noir et sous la pluie battante. À tirer après une journée de marche, le ventre vide et de la boue jusqu'à la taille. À tirer, même lorsque vous serez au bout du rouleau, quand vous n'arriverez plus ni à garder les yeux ouverts ni à soulever votre flingue. Vous allez vivre dix jours extrêmement éprouvants, mais lorsque j'en aurai terminé avec vous, soit vous serez d'excellents tireurs, soit vous aurez l'empreinte de ma botte incrustée à vie dans le postérieur.

CHAPITRE DIX-HUIT

Cinq jours et demi s'étaient écoulés depuis que les agents avaient rencontré le sergent Goldberg. Ils se trouvaient dans une forêt située à cinq kilomètres du quartier général de CHERUB.

Pour l'aider à mener à bien cet exercice nocturne, l'instructeur avait recruté PT, un agent âgé de dix-huit ans, et Keïta, l'un des assistants d'Henderson. Il avait réparti huit cibles le long d'un parcours d'une dizaine de kilomètres en terrain boisé et accidenté. Les garçons progressaient par binômes, jouant tour à tour le rôle de tireur et d'observateur. Chacun disposait de quarante balles.

Ils étaient non seulement jugés sur leur précision, mais aussi sur leur faculté à s'orienter et à choisir des positions de tir discrètes. Compte tenu de la haine que se vouaient Luc et Marc, le premier avait été associé à Samuel, le second à Paul.

À deux heures du matin, ce dernier laissa tomber son sac à ses pieds puis posa son arme contre un tronc d'arbre.

À en croire leur carte, les garçons devaient repérer une cible circulaire située entre quatre cents et sept cents mètres de leur position. Marc s'agenouilla derrière un buisson puis scruta la pénombre à l'aide d'une puissante paire de jumelles.

Les deux coéquipiers étaient épuisés. Ils n'avaient pas ôté leurs bottes depuis une vingtaine d'heures et n'avaient rien avalé depuis le déjeuner. Pour couronner le tout, ils étaient en retard sur la feuille de route établie par Goldberg, et venaient de parcourir deux kilomètres en courant pour rattraper leur retard.

Marc reprochait secrètement à Paul d'avoir emprunté un sentier large et bien tracé en quittant la zone de tir précédente, évitant ainsi une trajectoire plus directe mais plus escarpée. Pourtant, il se garda d'émettre la moindre critique. Il devait ménager son coéquipier, ne troubler ni sa respiration ni son rythme cardiaque, et faire en sorte qu'il aligne quatre balles au centre de la cible.

La lunette dont le fusil était équipé n'offrant qu'un facteur de grossissement de trois, Marc était chargé de repérer l'objectif à l'aide des jumelles. Après avoir balayé la végétation environnante pendant quatre-vingt-dix secondes, il repéra une bouée de sauvetage jaune ficelée à un tronc d'arbre, au-delà d'une légère dépression de terrain.

— Cible en visuel, dit-il, s'en tenant au lexique imposé par Goldberg afin de simplifier les échanges au sein des binômes. Nord-est, ordonnée moins vingt degrés. Deux arbres, un saule penché juste devant.

– Vu, dit Paul en collant un œil à la lunette. Estimation de la distance.

Le système de visée disposait d'un stigmomètre qui permettait de définir l'espacement entre l'arme et la cible. Tandis que Paul en faisait pivoter la molette, Marc fixa la cime des arbres et étudia le mouvement des branches.

– Vent stable, de la gauche, à cinq nœuds, annonça-t-il.

La cible se trouvant dans une cuvette en contrebas, Paul supposa que ce relief atténuait le déplacement des masses d'air. En outre, cette position exigeant un tir vers le bas, il était impossible de se mettre à plat ventre. Il posa un genou à terre, plaça le coude gauche sur sa cuisse et pressa la crosse du fusil contre sa joue.

Goldberg avec enseigné à ses aspirants tireurs une technique proche de l'autohypnose. Paul devait se couper du monde, imaginer qu'il se trouvait dans le noir absolu et laisser le rythme de sa respiration ralentir progressivement. Il ferma un œil et tira le levier de la culasse.

Parfaitement immobile, il pouvait sentir le sang battre dans les veines de son cou. Il fit le vide dans son esprit, jusqu'à ce que plus rien n'existe à ses yeux que la cible et le réticule de la lunette. Il avait décidé de se fier à son instinct et de ne compenser l'action du vent que de quelques degrés, ignorant délibérément les indications de son coéquipier.

À l'instant où la détonation retentit, Marc leva la tête et observa la cible à l'aide de ses jumelles. La bouée était intacte, mais un morceau d'écorce avait été arraché au tronc voisin, à moins de dix centimètres de l'objectif.

— Très légère correction sur la gauche, dit-il.

Paul étouffa un juron. Il avait vu juste : le vent était pratiquement nul au fond de la cuvette. Si le résultat de son premier tir était honorable, il s'en voulait de ne pas avoir pleinement suivi sa première impression. Sans modifier sa position, il arma le levier, bloqua sa respiration pendant trois secondes puis enfonça la détente.

— En plein dedans, dit Marc en considérant le trou qui venait d'apparaître dans la bouée. Plus que deux.

La troisième balle se ficha quelques centimètres au-dessus de la deuxième, la quatrième légèrement sur la droite.

— La bouée a subi des dégâts, expliqua Marc, mais je ne sais pas s'ils ont été provoqués directement par ton tir ou par des morceaux d'écorce.

— Alors disons, deux et demi sur quatre, dit Paul en se redressant. Ça aurait pu être pire, à cette distance.

Marc consulta sa montre puis jeta un œil à la carte. L'exercice avait été rondement mené, mais ils n'étaient pas parvenus à réduire leur retard.

— Le dernier poste de tir se trouve à moins d'un kilomètre, dit-il. Le terrain est en pente, mais nous devrons franchir une rivière.

— Quelle profondeur ?

— Aucune idée, répondit Marc en ôtant la sangle qui retenait les jumelles à son cou.

À l'instant où il s'empara du fusil, il se trouva aveuglé par un faisceau de lumière.

– Comment se fait-il que je puisse vous voir ? aboya Goldberg en surgissant d'un taillis, une puissante lampe électrique à la main, drapé dans un filet de camouflage. À quoi est-ce que vous jouez ?

– On consulte la carte, monsieur, répondit Marc.

– Je ne suis pas aveugle, répliqua l'instructeur en dirigeant le faisceau droit dans les yeux de son interlocuteur. Que vous ai-je dit à propos des déplacements sur le terrain ?

L'esprit de Marc était embrouillé. Il était épuisé et affamé. Il dégoulinait de sueur, et comptait tant d'ampoules aux pieds qu'il redoutait de souffrir le martyre au moment où il devrait ôter ses bottes.

– Eh bien ? insista Goldberg.

– Nous devons considérer que nous nous trouvons en territoire ennemi, monsieur, gémit Paul.

– En territoire ennemi, répéta Goldberg en frottant ses phalanges sur le crâne de Marc. Ce qui signifie que vous deviez vous baisser pour éviter d'être aperçus lors de vos déplacements et vous trouver une cachette au niveau de la zone de tir. Et vous, vous consultez la carte debout, à découvert, en parlant si fort que je vous ai entendus depuis mon poste d'observation, à vingt-cinq mètres. À plat ventre. Trente pompes. Exécution.

Marc lâcha un soupir puis fit glisser l'une des bretelles de son sac à dos.

— As-tu reçu l'ordre de te débarrasser de ton paquetage, mon garçon ? rugit Goldberg, les yeux exorbités.

Marc était athlétique et endurant. D'ordinaire, il n'aurait eu aucune difficulté à effectuer trente pompes en autant de secondes. Pourtant, au vingt-deuxième mouvement, ses bras ne purent plus supporter son poids.

— Vingt-quatre ! cria Goldberg au moment précis où son élève s'effondrait, incapable d'en supporter davantage. Tu te fous de moi ?

Paul, qui avait ôté son sac avant d'épauler le fusil, éprouvait lui aussi les pires difficultés à achever l'exercice.

— Je ne peux plus, bredouilla-t-il, à bout de souffle, avant de rouler à son tour dans les fougères.

— Tu ne peux plus *quoi* ? gronda l'instructeur.

— Je ne peux plus faire une pompe de plus, gémit Paul.

— Quel mot doit sortir de ta bouche à la fin de chaque phrase lorsque tu t'adresses à moi, mon garçon ?

— Monsieur. Je suis navré, monsieur. Je suis épuisé, monsieur.

— La température est clémente et il ne pleut pas, grogna Goldberg. Vous bénéficiez de conditions *idéales*. Si vous vous trouviez en opération, vous crèveriez de froid. Vous devriez pisser et vous vider les tripes des jours durant dans des trous infestés de rats en attendant qu'un enfoiré de nazi daigne montrer le sommet de son casque. Et vous *osez* flancher pendant une simple balade de nuit en forêt ?

Sur ces mots, il éteignit sa lampe. Pendant quelques instants, on n'entendit plus que la respiration haletante des deux garçons.

— Pouvons-nous poursuivre l'épreuve, monsieur ? demanda Marc.

— Luc et Samuel sont partis dix minutes après vous. Ils vous ont rattrapés avant la quatrième cible. Ils sont déjà en route vers l'école. Dans un quart d'heure, ils se seront douchés et mis au lit.

Les deux coéquipiers échangèrent un regard grave. L'annonce de leur échec leur avait fait l'effet d'un coup de poing à l'estomac.

— Le capitaine Henderson vous attend dans son bureau à huit heures du matin, dit Goldberg. Je me trouvais dans ces bois pour mettre les cibles en place bien avant votre réveil. Vous comprendrez que je commence à accuser le coup et que je sois pressé de me coucher. Il est inutile de poursuivre l'exercice.

Sachant qu'ils n'étaient plus en mesure de remporter l'épreuve, Paul et Marc étaient soulagés de pouvoir mettre un terme à leur calvaire.

— Si j'étais vous, je me garderais de sourire, poursuivit l'instructeur. Compte tenu de votre performance, il n'est pas question que vous rejoigniez votre dortoir. Vous passerez la nuit dans la forêt et ne rejoindrez l'école que pour vous présenter devant le capitaine. Est-ce clair ?

— Oui monsieur, répondirent les garçons.

Lorsque Goldberg eut tourné les talons et disparu dans les broussailles, Paul se mit à jurer :

— Nom de Dieu ! Il est plus de deux heures du matin et le quartier général se trouve à une heure de marche.

Marc estimait qu'il devait son infortune à la lenteur de son partenaire. Cependant, il ne fit aucune observation. Après tout, Paul n'était pas responsable de sa propre faiblesse physique.

— Il fait chaud et sec, comme il a dit, lança-t-il. Il n'est même pas nécessaire de construire un abri. On ne passera sans doute pas une nuit très confortable, mais je suis absolument épuisé. Ce ne sont pas les insectes et quelques gouttes de rosée qui m'empêcheront de roupiller.

CHAPITRE DIX-NEUF

Bravant sa nature malpropre et désordonnée, Luc avait ciré ses bottes et passé une chemise blanche immaculée dans le seul but d'accentuer le désarroi de Paul et de Marc.

— Vous avez des brins d'herbe dans les cheveux, ricana-t-il lorsque ses rivaux entrèrent dans la salle de classe où se tenaient les réunions de préparation des missions. J'ai dormi comme un bébé. Et toi, Samuel ?

Ce dernier avait de l'affection pour Paul et Marc. Il se serait volontiers désolidarisé de son partenaire, mais il redoutait ses manières brutales et impulsives.

— Oui, j'ai passé une bonne nuit, dit-il à contre-cœur.

— J'étais couvert de boue en rentrant de l'exercice, poursuivit Luc. Comme je ne voulais pas mettre de la boue plein les douches, je me suis déshabillé sur vos lits.

Ignorant la douleur que lui causaient ses ampoules, Marc, d'un coup de pied, envoya valser une chaise contre le mur.

— Si tu as osé faire ça, je vais te coller une trempe que tu n'es pas près d'oublier.

Paul posa une main sur l'épaule de son partenaire.

— Ne cède pas à la provocation. Tu sais bien qu'il n'attend que ça.

— Pippa a préparé un excellent petit déjeuner anglais, dit Luc. Œufs brouillés, boudin noir, trois tranches de pain. On s'en est foutu plein la panse, pas vrai, Samuel ?

L'enfant baissa les yeux puis contempla la pointe de ses bottes.

— Je suppose qu'elle vous en a mis un peu de côté.

— À vrai dire, je n'ai plus très faim, mentit Marc. Ce matin, sur le chemin du retour, on s'est gavés de fruits et de baies sauvages.

— Alors, Luc, quel score avez-vous obtenu, sur trente-deux ? demanda Paul.

— Ça ne te regarde pas.

Marc sentit que son coéquipier avait touché un point sensible : si Luc avait accompli des prodiges, il se serait empressé de le crier sur les toits.

— Combien ? insista-t-il en se tournant vers Samuel.

Ce dernier haussa les épaules.

— Je ne sais pas trop. Plusieurs fois, on n'a pas pu vérifier le résultat à cause de l'obscurité. Entre seize et dix-huit points, je pense.

— Ça ne va pas la tête ? protesta Luc. Bien plus !

Samuel afficha une moue sceptique, mais se garda de contredire son partenaire.

— Et vous, les gars, quel score ?

— Pareil, la vingtaine, répondit Paul. On aurait pu faire mieux, vu qu'on n'a pas pu accéder à la dernière zone de tir. C'était le tour de Marc, et il n'a manqué que deux cibles pendant tout l'exercice.

Luc, qui jalousait la précision de Marc, s'empressa de changer de sujet.

— Tu ne voudrais pas dégager de l'autre côté de la pièce ? À l'odeur, on jurerait que tu t'es roulé dans une bouse de vache.

— En attendant, moi, je ne mouille pas mes draps, répliqua l'intéressé.

— C'était il y a longtemps ! s'étrangla Luc. J'avais une fièvre de cheval. J'ai perdu connaissance.

— Pisser au lit, à ton âge... sourit Marc.

Luc se détendit comme un ressort et le saisit par le col de la veste. Marc tenta de lui porter un coup de genou à l'entrejambe, mais son adversaire esquiva l'attaque. Emporté par son élan, il se cogna le menton sur le bureau. Il sentit des mains puissantes se resserrer autour de son torse puis se retrouva allongé sur le dos.

— Lâche-moi, salaud ! hurla-t-il.

Pour toute réponse, son rival lui adressa un crochet au ventre. Paul s'empara d'une longue règle de bois posée sur une tablette, sous le tableau noir. L'instrument émit un claquement sec au contact du crâne de Luc.

— Tu ne perds rien pour attendre, merdeux, menaça ce dernier. Je te casserai en deux dès que j'en aurai fini avec ce minable.

Sur ces mots, il fit pleuvoir sur Marc une nouvelle volée de coups. Alors que Paul tentait de le ceinturer, le troisième officier DeVere – mieux connu sous le nom de Boo – fit irruption dans la pièce.

– Cessez ce pugilat immédiatement, rugit-elle. Le capitaine sera ici d'une seconde à l'autre. S'il vous prend en train de vous battre, vous serez tous punis.

Boo était plus grande que les belligérants mais guère en mesure de maîtriser deux garçons de quinze ans rompus au combat à mains nues. Ce n'est qu'avec l'aide de Paul qu'elle parvint à les séparer, au moment précis où Henderson entrait dans la salle de classe.

– C'est tout à fait inacceptable, tonna-t-il.

Après avoir déposé une liasse de documents sur une table, il se rua vers les garçons, saisit la règle tombée au sol et fouetta les cuisses de Marc de toutes ses forces, lui arrachant un hurlement à déchirer les tympans. Le second coup atteignit les fesses de Luc, qui tentait vainement de battre en retraite.

– Vos disputes incessantes commencent sérieusement à me taper sur les nerfs, aboya-t-il. Je ne vois plus que les coups de fouet pour rectifier votre comportement. C'est ainsi que l'on traite les récalcitrants, dans la Royal Navy. Si vous récidivez, je vous promets que j'appliquerai ce règlement à la lettre. Me suis-je bien fait comprendre ?

– Oui monsieur, répondirent en chœur Luc et Marc.

– À présent, asseyez-vous.

Pour le plus grand amusement de Paul, Luc fit la grimace en posant son postérieur martyrisé sur la chaise la plus proche. Marc ne cessa de se tortiller de douleur tandis qu'Henderson aidait Boo à punaiser des clichés au cadre du tableau noir.

— Contrairement à ce que pourrait laisser croire la scène lamentable à laquelle je viens d'assister, le sergent Goldberg affirme que vous avez accompli des progrès étonnants au cours des cinq premiers jours d'apprentissage. Je sais que vous vous interrogez sur les raisons qui m'ont poussé à vous faire suivre cet entraînement. À mi-chemin de votre période d'instruction, j'estime que je vous dois quelques explications. Samuel, ne reste pas assis au fond de la classe. Tu dois pouvoir étudier les photos.

Tandis que Boo entamait son exposé, le garçon se déplaça jusqu'au premier rang.

— Comme certains d'entre vous en ont déjà été informés, il y a quelques semaines, Rosie Clarke est entrée en possession d'un carnet décrivant une arme secrète allemande baptisée FZG-76.

À l'aide d'une craie, Boo traça sommairement les contours d'une bombe équipée de petites ailes et d'une queue surmontée d'un dispositif ressemblant à un tee de golf.

— À mesure que leur situation militaire se détériore, Hitler et ses proches font de plus en plus souvent référence à des armes *de la victoire* dans leurs allocutions, des dispositifs secrets censés leur donner un avantage décisif. Nous pensons que le FZG-76 en fait partie et qu'il sera bientôt opérationnel.

– Mais qu'est-ce que c'est, exactement ? demanda Samuel.

– Excellente question, sourit Boo en martelant le tableau avec son morceau de craie. Pour faire simple, il s'agit d'une bombe capable de voler de façon autonome. Elle dispose d'un moteur sans hélice placé dans la queue, d'une importante charge explosive et d'un système gyroscopique qui guide l'engin vers sa cible.

Les quatre agents échangèrent un regard stupéfait.

– Mais ça ne fonctionnera jamais, dit Marc. Un engin volant sans hélice ni pilote... Comment pourrait-il seulement décoller ?

– Je crains qu'il n'ait déjà décollé à de nombreuses reprises, répondit Boo, provoquant les ricanements de Luc. Il y a six mois, la Résistance danoise a intercepté des signaux radio émis lors des vols d'essai. En étudiant ces informations, nous avons pu déterminer que ces engins étaient plus rapides que les chasseurs britanniques les plus récents, et que leur système de guidage gagne en précision à chaque tentative.

– Ça veut dire que ces bombes vont bientôt nous tomber dessus ? s'étrangla Paul.

– Selon nos informations, le FZG-76 est encore à l'état de prototype. La production industrielle ne devrait pas débuter avant trois à douze mois. Ce qui nous intéresse, c'est surtout le système de guidage, situé *à cet endroit*.

Boo traça une croix à l'emplacement du nez de l'engin.

— À en croire le carnet de Rosie, les études concernant ce système seraient menées par un groupe de scientifiques français. Ils sont actuellement retenus contre leur gré dans un abri souterrain situé à l'ouest de Rennes. Notre mission consistera à interrompre leurs travaux.

Luc esquissa un sourire. Il plaça les mains devant son visage et ferma un œil, comme s'il braquait un fusil invisible.

— Voilà donc pourquoi nous avons passé tout ce temps à nous planquer dans la forêt. On va devoir leur faire sauter la tête. On va bien se marrer. Je suis partant.

Paul pâlit.

— Ne sois pas stupide, soupira Marc. Si on voulait tuer ces scientifiques, il suffirait de lâcher une bombe sur le bunker.

— Eh, ne me parle pas sur ce ton, toi, gronda Luc. Ce n'est pas moi qui ai dormi dans les bois, la nuit dernière.

— Parfait, tonna Henderson en faisant claquer sa règle contre le tableau. Je vois que vous tenez *absolument* à être fouettés, et je suis plus que jamais disposé à tenir ma promesse. Marc a vu juste : nous devrons à tout prix protéger la vie des chercheurs. Vous vous préparez à mener un assaut furtif sur le bunker. La raison pour laquelle vous devez vous entraîner au tir de précision, c'est que Rosie nous a informés que l'abri faisait aussi office d'arsenal pour les bombes de la Luftwaffe. Vous devrez éliminer le personnel de la base rapidement et discrètement, car si une fusillade éclate et qu'une balle touche un engin explosif, la réaction en chaîne pourrait être dévastatrice.

— Pourquoi les Boches ont-ils installé les scientifiques dans un endroit aussi dangereux ?

— J'avoue que nous nous sommes longuement posé la question, répondit Boo. Nous avons plusieurs théories. Premièrement, en France, les abris souterrains suffisamment vastes pour installer un laboratoire de recherche sont extrêmement rares. Selon nos informations, il existe moins d'une dizaine de constructions de ce type. Deuxièmement, il y a sans doute des raisons plus... politiques. Je vous rappelle que cette base secrète est placée sous l'autorité de la Luftwaffe, qui y stocke ses bombes. Mais selon la nomenclature mise en place par l'état-major du Reich, le FZG-76 est classifié munition d'artillerie à longue distance, ce qui signifie que sa mise au point est contrôlée et financée par la Heer[7].

— Vous voulez dire qu'ils se disputent ce jouet comme des gamins ?

Sourire aux lèvres, Boo hocha lentement la tête.

— C'est ce que nous soupçonnons.

Henderson désigna les clichés disposés autour du tableau.

7. Nom porté par l'armée de terre allemande de 1935 à 1945.

— Rosie s'est liée d'amitié avec deux garçons qui connaissent la zone du bunker comme leur poche. Grâce à eux, elle est parvenue à photographier la base sous tous ses angles. Au cours des dernières semaines, elle a pu étudier le dispositif de surveillance ainsi que les allées et venues autour du complexe. Selon elle, une dizaine de sentinelles de la Luftwaffe montent en permanence la garde aux abords de la base, et ils ne sont pas de toute première jeunesse. Cinq autres soldats gardent les chercheurs.

— Le réseau de résistance parisien a dépêché un opérateur radio auprès de Rosie, ajouta Boo. Il nous tient informés quotidiennement. Elle a rassemblé une petite équipe qui surveille les lieux. Chaque jour, nous en apprenons davantage sur les activités à l'intérieur et à l'extérieur du bunker.

— Comment allons-nous procéder ? demanda Paul. Sur les photos, on ne voit jamais plus de deux gardes. J'imagine que les autres sont à l'intérieur.

— Notre stratégie sera définie dans les jours à venir, en fonction des informations transmises par Rosie, expliqua Henderson. Pour le moment, je vous demande de vous concentrer à cent pour cent sur vos exercices de tir. Au dixième jour de votre période d'instruction, le sergent Goldberg vous soumettra à un test final. Les deux garçons qui obtiendront la meilleure appréciation seront choisis pour participer à la mission.

Marc et Luc se fusillèrent mutuellement du regard. Marc était sans conteste le meilleur tireur, mais il ne faisait aucun doute que Paul et Luc se disputeraient la seconde place du binôme.

Samuel leva la main et posa la question qui occupait l'esprit de tous les agents présents dans la pièce :

— Capitaine, que se passera-t-il si les deux agents choisis ne s'entendent pas ?

— Nous sélectionnons les agents en fonction des exigences de chaque mission, au seul regard de leurs compétences. Ceux d'entre vous qui se montreraient incapables de mettre de côté leurs différends personnels dans l'accomplissement de leur mission n'ont pas leur place dans mon unité.

CHAPITRE VINGT

QUATRE JOURS PLUS TARD.

En cette avant-dernière journée d'instruction sur le stand de l'US Air Force, les cibles cartonnées étaient réparties entre trois cents et mille mètres de la butte de tir.

Le sergent Goldberg avait passé la matinée à prodiguer des conseils individuels, suggérant à chaque agent d'infimes ajustements. À grande distance, le moindre changement de position pouvait faire toute la différence.

Constatant que le petit Samuel était gêné par la longueur de son Enfield n° 4, il y adjoignit une crosse plus courte empruntée à un modèle compact réservé aux opérations commando. Modifier une arme au neuvième jour de l'entraînement était une entreprise risquée, mais après quelques tirs calamiteux, le garçon se mit à faire mouche à sept cents mètres avec une régularité d'horloge. Lorsqu'il rejoignit l'école à l'heure du déjeuner, un large sourire éclairait son visage.

Les quatre agents avaient pris place à la table de la salle à manger. On leur servit un plat de purée coiffée de bœuf en conserve.

— Maintenant, je crois que j'ai mes chances pour la seconde place, lança-t-il.

Paul lui adressa un clin d'œil complice. Marc, lui, reprenait espoir. Après tout, peut-être n'était-il pas condamné à mener la mission en compagnie de Luc. Comme de bien entendu, ce dernier affichait une mine sombre et observait un silence absolu.

Ce n'est qu'après le repas, dans les toilettes collectives du premier étage, que Luc s'en prit à Samuel, le poussant violemment contre le mur carrelé.

— Eh, c'est quoi ton problème ? cria le garçon.

— Je croyais qu'on était partenaires. J'ai trimbalé la moitié de ton équipement depuis le début du stage.

— Il n'empêche qu'on se bat pour la même place, je te le rappelle.

— Tu es encore tout jeune, dit Luc en malmenant une nouvelle fois sa victime. Ton heure viendra, tu peux me croire, mais cette mission-là est pour moi.

Samuel redoutait de faire de son partenaire un ennemi.

— Si j'envoie volontairement quelques balles à côté de la cible, tu me devras une faveur.

— D'accord. Tu n'auras qu'à demander. Je pourrai démolir quelqu'un pour toi, tout ce que tu voudras.

Samuel quitta les toilettes la tête basse et rejoignit la salle de classe où devait se tenir le cours théorique de l'après-midi. Il essaya de se persuader que ce n'était que partie remise et qu'il s'était emballé un peu vite après un exercice de tir plus réussi que les précédents. Mais au fond, il était ulcéré par la méthode brutale que Luc avait employée pour parvenir à ses fins.

La leçon de Goldberg était entièrement consacrée au calcul. Le tir à longue distance n'exigeait pas seulement une main ferme et une technique irréprochable, mais aussi de solides connaissances en balistique.

— Prenons une cible située à six cent quarante mètres au nord-est de notre point d'observation, annonça l'instructeur en traçant un schéma sur le tableau. Vent de nord entre trois et sept nœuds, température vingt-six degrés centigrades, taux d'humidité important, objectif situé quatre-vingts mètres au-dessus de la position du tireur.

Chaque agent disposait d'une ardoise, d'un morceau de craie et de tables indiquant les effets d'innombrables conditions particulières sur la trajectoire d'une balle.

— Réponse ? demanda Goldberg lorsque quarante secondes se furent écoulées.

Les quatre élèves brandirent leur ardoise, dévoilant des nombres correspondant aux degrés de correction verticale et horizontale.

— La bonne nouvelle, c'est que vous êtes tous tombés sur le même résultat, lança l'instructeur. La mauvaise, c'est que votre balle vient de s'écraser plusieurs mètres devant la cible. Je vous rappelle que l'humidité rend l'air plus dense. Ce qui signifie ?

Samuel leva la main.

— Que la courbe balistique est moins prononcée mais que la densité de l'air ralentit la balle plus rapidement, monsieur.

— Affirmatif. Mais vous n'en avez pas tenu compte dans votre calcul. Considérant que vous n'avez pas de baromètre à votre disposition, comment pouvez-vous estimer le taux d'humidité ?

Paul demanda la parole.

— Il grimpe après les chutes de pluie, à proximité des grandes étendues d'eau et…

— Je ne t'ai pas demandé où l'humidité était susceptible de vous jouer des tours. Je veux savoir comment on peut en mesurer l'importance.

— Eh bien… l'apparition de sueur peut constituer un indice. On peut aussi souffler sur la lentille de la lunette, ou sur un miroir. Plus la condensation s'évapore rapidement, plus le taux d'humidité est bas.

— Bien, lâcha Goldberg. Mais le résultat sera différent pour chaque miroir, et ton souffle sera moins humide si tu es essoufflé. Il convient donc d'utiliser un baromètre et de tester le matériel dont vous disposez dans toutes les conditions.

Samuel leva de nouveau la main.

— Il n'existe pas d'appareil portatif qui permettrait d'obtenir un résultat précis ?

L'instructeur hocha la tête puis se dirigea vers la table de Marc, qui semblait perdu dans ses pensées. Il lui tira gentiment l'oreille puis saisit la grille de chiffres posée devant lui.

— Lors d'une opération de nuit, il est impossible de se référer à un document, à un thermomètre ou à un hygromètre de poche. Un bon tireur d'élite connaît si bien les éléments qu'il peut *sentir* son tir. Le simple contact de l'air sur sa peau lui permet d'estimer la vitesse du vent, l'humidité et la température. Pour lui, effectuer les calculs correctifs n'est pas plus difficile que de réciter une table de multiplication. Mais il faut des années d'expérience pour acquérir ce niveau d'expertise. Lorsque cette période d'instruction sera terminée, vous devrez continuer à mémoriser les tables balistiques, garder vos armes nettoyées et vous entraîner régulièrement, sous la pluie, la neige ou le soleil. Est-ce bien clair ?

— Oui monsieur ! répondirent en chœur les agents.

— Fort bien. En ce cas, passons à un nouveau cas de figure : cible située à mille trois cent trente pieds au nord du point d'observation. Vent de sud-sud-est à vingt-deux nœuds, objectif situé dix-huit mètres sous la position du tireur. Terrain enneigé, température basse, respiration formant un nuage de vapeur...

.:.

Pour terminer la journée, Goldberg avait organisé une chasse à la patate qui, pensait-il, remonterait le moral de ses élèves tout en lui offrant une occasion de tester leurs facultés à progresser furtivement sur le terrain et leurs compétences en matière de camouflage.

Il avait dispersé le contenu d'un sac de pommes de terre autour de l'école, de la villa d'Henderson et du cimetière. Les quatre agents avaient reçu l'ordre d'en ramasser le plus grand nombre possible tandis qu'une dizaine de résidents et d'employés du quartier général étaient chargés de leur donner la chasse.

En vertu des règles, chaque fois qu'un des apprentis tireurs d'élite serait capturé, il devrait abandonner cinq de ses pommes de terre puis rejoindre le point de départ situé près de l'école.

La première manche ne dura pas plus de dix minutes : Joan, la femme du capitaine, jaillit de la villa en hurlant. Elle essayait de coucher son petit garçon de deux ans, mais ce dernier, conscient que l'on jouait dans le jardin, se ruait vers la fenêtre au moindre bruit de cavalcade.

Après cet incident, les participants durent ramasser les pommes de terre disséminées à proximité de la villa des Henderson avant de poursuivre l'exercice.

À la surprise générale, Paul remporta la partie au bout de quatre-vingt-dix minutes d'intense course-poursuite grâce à un stratagème audacieux : il avait dissimulé ses pommes de terre dans les buissons au cours de la collecte, si bien que ses poursuivants n'avaient pu faire main basse sur son butin lorsqu'ils l'avaient intercepté.

Alors que la lumière du jour déclinait, Goldberg, qui avait pris part à la chasse, fit irruption dans le dortoir du premier étage, l'uniforme détrempé et maculé de taches d'herbe. D'excellente humeur, tous les agents qui avaient pris part au divertissement se livraient à une bataille d'oreillers, de bottes et de chaussettes roulées en boule. Ne souhaitant pas interrompre ce joyeux pugilat, l'instructeur ordonna à ses quatre recrues de se rassembler dans le couloir.

— C'était un plaisir de vous avoir sous mes ordres, dit-il. On apprend vite, à votre âge, et je dois dire que vous m'avez plutôt facilité les choses. Quoi qu'il en soit, je vous conseille de vous coucher tôt. Demain matin, vous accomplirez une épreuve individuelle. Quatre paires de cibles, deux balles par cible. Vous écoperez d'un point de pénalité si vous ne parvenez pas à remplir chaque objectif en moins de vingt minutes. Les deux candidats qui obtiendront le meilleur score seront parachutés en France en compagnie d'Henderson. Rendez-vous à neuf heures devant la porte principale.

CHAPITRE VINGT ET UN

Lorsque Marc s'éveilla, le dortoir du groupe A était plongé dans la pénombre. À la lumière d'une lampe de poche, il inspecta le cadran de son réveil et constata qu'il était à peine deux heures et demie du matin. Il se glissa hors du lit, récupéra les bottes, la chemise et le pantalon rangés sous son lit puis se rua vers la porte. Il fila le long du couloir au pas de gymnastique et dévala l'escalier menant au rez-de-chaussée.

La porte principale grinça de façon alarmante. Sourd à la douleur que lui causaient ses ampoules, il fila pieds nus dans l'herbe humide, se mit à couvert à l'angle du bâtiment puis enfila son pantalon à la hâte. Il passa sa chemise, boutonna dimanche avec lundi, enfonça ses pieds incrustés de gravier dans ses bottes puis traversa le cimetière sans prendre la peine de nouer ses lacets. Enfin, il emprunta le chemin menant à l'armurerie, située à trois minutes de là. Les lieux semblaient déserts, mais il préféra effectuer le tour de la construction pour s'assurer qu'il pouvait agir en toute impunité.

Les locaux étant fermés à clé, il escalada la clôture du stand de tir au pistolet à ciel ouvert. Là, comme il l'avait prévu, il trouva une porte non verrouillée menant à l'intérieur du bâtiment.

Une grille d'acier interdisait l'accès à la partie où étaient stockées les munitions et les armes de service non attribuées. La pièce où se trouvait Marc était meublée de râteliers, de quelques bancs et de trois établis où étaient disposés les flacons d'huile, les chiffons et les brosses servant au nettoyage des pistolets.

Les fusils des quatre agents se trouvaient dans des housses de toile posées près de l'entrée. Marc s'empara de l'arme de Luc et la posa sur l'établi le plus proche. Il éprouvait un profond sentiment de culpabilité, mais il était déterminé à écarter son rival du processus de sélection pour le salut de la mission. Il ouvrit un tiroir à outils et en sortit un petit tournevis.

Les fusils étaient plus précis que les armes de poing en raison de leur canon rainuré en spirale qui imprimait à la balle un mouvement de rotation et stabilisait sa trajectoire. D'un geste expert, Marc ôta le verrou de culasse, démonta l'ensemble mobile, glissa l'extrémité du tournevis à l'entrée de la chambre puis raya le métal.

Il laissa tomber une goutte d'huile sur un chiffon puis en enduisit les minuscules encoches ainsi pratiquées afin de maquiller son forfait. Marc espérait que cet acte de sabotage réduirait la rotation de la balle et que cet infime changement de trajectoire pousserait Luc à la faute.

∴

Comme tous les jours, Pippa, la cuisinière, servit aux agents un copieux petit déjeuner anglais. Les quatre aspirants tireurs d'élite trahissaient des signes de nervosité. Ils en avaient assez de vivre ensemble vingt-quatre heures sur vingt-quatre. Luc préféra s'asseoir à une table isolée. Samuel se joignit à son grand frère Joël. Marc, lui, se restaura en compagnie de PT.

Paul avait quitté son lit, mais il ne s'était pas rendu au réfectoire. Un peu anxieux, Marc regagna le premier étage sitôt son repas achevé. Il trouva son camarade planté devant un lavabo de la salle de bains commune, le teint blafard et le front perlé de sueur.

— Qu'est-ce qui ne va pas ?

— J'ai le trac, gémit Paul.

À en juger par son haleine, il venait de rendre tripes et boyaux. Il se rinça la bouche sous le robinet.

— Je suis certain que tu vas très bien t'en sortir, sourit Marc.

L'espace d'un instant, il envisagea de l'informer de l'acte de sabotage auquel il s'était livré durant la nuit.

— Je ne suis pas certain de vouloir faire *ça*, confessa Paul.

Marc ouvrit des yeux ronds.

— Je ne comprends pas...

— Jusqu'ici, on a tiré sur des pneus, des bouées, des réveils, des cibles en papier, des carcasses de poulet et des ballons de rugby. Si je pars en mission, ce sont des personnes bien vivantes que je verrai dans ma lunette.

— Tu as toujours eu du cran, fit observer Marc. Tu as liquidé des Boches et sauvé la vie de Rosie, il y a deux ans.

— Là, ce sera différent, soupira Paul. Viser un être humain à mille pieds et l'exécuter froidement... D'une certaine façon, j'espère que Luc sera sélectionné. Ce travail de boucher lui convient parfaitement.

— Comment peux-tu dire une chose pareille ? lâcha Marc. Tout le monde te traite de dégonflé, ici. Je vais finir par partager leur point de vue.

Profondément blessé, Paul baissa les yeux.

— Mes mots ont dépassé ma pensée, s'empressa d'ajouter Marc. Écoute, essaie de faire de ton mieux pendant l'épreuve. Ensuite, je veillerai sur toi, d'accord ?

Paul était rompu aux sarcasmes de ses camarades, mais cette fois, ces paroles avaient été prononcées par son meilleur ami. Il tourna les talons et dévala l'escalier.

— Paul, ce n'est pas ce que je voulais dire ! cria Marc.

Mais son coéquipier, restant sourd à son appel, franchit la porte de l'école sans se retourner puis marcha d'un pas mécanique vers l'armurerie afin de récupérer son équipement.

∴

Goldberg conduisit ses élèves jusqu'à la forêt à bord d'un camion bâché. Les garçons s'élancèrent à dix minutes d'intervalle de façon à ne pas se trouver simultanément au même poste de tir. Marc, le plus rapide, prit le départ le premier, suivi de Luc, de Samuel et de Paul.

Jusqu'alors, ils avaient effectué les exercices en binôme. Marc était soulagé de pouvoir se déplacer librement, sans Paul pour le ralentir. Il atteignit la première cible après huit minutes de course soutenue sur les flancs d'une colline.

Aux premières heures du jour, une pluie torrentielle s'était abattue sur la campagne. Trempé jusqu'aux genoux, il se posta à couvert derrière un rocher et épaula son fusil. Il n'eut aucune difficulté à repérer les disques de carton disposés respectivement à quatre cent quatre-vingts et six cents mètres.

Les instructions agrafées à sa carte stipulaient qu'il devait faire feu à deux reprises sur chaque objectif. Il mit un point d'honneur à placer deux balles pile au centre de la cible la plus proche.

Lorsqu'il fit feu pour la première fois en direction de l'objectif le plus lointain, une bourrasque le frappa de plein fouet, si bien que le projectile s'enfonça dans la terre, à sept mètres du but. Il lui suffit d'effectuer une correction verticale d'un demi-degré pour faire mouche.

Pour atteindre le poste de tir suivant, Marc dut rebrousser chemin. Dans la pente, il croisa Luc qui, en pleine ascension, lança un grognement inamical. Il s'égara momentanément mais finit par atteindre sa destination dans le temps qui lui était imparti, évitant de peu la perte d'un point. Là, il fit mouche à quatre reprises.

La troisième paire de cibles était placée en contrebas, mais il réalisa un carton plein sur la première. Il n'atteignit pas la suivante. Cet échec n'avait rien d'inquiétant, car l'objectif était situé à plus de sept cents mètres, une distance dont lui seul, des quatre candidats, était régulièrement venu à bout.

Le poste de tir final était situé à plus de cinq kilomètres. Conscient qu'il était strictement impossible de parcourir cette distance en moins de vingt minutes, il estima qu'il était inutile de s'essouffler inutilement et se résigna à écoper d'un point de pénalité. Il marcha tranquillement et atteignit son objectif en pleine possession de ses moyens.

La dernière cible était placée à deux cent cinquante mètres d'une rivière dont la berge boueuse faisait office de butte de tir. Le soleil matinal se reflétait sur les eaux tumultueuses, si bien qu'il ne vit que des taches lumineuses et mouvantes lorsqu'il colla son œil à la lunette.

Marc était inquiet. Il doutait de pouvoir faire mouche et redoutait que ses camarades ne bénéficient de conditions plus favorables. Espérant qu'un nuage providentiel vienne masquer le soleil, il leva les yeux et ne vit que des oiseaux filant dans un ciel d'azur.

Luc, qui avait tenté de rejoindre la zone de tir dans les vingt minutes qui lui étaient imparties, jaillit de la végétation à l'instant où son rival plaçait sa première balle à quelques centimètres de la cible.

— Monsieur ? s'étrangla-t-il, visiblement bouleversé.

Marc jeta un regard aux alentours. Goldberg et Henderson marchaient d'un pas vif dans sa direction.

— Monsieur, j'aimerais que vous me laissiez une seconde chance, supplia Luc. Mon fusil ne fonctionne pas correctement.

— Qu'est-ce qui te fait penser ça ? demanda Goldberg.

— Je n'ai pas marqué un seul point. Enfin, j'ai mordu l'extérieur d'une cible, mais je crois qu'il s'agit d'un coup de chance.

Marc sentit le rythme de son cœur s'accélérer. Il colla l'œil à la lunette et tâcha de se concentrer. Il avait jusqu'alors espéré que les entailles pratiquées dans la chambre du fusil modifieraient très légèrement la trajectoire des balles et conduiraient Luc à rater deux ou trois cibles, une contre-performance qui serait mise sur le compte d'un mauvais jour. Mais son adversaire n'avait inscrit qu'un point sur neuf, et il ne faisait aucun doute que son arme serait inspectée.

Sa deuxième balle atteignit l'objectif d'extrême justesse. Une infime correction lui permit de placer les deux suivantes en plein dans le mille.

— Bonjour monsieur, dit-il en se levant pour saluer Henderson, qui venait de se planter à ses côtés.

— Comment ça s'est passé ?

— Onze sur seize, monsieur.

— C'est bien. Sauf énorme surprise, ce score devrait t'offrir la qualification.

Marc gardait un œil sur Goldberg, qui étudiait le fusil de Luc.

— Je suppose qu'il n'a pas été correctement nettoyé. Je t'ai pourtant mis en garde une bonne centaine de fois. Tu ne peux t'en prendre qu'à toi-même.

Samuel atteignit à son tour la zone de tir.

— Alors petit, demanda Henderson, as-tu réalisé des prodiges ?

— Je n'arrive à rien, aujourd'hui. Je n'ai placé que quatre balles sur douze. En plus, je suis en retard, ce qui me fait un point de moins.

— Voyons ce que tu peux faire de tes quatre dernières balles.

— Luc n'a marqué qu'un point, annonça Marc. Il dit qu'il y a un problème avec son fusil.

Samuel s'attendait à voir le garçon esquisser un sourire, mais ce dernier, l'air sombre, s'allongea à plat ventre sur la berge. En vérité, il avait délibérément manqué plusieurs tirs pour s'assurer de terminer l'épreuve derrière Luc. Mais si son partenaire était éliminé, ses manœuvres n'avaient eu pour seul résultat que de favoriser la qualification de Paul. Dès lors, il décida de tenter crânement sa chance.

Lorsqu'il regarda dans la lunette, il eut la surprise de ne découvrir que des taches lumineuses en mouvement. Confronté pour la première fois à un tel problème, il se souvint d'une leçon prodiguée par Goldberg au deuxième jour de la période d'instruction.

Il tira de son sac à dos une trousse contenant plusieurs filtres optiques puis vissa à l'extrémité de sa lunette une lentille polarisante permettant de bloquer les rayons lumineux provenant d'une source spécifique. En le faisant pivoter, il parvint à éliminer les reflets causés par le miroitement du soleil à la surface de l'eau. Le dispositif modifiant le spectre lumineux, l'image était un peu terne mais bien meilleure que lors d'un tir nocturne.

Tandis que Marc se reprochait de ne pas avoir pensé à utiliser la lentille, Samuel bloqua sa respiration puis aligna deux balles dans chaque cible.

— Voilà qui est beaucoup mieux, dit Henderson en lui adressant une claque amicale dans le dos.

— Sept sur seize, ça n'a rien d'extraordinaire, soupira Samuel, qui ignorait si ce coup d'éclat suffirait à faire rétrograder Paul en troisième position.

Pendant ce temps, Goldberg avait étalé un morceau de tissu dans l'herbe et entrepris de démonter le fusil de Luc.

— On dirait qu'une balle a endommagé la chambre, dit-il. Le canon est fichu. Voilà ce qui arrive quand on ne prend pas soin de son arme. Tu as de la chance de ne pas être militaire, car cette négligence te coûterait trois mois de solde.

— Elle était propre, monsieur, répliqua Luc d'une voix inhabituellement haut perchée. J'ai passé une heure à la nettoyer. Le canon était *impeccable*.

— Ne te fiche pas de moi, mon garçon! gronda Goldberg en plissant les yeux afin d'étudier l'entrée du canon.

Soudain, ses traits se figèrent.

– As-tu essayé de déloger une balle à l'aide d'un objet pointu ?

– Non monsieur.

– En ce cas, peux-tu m'expliquer l'origine de ces entailles ? demanda l'instructeur en lui tendant le fusil. Les balles laissent des rayures tout au long du canon. Là, ce sont des encoches courtes et profondes.

Marc sentit la nausée le gagner tandis que Luc examinait les preuves de son forfait.

– C'est du sabotage, monsieur ! s'exclama ce dernier. J'ai nettoyé cette arme hier soir à l'aide d'une tige, d'un goupillon et d'un chiffon doux, comme vous nous l'avez appris. Ces rayures n'y étaient pas, je le jure sur la tombe de ma mère.

– C'est une allégation extrêmement grave, dit Goldberg. Je te conseille de bien réfléchir avant de la maintenir.

Luc fusilla Marc du regard.

– Je sais que c'est toi qui as fait ça ! rugit-il avant de se ruer sur lui.

CHAPITRE VINGT-DEUX

Marc eut beau tenter de se dérober, il reçut un puissant coup de poing au biceps. Henderson, qui se tenait à quelques mètres de là en compagnie de Samuel, se précipita vers les deux garçons, les saisit par le col et les maintint fermement à l'écart l'un de l'autre.

— Ça suffit, ordonna-t-il. Peut-on savoir ce qui se passe ?

— Il y a des rayures suspectes dans le canon de Luc, expliqua Goldberg. Je sais qu'il ne prend pas grand soin de son arme, mais je n'ai jamais vu de telles marques. Je crois comme lui qu'il s'agit d'un acte de sabotage.

Henderson se tourna vers Marc.

— C'est toi qui as fait ça ?

— Non monsieur. Nos fusils ne sont pas gardés sous clé. N'importe quel agent ayant accès à l'armurerie aurait pu faire le coup.

— Sans doute. Mais je trouve fort étrange que ce fusil ait été délibérément endommagé la nuit précédant l'exercice final.

— Capitaine, dit Goldberg, je dois vous signaler que Marc est de très loin le meilleur tireur du groupe. Sa qualification était assurée. En revanche, les deux autres avaient peu de chance de prendre la deuxième place.

— Marc me déteste, lâcha Luc. Il ne veut pas que je parte en mission avec lui. Paul et Samuel sont trop lâches pour faire une chose pareille.

— Je ne suis pas lâche, gronda son partenaire d'entraînement.

— As-tu saboté le fusil de Luc ? demanda Henderson.

— Non monsieur, répondit Samuel. On a fait équipe pendant dix jours. Je ne suis pas fou. Je sais de quoi il est capable.

— Pourtant, le coupable est forcément un membre du groupe. Nous allons attendre que Paul daigne nous rejoindre. Lorsque vous serez tous les trois réunis, si personne ne se dénonce, je convoquerai Keïta qui vous fera faire de l'exercice pendant deux heures. Ensuite, si le responsable s'obstine, vous aurez droit à une autre séance. Et ainsi de suite, jusqu'à ce que l'affaire soit réglée.

Paul fit son apparition quelques secondes plus tard, déboussolé et à bout de souffle.

— Qu'est-ce qui se passe ? demanda-t-il, frappé par la mine déconfite de ses camarades.

— Demande à ta fiancée, cracha Luc en hochant la tête en direction de Marc.

Malgré l'acte de sabotage dont il s'était rendu coupable, Marc était un garçon honnête. Il se refusait à laisser Paul et Samuel endurer injustement des heures de souffrance physique. Il se tourna vers Henderson et déclara :

— Je suis seul responsable. Cette nuit, je me suis introduit dans l'armurerie.

Un sourire radieux éclaira le visage de Luc. Henderson saisit Marc par le cou, le plaqua contre un tronc d'arbre puis lui flanqua une claque retentissante.

— Mais qu'est-ce que tu avais dans la tête ? hurla-t-il. Les armes ne sont pas des jouets. Une balle aurait pu exploser dans la chambre et arracher l'oreille de ton camarade. Tu es un parfait idiot !

Sur ces mots, il gifla Marc à deux reprises avant de lui administrer un solide coup de pied aux fesses.

— Je vous avais pourtant mis en garde, tous les deux ! aboya-t-il.

— Eh, c'est moi la victime dans cette histoire, fit observer Luc.

Henderson n'avait jamais éprouvé la moindre sympathie à son égard mais il ne pouvait pas lui donner tort.

— Très bien, dit-il. C'est une affaire *extrêmement* sérieuse. Je dois m'accorder un moment de réflexion avant de prendre une décision. Le sergent Goldberg et moi-même allons regagner le quartier général à bord du camion. Vous quatre, vous rentrerez à pied et en profiterez pour méditer. Ensuite, vous resterez au garde-à-vous devant la porte de l'école et ne remuerez pas un orteil avant d'en avoir reçu l'ordre.

— Et mes quatre derniers tirs, monsieur ? demanda Paul.

— C'est inutile. Cette farce a assez duré.

⁂

Si Henderson planifiait les missions en collaboration avec les plus hauts responsables des services secrets, la superintendante Eileen McAfferty dirigeait officiellement l'Unité de recherche et d'espionnage B. Elle négociait les budgets, s'assurait que les agents soient correctement nourris et se chargeait de l'approvisionnement, des vêtements aux produits d'entretien en passant par les explosifs et les munitions.

— Je sais parfaitement que tu es chargé des mesures disciplinaires ! rugit-elle, son accent de Glasgow renforcé par la colère. Mais je veux que tu signes un document indiquant que je m'oppose à ce que des agents reçoivent le fouet.

Le capitaine et la superintendante partageaient le même bureau au rez-de-chaussée de l'école.

— J'ai subi ce châtiment lorsque j'étais cadet dans la Navale, dit Henderson. Je n'en suis pas mort.

— Ce ne sont que des enfants, répliqua McAfferty. C'est un traitement barbare.

— J'étais plus jeune que Marc et Luc. On devait se mettre à plat ventre, les fesses à l'air, sur un vieux cheval-d'arçons taché de sang séché. Les autres cadets devaient applaudir à chaque coup.

McAfferty leva les yeux au ciel.

— Cette description n'est pas de nature à me faire changer d'avis.

— Je les avais prévenus. Je m'étais engagé à leur donner le fouet en cas de récidive.

McAfferty esquissa un sourire oblique puis tira une lettre d'une corbeille de classement.

— J'ai reçu ceci ce matin. Ça vient du quartier général du SIS. Je cite un extrait : *Les risques sont tels qu'il est désormais exclu que des officiers détenteurs d'informations relatives à des opérations militaires participent à des missions en territoire ennemi.*

— Quel rapport avec le comportement de Marc ?

— Il me semble que tu comptais prendre part à la mission sur le laboratoire souterrain, mais après avoir lu cette circulaire, je me demande si nous ne devrions pas commencer par en référer à notre hiérarchie.

Henderson se raidit.

— Et je suppose que c'est ce que tu feras, si Luc et Marc sont fouettés ?

— Tu es tellement borné, soupira la superintendante. Je ne comprends pas... Toi qui étais si proche de Marc !

— C'est un bon garçon, mais en l'occurrence, il s'est comporté comme le pire des imbéciles, et il est hors de question que je laisse passer une chose pareille. Si je ne peux pas leur infliger la sanction prévue, que suis-je censé faire ?

McAfferty s'accorda quelques secondes de réflexion.

— L'origine de cette affaire, c'est la haine que se vouent Marc et Luc. Quand j'étais petite, à Glasgow, le directeur de l'école de mon frère avait une méthode bien à lui en de telles occasions : il distribuait des gants de boxe aux deux garçons et les laissait régler leur différend d'homme à homme.

— Rien de très original, s'esclaffa Henderson. Mon professeur de gymnastique employait le même procédé pour calmer les élèves qui jouaient un peu trop des coudes sur le terrain de football.

— Marc et Luc sont de constitution comparable, poursuivit McAfferty. Permets-leur de crever l'abcès. Quelques rounds suffiront.

— Avec un peu de chance, ils pourraient même apprendre à se respecter.

.:.

Après avoir patienté pendant deux heures au garde-à-vous, suivi les cours de l'après-midi et dévoré trois tranches de gigot au réfectoire, Paul et Samuel s'accordèrent quelques instants de détente, assis contre un mur à proximité des portes ouvertes du préau.

— Quand saura-t-on qui part en mission ? demanda Samuel.

— Tu n'as qu'à demander à Henderson, si ça te tente, mais il est de méchante humeur. PT dit qu'il s'est pris le bec avec McAfferty.

— Je suis sûr qu'il choisira Marc et Luc. Il leur a permis de régler leur histoire sur le ring. Quand ils se seront mis quelques marrons, il leur demandera de se serrer la main, et ils n'auront plus qu'à préparer leur paquetage.

Paul ne semblait pas convaincu.

— Ils se détestent tellement... Je ne crois pas qu'ils puissent se réconcilier.

— En tout cas, moi, je préférerais me battre que d'être fouetté devant les autres. Et puis, détends-toi, je parie qu'on va assister à un combat du tonnerre. Rentrons, ça ne va pas tarder à commencer.

Samuel et Paul regagnèrent le préau. Le ring était constitué de huit tapis de gymnastique cloués sur le parquet.

Tous les agents et les membres du personnel avaient tenu à assister à l'affrontement, même les cuisinières dont le service était terminé depuis plus d'une heure. Marc glissa ses mains bandées dans des gants matelassés. Luc, qui n'avait aucun ami, patientait seul dans l'angle opposé de la salle.

— Approchez, ordonna Keïta.

Henderson l'avait chargé de veiller au bon déroulement de la rencontre, même si sa connaissance des règles de la boxe était des plus limitées.

— Ici, c'est moi le patron, dit-il à l'adresse des combattants en brandissant un poing serré. Le premier qui commence à dérailler, je l'envoie à l'infirmerie pour le reste de la semaine.

Trois chaises avaient été installées aux abords du ring de fortune. Cloche en main, Henderson avait pris place au centre, son fils sur les genoux. Boo et McAfferty se tenaient à ses côtés. À l'exception de Joyce, tous les autres spectateurs se tenaient debout.

— Quatre rounds de trois minutes, annonça Keïta avant de se tourner vers Henderson. À votre signal, capitaine.

Les deux rivaux se fusillaient du regard au centre du ring.

— Assomme-le, Marc ! cria Joël, le grand frère de Samuel.

Un concert d'acclamations salua cet encouragement. Les autres garçons et la quasi-totalité des membres du personnel soutenaient Marc.

— Allez tous vous faire foutre, gronda Luc en lançant à l'assistance un regard incendiaire.

Henderson, qui réprouvait l'emploi d'un tel langage devant des femmes, envisagea de le corriger sur-le-champ. Mais il était, comme toutes les personnes rassemblées dans le hall, impatient d'assister à l'affrontement. Il plaça la cloche dans la main du petit Terence, qui la secoua joyeusement, annonçant le début du premier round.

CHAPITRE VINGT-TROIS

Si Marc faisait l'unanimité auprès des spectateurs, ces derniers auraient tous misé sur Luc s'ils avaient pu parier de l'argent sur l'issue du combat. Au coup de cloche, il avait déséquilibré son adversaire par un direct au menton, le contraignant à reculer de deux pas. Il avait enchaîné par une pluie de jabs à l'estomac. À l'issue de cet assaut, sa victime s'était retrouvée sur les fesses.

— Allez, Marc ! cria Paul. Du nerf !

Marc leva les yeux vers son rival. Il avait un goût de sang dans la bouche. Les cuisses de son ennemi lui semblaient aussi larges que des troncs d'arbres. À en juger par le regard ardent de Luc, les huées qui parvenaient à ses oreilles ne faisaient que renforcer sa détermination.

— Quatre... cinq... six... compta Keïta.

Marc aurait volontiers patienté jusqu'à dix afin de mettre un terme à ce combat perdu d'avance, mais la fierté lui imposait de se battre jusqu'au bout. Il se redressa sous les applaudissements de la foule.

— Est-ce que ça va ? demanda Keïta.

Il le fixa longuement dans les yeux avant de donner le signal de la reprise du combat.

Marc venait de prendre une leçon : compte tenu de la puissance de son adversaire, il n'avait aucune chance de tenir quatre rounds. Pendant quatre-vingt-dix secondes, Luc distribua les coups. Marc dansait devant lui, alternant mouvements d'esquive et pas chassés.

Lorsqu'il posa un pied à l'extérieur du ring pour la deuxième fois, Keïta lui adressa un avertissement. Deux de plus et il serait disqualifié.

Ses amis les plus proches continuaient à l'encourager, mais les autres agents déploraient sa tactique. Lorsque Henderson fit tinter la cloche annonçant la fin du round, quelques sifflets se firent entendre. Marc s'assit sur un tabouret placé dans un angle. Armé d'une éponge et d'un seau d'eau, PT nettoya le sang qui coulait de son nez.

— Il est beaucoup trop fort pour moi, s'étrangla Marc.

De l'autre côté du ring, Luc provoquait le public en faisant jouer ses biceps.

— Je n'ai jamais boxé de ma vie, dit PT. Mais si j'étais toi, je ferais tout pour éviter de me retrouver au tapis.

— Oh, quel conseil édifiant ! ironisa Marc.

D'un geste, Keïta invita les adversaires à rejoindre le centre du ring.

— Tu es mort, grogna Luc en frappant ses gants l'un contre l'autre.

Au coup de cloche, Luc lança un énième coup au niveau du visage. Marc esquiva puis lui porta un uppercut au foie, soulevant un concert d'exclamations. L'instant suivant, il reprit ses manœuvres d'évitement.

— Vas-y, dégomme-le ! lança un spectateur.

Si Marc se moquait royalement de l'avis du public, Keïta perdit patience à son tour. Il le poussa d'autorité au centre du ring, au contact de Luc.

— Tu dois te battre ! hurla-t-il.

Marc s'emmêla les pinceaux et tituba droit devant lui. Luc en profita pour lui porter un gauche-droite au visage suivi d'un coup illégal à l'entrejambe.

Marc s'étala de tout son long. Une vive douleur au ventre lui arracha une plainte déchirante. Keïta ordonna à Luc de reculer vers son tabouret et lui adressa un avertissement.

— Comment vont tes bijoux de famille ? lança ce dernier, tout sourire.

Dès la reprise du combat, Luc, qui ne doutait plus une seconde de l'emporter, décocha un direct. Marc baissa vivement la tête, se redressa et répliqua par un puissant crochet à la mâchoire. Pour la plus grande joie du public, Luc recula sur les talons, garde baissée, et reçut deux directs dévastateurs suivis d'un coup parfait au plexus solaire.

Chose étrange, il parvint à rester debout et à distribuer quelques jabs avant que la cloche ne retentisse.

— C'était beaucoup mieux, dit PT lorsque son camarade se laissa tomber sur son tabouret.

— Que ferais-je sans tes avis de spécialiste ? haleta Marc.

Luc avait rejoint son coin sans fanfaronner. Le souffle court, il épongeait son torse moucheté de sang. Takada glissa des boules de coton imbibées de teinture d'iode dans ses narines ensanglantées.

Convaincus qu'ils allaient enfin assister à l'affrontement espéré, les spectateurs se rapprochèrent du ring au tintement de la cloche. Dès les premières secondes du troisième round, leurs espoirs s'envolèrent. Marc continuait à fuir le combat. Luc, échaudé par l'avalanche de coups qu'il venait d'essuyer, avait beaucoup perdu de sa superbe.

Pendant deux minutes et demie, ni l'un ni l'autre n'osa placer une attaque digne de ce nom. Puis Marc aperçut une ouverture et lâcha un crochet au menton de son rival.

La tête de Luc fut projetée en arrière, puis ses jambes se mirent à trembler.

— Finis-le ! scandèrent plusieurs spectateurs.

Mais Marc, surpris par l'efficacité de son assaut, marqua une pause qui permit à Luc de recouvrer l'équilibre et de revenir à la charge, le contraignant à battre en retraite sous une grêle de coups.

À la dernière seconde du round, Marc le toucha à l'arête du nez. Un jet de sang aspergea son maillot de corps, comme de l'huile giclant d'un moteur surchauffé. Alors qu'il s'apprêtait à regagner son coin, Luc le cogna de toutes ses forces dans le dos.

Une nouvelle fois, Keïta accourut pour séparer les garçons, mais le mal était fait. Le souffle coupé, Marc était tombé à genoux. Luc tituba jusqu'à son tabouret, le visage ensanglanté.

Henderson posa Terence sur les genoux de McAfferty puis se dressa d'un bond.

— Cette attaque a été portée après la fin du round ! s'exclama-t-il. Il mérite un nouvel avertissement.

Keïta se planta devant Luc et prononça la sanction.

— Deuxième avertissement, gronda-t-il.

Malgré son état d'épuisement, Luc trouva la force de se lever et de pointer un gant vers Henderson.

— Qui est l'arbitre, ici ? rugit-il. Vous ou le capitaine ?

— Deuxième avertissement, répéta Keïta. Un de plus et tu seras disqualifié.

— Mal blanchi ! cria Luc.

L'espace d'un instant, l'instructeur envisagea de porter au garçon une claque retentissante, mais il se ravisa, préférant aider Marc à regagner son tabouret. Considérant qu'il avait reçu un coup illégal, il lui accorda plusieurs minutes de récupération.

— Quatrième et dernier round, annonça-t-il enfin.

Le public ne comptait que vingt-cinq agents et membres du personnel, mais ils produisaient un vacarme digne d'une foule d'une centaine de personnes. L'attitude déloyale de Luc avait fait pencher les rares indécis en faveur de Marc.

Le nez de Luc saignait abondamment. Pour la première fois depuis le début du combat, Marc estimait avoir une chance de l'emporter. Dès que le signal annonçant le début du round retentit, les deux combattants se ruèrent l'un sur l'autre comme de jeunes cerfs à la saison des amours.

Luc glissa le gant gauche derrière le dos de son adversaire et le bourra de crochets du droit. Les bras et les jambes de Marc se firent affreusement lourds. Incapable de respirer, il se dégagea au moyen d'un féroce coup de tête à l'arête du nez.

— Magnifique ! s'enthousiasma Joël. Maintenant, termine-le !

Mais Keïta, qui n'avait rien manqué de la manœuvre, s'interposa, fit face à Marc et lui adressa un deuxième avertissement.

— Si l'un de vous est à nouveau sanctionné, il sera éliminé, cria-t-il. Alors je vous conseille de vous maîtriser.

Lorsqu'il donna le signal de la reprise des combats, Marc pouvait à peine lever les bras à hauteur du visage. Luc, que l'énième coup reçu au nez mettait au supplice, était livide. Ses gestes étaient maladroits, son équilibre précaire.

Marc esquiva facilement deux attaques et laissa son adversaire tituber de façon presque comique. Lorsque Luc perdit l'équilibre et roula sur le sol, l'assistance exprima bruyamment son hilarité. Or, s'il était indifférent au mépris que lui portaient ses camarades, il ne tolérait pas d'être un objet de risée. Lorsqu'il fut parvenu à se remettre sur pied, il se tourna vers la foule et fusilla Paul du regard.

— Qu'est-ce qui te fait marrer, l'asticot ? Tu veux que je te colle une trempe ?

À moins d'une minute de la fin du combat, Keïta donna le signal de la reprise. Remarquant que son rival jetait de fréquents coups d'œil à Paul, Marc en profita pour lui porter un crochet à la tempe.

Luc tituba latéralement sous les cris enthousiastes du public. Contre toute attente, il puisa dans ses ultimes ressources, parvint à rester debout puis à répliquer par cinq coups percutants. Enfin, sous l'effet de la fatigue, un ultime crochet atteignit Marc au bas-ventre, le forçant à poser un genou à terre.

L'assistance poussa des hurlements indignés, mais Keïta, qui n'avait rien vu de l'attaque illégale, commença à compter.

— Bon Dieu, mais il est aveugle ou quoi ? s'étrangla Paul.

À huit, Marc était parvenu à se relever, mais ses jambes tremblaient si violemment que l'instructeur préféra mettre un terme au combat. Luc leva triomphalement les bras sous les huées et les sifflements des spectateurs.

— Je me fous royalement de ce que vous pensez ! lança-t-il.

Marc tituba vers son coin puis, avant que PT n'ait pu intervenir, saisit son tabouret et l'abattit de toutes ses forces sur le dos de Luc.

Complètement sonnée, sa victime tituba vers les quatre chaises placées au bord du ring. Henderson, McAfferty et Boo purent se dégager *in extremis*, mais Joyce n'eut pas le temps de déplacer son fauteuil. Luc tomba à genoux à ses pieds puis, emporté par son élan, enfouit son visage sanglant entre ses cuisses.

Épouvantée, la jeune femme poussa un cri perçant.

– Cet enfoiré m'a encore cogné dans les joyeuses ! tempêta Marc avant de se précipiter vers son ennemi, le tabouret brandi au-dessus de sa tête.

Keïta passa un bras autour de sa poitrine. PT le prit par les pieds et le souleva de terre.

– Lâchez-moi ! Je vais le tuer !

Joyce repoussa Luc, qui roula sur le sol. Terrifié, le petit Terence fondit en larmes puis leva les mains vers son père, suppliant qu'il le prenne dans ses bras.

– Je n'en ai pas fini avec toi, Marc ! hurla Luc. À la première occasion, je te ferai la peau.

Paul et Samuel avaient battu en retraite à l'écart des tapis de sol, laissant les plus âgés maîtriser les deux combattants ivres de rage et d'épuisement.

– À quoi s'attendait Henderson ? s'étonna Paul, un sourire discret sur les lèvres. À les voir tomber dans les bras l'un de l'autre après avoir échangé des marrons ?

– Et se jurer de rester amis pour la vie, ajouta Samuel, tandis que Keïta maintenait Marc plaqué à un mur du préau. Si c'est ça qu'il avait en tête, le résultat n'est pas *vraiment* à la hauteur.

À quelques mètres de là, Henderson s'efforçait de réconforter son fils tout en se disputant vivement avec McAfferty.

— Pourquoi vous tournez-vous les pouces, tous les deux ? demanda Takada en se plantant devant Paul et Samuel, les mains sur les hanches.

— On pensait qu'il valait mieux rester en dehors de tout ça, expliqua Paul.

L'instructeur plissa les yeux.

— Vous allez nettoyer les tapis de gymnastique, les ranger puis astiquer le parquet afin que tout soit impeccable pour demain matin. Si vous jouez les tire-au-flanc, je n'hésiterai pas à vous punir.

Takada brillant davantage par sa faculté à distribuer les sanctions que par son ouverture au dialogue, les deux garçons s'abstinrent de tout commentaire.

Quarante minutes plus tard, Paul et Samuel se trouvaient seuls dans le préau. Le premier passait la serpillière. Le second ôtait les clous qui maintenaient les matelas sur le parquet.

La porte grinça, puis Henderson fit son apparition. Ils se dressèrent d'un bond et se mirent au garde-à-vous.

— Continuez ce que vous êtes en train de faire, dit le capitaine en s'approchant des garçons, les mains dans les poches. On ne peut pas dire que ce combat ait été une grande réussite, n'est-ce pas ?

— Non monsieur, lâcha Paul.

— Comment vont-ils ? demanda Samuel.

— Le médecin de l'US Air Force les a examinés. Il a suggéré l'usage de gants plus épais et d'un véritable ring s'il me prenait l'envie de renouveler l'expérience. Marc est épuisé, mais il ne souffre d'aucune blessure. Luc a trois points de suture à l'arête du nez. McAfferty l'a emmené à l'hôpital pour un examen radiographique.

Henderson marqua une pause. Les garçons ne firent aucune observation.

— Je fais de mon mieux, vous savez, mais je dois reconnaître que cette idée était parfaitement stupide. Au fond, McAfferty et moi ne connaissons rien aux garçons de votre âge. Je crois que nous devrions enrôler une personne capable de faire régner la discipline et de prendre en charge votre éducation. Un directeur d'école à la retraite, peut-être...

Le quartier général de CHERUB comptait bien assez de tyrans aux yeux de Paul et de Samuel, mais Henderson semblait si préoccupé qu'ils se gardèrent de formuler la moindre remarque.

— Je vous trouve bien silencieux, tous les deux, lança le capitaine.

— Nous ne voulons pas influencer vos décisions, monsieur, dit Paul en plongeant la serpillière dans un seau. Mais je trouve que vous faites du bon travail. Ce soir, la situation vous a un peu échappé. Ce sont des choses qui arrivent.

— Et pour la mission, monsieur ? demanda Sam. Avez-vous choisi ceux qui vous accompagneront ou devrons-nous répéter l'exercice final ?

— C'est de ce sujet dont je voulais vous entretenir, annonça Henderson. Demain après-midi, vous assisterez à la réunion préparatoire. Le lendemain, vous participerez à un bref exercice de saut, histoire de vous rafraîchir la mémoire.

Paul et Samuel échangèrent un sourire.

— Eh bien, moi qui m'attendais à vous voir sauter de joie ! ajouta le capitaine.

— C'est que ce ne sera pas une mission facile, monsieur, dit Sam. Mais nous ferons de notre mieux, vous pouvez en être certain.

Paul ne partageait pas cet enthousiasme.

— Monsieur, je sais que vous êtes furieux contre Marc à cause de cette histoire de fusil, mais il est bien meilleur que moi et il n'a jamais commis la moindre erreur sur le terrain.

Henderson hocha la tête.

— Il viendra avec nous, tout comme Luc, si son état le permet.

Samuel n'y comprenait strictement plus rien.

— Vous avez décidé de doubler l'équipe, monsieur ?

Paul se tourna vers son camarade et lâcha un soupir.

— Aurions-nous travaillé aussi dur si le capitaine ne nous avait pas mis en compétition ? Je me trompe, monsieur ?

— Je constate une fois de plus que tu n'es pas né de la dernière pluie, mon garçon, sourit Henderson. J'aurai besoin de quatre tireurs d'élite afin de couvrir tous les flancs de l'abri souterrain. Et je compte sur vous, les plus jeunes, pour accomplir une mission spéciale consistant à faire sortir les Allemands de leur terrier.

— Alors, quand part-on ? demanda Samuel.

— J'attends encore des informations concernant les avions disponibles, mais si tout se passe bien, nous serons sur le sol français la semaine prochaine.

CHAPITRE VINGT-QUATRE

SIX JOURS PLUS TARD.

Lorsque l'ampoule verte s'alluma, Charles Henderson fit un pas vers la trappe aménagée dans le fuselage du *Fat Patty* et se laissa tomber dans le vide. Tandis que le bombardier de l'US Air Force volait à régime minimal, à la limite du décrochage, Marc, Paul, Samuel, Luc et le sergent Goldberg l'imitèrent en respectant un intervalle de trois secondes. Enfin, le membre d'équipage chargé du largage poussa dans l'ouverture les cylindres en forme d'obus contenant l'équipement.

Tous les membres du commando avaient en tête la mésaventure d'Eugène et de Rosie. Henderson effectua un atterrissage dans les règles de l'art dans un champ en jachère. Après avoir détaché son harnais, il saisit le pistolet-mitrailleur compact M3 sanglé à sa cuisse et inspecta son environnement.

Les parachutes dernier modèle étaient teints en gris sombre, si bien qu'ils étaient pratiquement invisibles lors des opérations nocturnes. En cette nuit de pleine lune, Henderson chercha en vain ses coéquipiers du regard, puis il entendit des branches craquer derrière un bosquet, à une trentaine de mètres de sa position.

Quelques secondes plus tard, Marc jaillit de la végétation, sa toile rassemblée contre sa poitrine.

— J'ai failli atterrir pile sur vous, dit-il. Le sol est meuble. Je vais creuser un trou pour cacher les parachutes pendant que vous cherchez les autres.

— Excellente initiative, approuva Henderson.

Les largages de nuit comportaient des risques spécifiques. Les blessures étaient fréquentes, et une infime erreur de navigation de l'équipage pouvait entraîner les commandos à des kilomètres de leur objectif. Au sommet d'une colline, Henderson reconnut les maisons en ruines aperçues sur les photos de surveillance aérienne. En l'espace de dix minutes, il rassembla tous les membres de l'équipe. Samuel s'était légèrement tordu un doigt, et Goldberg s'était cogné le genou sur un vieux fer à cheval, mais il n'y avait rien de plus grave à déplorer.

— Nous avons eu le vent de face pendant tout le vol, et nous avons pris du retard, annonça Henderson. Samuel, aide Marc à enterrer les parachutes. Paul, Luc, séparons-nous et progressons vers le sud. Nous devons à tout prix récupérer l'intégralité de l'équipement, ou il faudra attendre un nouveau largage avant de pouvoir passer à l'action.

Paul trouva un container à une centaine de mètres de là, profondément planté dans la terre. Incapable de l'extraire, il dut appeler Luc à l'aide.

— Ce doit être le container numéro un, dit ce dernier en tirant énergiquement sur les suspentes du parachute. Henderson et Goldberg ont localisé les numéros deux et trois. Ils sont à la recherche du quatrième.

— Regarde, lança Paul en désignant une bâtisse toute proche. Il y a du linge qui sèche dans la cour de cette ferme. Et là, un potager. Ça veut dire qu'elle est habitée, et que ses occupants ont dû entendre un sacré raffut quand le cylindre a touché le sol.

— Qu'est-ce que ça peut faire ? demanda Luc, qui venait enfin de déloger le container.

— Nous nous trouvons dans la zone d'exclusion côtière. En théorie, tous les civils ont été évacués.

— Ce sont sans doute des réfractaires au travail obligatoire, ou des déserteurs de l'armée allemande. Dans les deux cas, ils ne risquent pas de nous dénoncer aux autorités.

Luc enroula les suspentes autour de la toile de parachute puis sépara le cylindre en quatre parties à l'aide d'un outil en forme de T.

Les pièces creuses situées à l'avant et à l'arrière du container servaient à amortir le choc de l'atterrissage. Les deux sections centrales étaient équipées de crochets et de lanières qui permettaient de les transporter à la manière d'un sac à dos, pourvu que leur chargement ne soit pas trop lourd. Cependant, la première section contenait les fusils à lunette et leurs munitions, la seconde une balise radio expérimentale permettant de guider les bombardiers vers leur cible avec une extrême précision. Ce matériel était beaucoup trop pesant pour être tenu sur les épaules.

Pour transporter ce fardeau, Paul et Luc équipèrent les sections de containers de petites roues à rayons trouvées dans le nez du cylindre.

— Prends celui-là, dit Luc. C'est le plus léger.

Tandis que son coéquipier se mettait en route, il ne lui restait plus qu'à se débarrasser des pièces inutilisées.

Il marcha vers la limite du champ puis se figea, comme saisi de stupeur. Au fond du fossé où il s'apprêtait à jeter le nez et la queue du cylindre, une fillette se tenait accroupie, à quatre mètres de sa position. Âgée d'à peine dix ans, elle ne semblait pas constituer un danger. Pourtant, Luc brandit son couteau et se précipita sur elle.

— Qu'est-ce que tu as vu ? rugit-il en plaçant la lame sur sa gorge.

La chemise de nuit de l'enfant était en lambeaux. À l'évidence, elle ne s'était pas lavée depuis des semaines.

— J'ai entendu un grand boum, gémit-elle. Je me suis levée pour voir ce qui se passait.

— Tu n'as rien vu, rien entendu, gronda Luc. Répète.

— Je n'ai rien vu, rien entendu. Et je ne raconterai rien à mes frères.

— Si tu dis un mot de ce qui s'est passé, je reviendrai te voir un de ces soirs.

L'espace d'un instant, il envisagea de réduire la fillette au silence, puis jugea plus sage, par souci de discrétion, de ne pas laisser de cadavre dans son sillage. Il glissa une main dans la poche de sa veste et en tira quatre bonbons au citron.

— Tiens, c'est pour toi, dit-il avant de ranger le poignard dans son fourreau. Et vive la France !

— Vive la France, bredouilla l'enfant.

.:.

Lorsque les parachutes eurent été rassemblés et placés dans le trou creusé par Marc, les six membres du commando empruntèrent un chemin vicinal en direction de l'est. Les containers ayant été démontés en huit compartiments, Henderson et Goldberg durent transporter une double charge.

En cette nuit étouffante, ils ruisselaient de sueur lorsqu'ils arrivèrent en vue de leur objectif : une colline où serpentait une voie de chemin de fer. Alerté par des sons provenant de la lisière d'un bois, Henderson dégaina son pistolet automatique. Un petit garçon apparut, les mains levées au-dessus de la tête.

— Ne tirez pas ! bégaya-t-il. Comme il faisait bon, je suis parti à la chasse à l'écureuil.

Le capitaine baissa son arme et esquissa un sourire. C'était la phrase convenue : si l'enfant avait été capturé par les Allemands et contraint à collaborer, il aurait remplacé le mot *écureuil* par *lapin*.

— Ravi de te rencontrer, Justin, dit Henderson. Je croyais que nous devions nous retrouver sur la voie.

— Le convoi de charbon est passé plus tôt que prévu, et vous étiez en retard, alors je suis venu à votre rencontre.

— Combien de temps nous reste-t-il ?

— Quinze minutes, peut-être vingt.

— Pas d'Allemands à signaler dans les parages ?

Justin secoua la tête.

— Ça fait deux ans que je traîne ici la nuit. Je n'ai jamais vu un Boche. Mais nous sommes à dix minutes de marche. Il vaut mieux ne pas traîner.

Constatant que Paul peinait sous le poids du compartiment et de son équipement, Justin le soulagea de sa musette, puis le groupe se mit en route au pas de course.

— Finalement, c'est plutôt une bonne chose que le train soit en avance, expliqua le petit garçon. Nous devrions être à La Patte-d'Oie avant le lever du jour.

Quelques minutes plus tard, le grondement produit par les wagons se fit entendre dans le lointain. Les membres du commando devaient jeter les lourds cylindres métalliques au fond des tombereaux, et ils redoutaient d'en endommager les roues dans l'opération. Ils durent s'agenouiller au bord de la voie pour démonter fébrilement le dispositif.

Quand le train ralentit à l'approche de leur position, Luc et Henderson, les plus grands du détachement, se tinrent au bord des rails pour procéder au chargement. Le choc des cylindres au fond des bennes produisit un vacarme infernal, mais Justin avait assuré que le mécanicien ne pouvait strictement rien entendre depuis sa motrice, située plusieurs centaines de mètres vers l'avant.

Marc et Goldberg s'occupèrent du matériel plus léger, à l'exception du container contenant la balise radio qu'Henderson préféra sangler sur son dos.

Lorsqu'ils eurent embarqué, les agents se rassemblèrent sur une plateforme pour écouter Justin leur expliquer comment se protéger contre la poussière de charbon au passage des tunnels.

— Vous ne devriez pas manquer le château d'eau sur la droite, mais je sifflerai pour vous avertir, par prudence, dit-il.

Parvenu au sommet de la colline, le train prit progressivement de la vitesse. Les agents entreprirent de regrouper le matériel éparpillé dans les wagons. À l'issue de l'opération, Marc, qui avait récupéré deux compartiments, se retrouva dans un tombereau en compagnie de Paul.

— Tout va bien ? demanda-t-il.

— J'ai de la poussière plein les yeux et les bras en compote, répondit Paul, mais jusqu'ici, tout se passe comme sur des roulettes, pas vrai ?

CHAPITRE VINGT-CINQ

Au lever du jour, la motrice s'immobilisa à hauteur d'une citerne métallique juchée sur une construction de béton octogonale.

— C'est là qu'on descend, dit Marc à l'adresse de Paul.

Ils jetèrent un coup d'œil de chaque côté des rails afin de s'assurer que la voie était libre et se laissèrent tomber sur le ballast.

Aussitôt, Marc vit Justin courir dans sa direction.

— Dépêchez-vous, lâcha-t-il. Il y a deux policiers de la brigade des transports, près de la loco. Ils se dirigent vers vous. Planquez-vous en bas du talus. Je vais tâcher de vous débarrasser d'eux.

Sur ces mots, le garçon rebroussa chemin puis s'élança vers la tête du train sans préciser quelle stratégie il comptait adopter.

— Tu crois qu'il va s'en sortir ? demanda Paul tandis que Samuel dévalait le remblai qui bordait la voie.

— Aucune idée, répondit Marc.

Samuel, qui avait sous-estimé l'inclinaison du terrain, trébucha à mi-chemin de la pente. Paul, qui le suivait à moins d'un mètre, posa le pied droit sur le container de son camarade. Son pied gauche glissa dans la terre meuble, si bien qu'il bascula en avant, emporté par le poids de son propre équipement.

Incapable de se récupérer, il s'affala à plat ventre dans une flaque de boue, l'une des jambes de son coéquipier enroulée autour de la nuque.

— Belle entrée en scène, petit frère, sourit Rosie, comme surgie de nulle part, en lui tendant une main secourable.

Paul brûlait de prendre sa sœur dans ses bras, mais la terre et la poussière de charbon dont il était couvert interdisaient toute embrassade.

— La maison se trouve à cinquante mètres, derrière ce bosquet, sur la gauche, expliqua la jeune fille. Il y a du savon sur la table de la cuisine, et j'ai mis de l'eau à chauffer sur le poêle. Lavez-vous et changez-vous rapidement. Ensuite, nous rejoindrons la planque.

— Rosie, peux-tu porter mon container ? demanda Marc. Je dois trouver Henderson.

— Je viens de le voir passer. Il est déjà en route pour la maison. Il y a un problème ?

— Justin a aperçu des policiers. Il a dit qu'il allait se débarrasser d'eux, mais je ne sais pas au juste ce qu'il a en tête.

— Il passe son temps à jouer à cache-cache avec eux, dit Rosie. Je suppose qu'il va essayer de les entraîner dans une autre direction.

— Mais il est si jeune… On ne devrait pas vérifier qu'il ne s'attire pas des ennuis ?

La remarque de Marc ramena brutalement Rosie à la réalité : au contact de Justin, elle avait oublié qu'il n'était qu'un enfant de dix ans qui ignorait tout des techniques de sabotage et de renseignement.

— Peut-être, dit-elle en se tournant vers Luc et Goldberg qui venaient à leur tour de dévaler le talus.

L'instructeur avait vu Justin filer à toutes jambes. Il décida de prendre les choses en main.

— Luc, aide Rosie à dégager le matériel, ordonna-t-il. Marc, suis-moi.

Goldberg le conduisit au sommet du talus. Après avoir vainement cherché Justin du regard, ils longèrent la voie jambes fléchies en tâchant de se faire aussi discrets que possible. Lorsqu'ils eurent parcouru une cinquantaine de mètres, le convoi s'ébranla dans un panache de vapeur. Ils poursuivirent leur progression puis se postèrent à l'entrée d'un petit pont dont le parapet de briques se dressait à moins d'un pas des wagons en mouvement.

Soixante-dix mètres plus loin, deux chemineaux s'affairaient à proximité du château d'eau. Si ces travailleurs ne semblaient pas constituer un danger, des voix se faisaient entendre derrière un poste d'aiguillage désaffecté.

— Jetons un œil, chuchota Goldberg. Je vais passer par la droite. Toi, tu couvres la gauche.

Après avoir vérifié que personne ne se trouvait à l'étage, Marc foula une section de pavés branlants hérissée de pissenlits. Un cri enfantin parvint à ses oreilles. Il s'adossa à la construction et demeura parfaitement immobile.

— On t'avait prévenu, Justin, fit une voix. Cette fois, je crois qu'on va être obligés de te coffrer.

— Tu te rappelles la première fois qu'on t'a collé en cellule ? ricana un second individu. Tu as appelé ta mère en chialant quand on a sorti le martinet.

Marc jeta un coup d'œil discret à l'angle du poste d'aiguillage et aperçut deux hommes portant l'uniforme aux manches passepoilées de rouge de la police ferroviaire. L'un, âgé d'environ soixante ans, était chauve comme un œuf. L'autre avait une quarantaine d'années. Sans doute avait-il évité d'extrême justesse la mobilisation générale de 1939.

— Laissez-moi tranquille ! gémit Justin. Je vous ai déjà donné plein de charbon.

Le vétéran le poussa contre le bâtiment, lui flanqua un crochet aux côtes puis éclata de rire. Le coup n'était guère appuyé, mais le petit garçon se plia en deux.

— C'est l'été, lança son tortionnaire. Je n'ai pas besoin de ton charbon. Il paraît que ta mère se fait de l'oseille en fricotant avec les Boches. Contente-toi de sortir la monnaie, la prochaine fois qu'on se rencontrera, ou tu finiras au trou.

— Tu pourrais même finir par t'emmêler les pinceaux, un de ces quatre, et glisser sous un wagon, poursuivit son collègue. Tu nous ferais moins courir, mon garçon, si tu perdais tes jambes !

Un train de passagers lancé à pleine vitesse produisit un grondement infernal. Marc prit une profonde inspiration. Le petit garçon se trouvait dans une situation extrêmement délicate, mais il ne voulait rien entreprendre qui puisse compromettre le bon déroulement de la mission.

— La prochaine fois, je vous donnerai de l'argent, dit Justin. Mais si vous me dépouillez de tout ce que je gagne, je n'aurai plus aucune raison de fouiner dans ce train, et vous ne pourrez plus me rançonner.

— La ferme ! gronda le vieux policier en lui assénant une claque qui l'envoya rouler sur le sol. Reste à ta place, nous resterons à la nôtre.

Tandis que Justin se redressait péniblement, Marc, la rage au cœur, serra la poignée de son couteau.

— Hors de ma vue ! poursuivit l'homme. Et n'oublie pas ce que tu nous dois.

Trop content de s'en tirer à si bon compte, le petit garçon tourna les talons, mais son tourmenteur le saisit brutalement par l'épaule.

— Qu'est-ce que c'est que ça ? s'exclama-t-il.

Marc resta saisi de stupeur : Justin portait toujours la musette de Paul. Le policier écarquilla les yeux. À l'évidence, il savait qu'il avait affaire à une pièce d'équipement de l'armée britannique.

— Où as-tu trouvé ça ? Qu'y a-t-il à l'intérieur ?

Ce sac de toile équipait les parachutistes qui, par définition, ne pouvaient porter de sac à dos. Tout leur matériel devait tenir dans leur poche, ou dans cet accessoire sanglé à l'une de leurs cuisses.

— Où as-tu trouvé ça ? répéta le policier.

Son collègue tira violemment sur la sangle, soulevant Justin de terre, puis lui cogna la tête contre le mur du poste d'aiguillage.

— Arrêtez, par pitié, gémit le garçon.

— Si tu veux que ça cesse, réponds aux questions qu'on te pose.

Conscient qu'il était exclu que Justin soit arrêté en possession de la musette de Paul, Marc sortit le couteau de son fourreau. Au même instant, Goldberg déboula à l'opposé du bâtiment.

— Veuillez me pardonner, messieurs, lança-t-il sans chercher à dissimuler son accent américain.

Lorsque les policiers firent volte-face, il brandit son pistolet automatique équipé d'un silencieux et leur grilla la cervelle. Enfin, il acheva froidement ses victimes d'une balle dans le cœur.

— Mon Dieu ! s'étrangla Justin en s'effondrant sur le sol.

Épouvanté, il se mit à ramper à l'écart des cadavres.

— Tu as eu beaucoup de cran, le rassura Marc en lui tendant la main. N'aie pas peur. Respire lentement et profondément.

Lorsque Justin se releva, Goldberg gravit les quatre marches du poste d'aiguillage et ouvrit la porte d'un coup de pied.

— Marc, il reste de l'eau dans ta gourde ? demanda-t-il.

— Pas beaucoup.

— Nettoie le mur. Ces salauds se sont répandus partout. Je vais planquer les corps à l'intérieur. Lorsqu'ils seront découverts, nous aurons filé depuis longtemps.

Sur ces mots, il dépouilla les policiers de leur montre, de leur portefeuille et de leurs papiers d'identité, espérant faire passer leur mort pour un meurtre crapuleux, puis il les tira à l'intérieur du bâtiment.

La plus âgée de ses victimes pesait deux fois son poids. Justin, qui avait repris contenance, saisit les chevilles du mort afin d'accélérer la manœuvre.

— Justin, conduis-nous chez toi, dit Goldberg après avoir examiné les lieux une dernière fois afin de s'assurer que rien ne témoignait du carnage.

Préférant éviter la voie ferrée, ils empruntèrent un chemin envahi par la végétation puis progressèrent à couvert le long des fermes alignées en bas du talus.

Dans la bâtisse décatie, Luc, Paul et Henderson avaient ôté leurs tenues de combat, s'étaient débarrassés de la poussière de charbon dont leur peau était incrustée puis avaient enfilé des vêtements civils. Samuel fut le quatrième à s'immerger dans la bassine d'eau souillée. Il se sécha tant bien que mal à l'aide d'une serviette grisâtre et détrempée.

— Je suis tellement heureux de te retrouver, lança Marc en entrant dans la cuisine où Édith était en train d'alimenter le poêle. Tu as l'air en pleine forme !

— À part ces cicatrices et ces fichues migraines, sourit la jeune fille en portant une main à son front.

Tandis qu'il déboutonnait sa veste, Goldberg s'empressa d'informer Henderson de l'incident survenu au poste d'aiguillage.

— Ce sont des choses qui arrivent, répondit froidement le capitaine. Je gage que ces corps ne seront pas retrouvés de sitôt, alors tenons-nous-en à notre plan.

— C'est-à-dire ? demanda Luc.

Henderson s'accorda un instant de réflexion.

— Rosie va te conduire à la maison de Joseph Blanc en compagnie de Samuel. Emportez vos tenues de combat et brûlez-les dès que vous serez sur place. Arrachez les boutons et assurez-vous qu'il ne reste rien d'identifiable parmi les cendres. Quand Paul et Marc seront prêts, nous transporteront les containers chez le docteur, puis nous...

— Je vous ai dégotté une charrette à bras, interrompit Rosie. Il n'y a pas de barrages dans la région, et il vous suffira de cacher les cylindres sous la paille. Oh, j'allais oublier... Cette bassine appartient au Dr Blanc. Elle tient absolument à la récupérer demain matin, car elle en a besoin pour ses consultations.

— Tu as pensé à tout, sourit Henderson.

— Édith aidera Justin à nettoyer la maison avant le retour de sa mère et de ses sœurs, ajouta Rosie. En ce qui nous concerne, dès la tombée de la nuit, nous transporterons le reste du matériel jusqu'à la forêt.

CHAPITRE VINGT-SIX

Contraint de passer ses nuits à battre la campagne, Justin avait l'habitude de dormir le jour. Tourmenté par sa vessie, il s'éveilla peu après quatre heures de l'après-midi et trouva la maison déserte. Sa mère était au travail et ses sœurs avaient rendu visite à leur tante.

Plutôt que de se traîner jusqu'à la cabane qui faisait office de toilettes, il ouvrit la fenêtre, baissa son caleçon et se soulagea à l'arrière de la demeure.

— Fais attention à mon linge ! lança l'occupante de la ferme voisine en secouant un poing constellé de taches brunes.

— Bonjour, madame Vial, sourit Justin sans s'interrompre.

— Avant-hier, j'ai trouvé des traces jaunes sur mon jupon. Ta mère est trop bonne avec toi. Tu riras moins, quand ton père sera de retour.

— Ça, c'est bien possible...

En vérité, même par grand vent, il était physiquement impossible d'atteindre le fil à linge tendu dans l'arrière-cour de Mme Vial. Ce n'était pas une mauvaise femme, mais elle souffrait de la solitude et tuait le temps en accusant Justin et ses sœurs de toutes sortes de forfaits imaginaires.

– Avez-vous trouvé les pommes que j'ai déposées devant votre porte ? demanda le garçon en remontant son caleçon.

– Espèce de dégoûtant ! tempêta la vieille dame, ignorant délibérément la question.

Sourire aux lèvres, il regagna son matelas. Il pensait disposer d'une heure de sommeil supplémentaire jusqu'au retour de sa mère, mais à l'instant où il se glissait entre les draps crasseux, il entendit le grondement d'un moteur puis un grincement de freins. L'immense majorité des Français n'étant pas autorisée à se procurer de l'essence, il ne pouvait s'agir que d'un véhicule allemand.

Tandis qu'il dévalait les marches menant au rez-de-chaussée, des éclats de voix se firent entendre. En jetant un œil à la fenêtre située près de la porte, il sentit son sang se figer : dans la grand-rue, une nuée de soldats débarquait d'un camion bâché.

Ils ne ressemblaient en rien aux vétérans de la garnison où sa mère était employée. Ce détachement était composé d'hommes jeunes portant l'uniforme de la SS et d'une poignée d'agents en civil. L'officier aux cheveux gris qui dirigeait l'opération portait un long manteau de cuir noir. D'un geste, il ordonna à ses subordonnés de prendre position dans le village.

Justin se précipita à l'étage afin d'enfiler une chemise et un pantalon. Un instant plus tard, on frappa à la porte.

— Tout le monde dehors ! lança un Allemand.

Justin devait-il obtempérer ou tenter de prendre la fuite ?

Il pensa aux deux cadavres cachés dans le poste d'aiguillage. Son cœur s'emballa. Lorsque sa mère avait appris que Rosie appartenait à la Résistance, elle avait longuement hésité avant d'accepter qu'il lui vienne en aide. À présent, il se maudissait de n'avoir pas tenu compte de ses avertissements. Il ne se sentait pas à la hauteur de la situation. Il en savait trop, et ne se croyait pas capable de supporter les méthodes d'interrogatoire de la Gestapo.

Un coup de pied arracha la porte à ses gonds, puis deux Allemands déboulèrent dans le vestibule. Il courut jusqu'à la fenêtre, enjamba la rambarde, se laissa tomber dans l'herbe puis prit ses jambes à son cou, terrifié à l'idée que l'ennemi ait pu poster des hommes autour du village pour prévenir toute évasion.

Sans doute aurait-il dû s'abstenir de courir, une attitude qui ne pouvait qu'attiser les soupçons. Et si les cadavres des hommes avec qui il avait si souvent eu maille à partir avaient été découverts…

Mais l'instinct de survie avait pris le pas sur la logique. Après avoir parcouru une trentaine de mètres à découvert, Justin gravit le remblai de la voie ferrée.

Sur sa gauche, au-delà du petit pont de brique, il aperçut les képis de deux gendarmes, puis, à proximité du château d'eau, un attroupement composé de soldats allemands et de chemineaux français. Un train de marchandises roulait au pas dans sa direction. Il décida de franchir les rails avant qu'il ne se trouve à sa hauteur.

Le talus opposé était si pentu qu'il dut s'y laisser glisser sur les fesses avant de sauter d'un muret d'un mètre et demi. Il s'engagea dans une zone boisée et se dirigea vers un verger.

Il demeura à couvert, ses mains tremblantes glissées sous les aisselles, et tâcha de retrouver son calme. Après quelques minutes, il se persuada qu'il n'était plus en danger. Nul n'ayant assisté à son évasion, il pouvait désormais se permettre de marcher. Il était impatient d'avertir les membres du commando rassemblés dans le cabinet du Dr Blanc, situé à quelques minutes de là.

.:.

Marc, Paul, Goldberg et Henderson patientaient depuis l'aube dans une minuscule pièce aveugle du deuxième étage. Ils avaient vainement essayé de s'accorder quelques heures de sommeil, mais l'équipement occupait la majeure partie de l'espace étroit et surchauffé. Privés de toilettes, ils avaient dû se soulager dans un seau mis à leur disposition par le Dr Blanc.

Des bruits de pas se firent entendre dans l'escalier.

— Je crève de faim, chuchota Paul. J'espère qu'elle ne tardera pas trop à nous apporter à manger.

— Elle a dit qu'on pourrait sortir dès la fermeture du cabinet, expliqua Marc. Ça ne devrait pas tarder.

— Monsieur Henderson, appela le Dr Blanc depuis le palier.

Le capitaine entrouvrit la porte du réduit.

— Des soldats, lâcha la femme. Les corps des policiers ont dû être découverts.

— Gardez votre calme, dit Henderson en saisissant son pistolet-mitrailleur. Combien sont-ils ?

— Quelques dizaines. Ils ont bloqué tous les accès au village. Ils visitent les maisons.

— Reste-t-il des patients dans la salle d'attente ?

— Non. Mon assistante vient de partir. Je les ai vus arriver au moment où j'allais fermer la porte derrière elle.

Henderson se tourna vers ses coéquipiers.

— Je vais jeter un œil. Soyez prêts à vous mettre en mouvement à mon signal.

Le Dr Blanc, qui éprouvait des difficultés à retrouver son souffle, le laissa ouvrir la voie puis le suivit dans l'escalier.

— Mon Dieu, s'ils vous trouvent ici... s'étrangla-t-elle.

— Si cela se produit, prétendez que vous ne nous connaissez pas. L'un de nous était blessé. Nous vous avons abordée devant la maison, à l'ouverture du cabinet, et je vous ai forcée à nous faire entrer sous la menace d'une arme.

Henderson écarta légèrement le lourd rideau qui masquait la fenêtre de la salle d'examen. Plusieurs camions de l'armée allemande étaient stationnés dans la grand-rue. Sur le trottoir opposé, des soldats frappaient aux portes et ordonnaient aux habitants de se mettre en rang.

— Marc, Paul, cria Henderson. Vérifiez s'il y a des Boches derrière la maison.

Tandis que les garçons dévalaient les marches, le capitaine continua à observer le comportement des Allemands, essayant de déterminer s'ils comptaient procéder à des perquisitions en règle ou à une simple vérification d'identité. Dans le premier cas, les membres du commando pourraient demeurer cachés dans la maison. Dans le second, la confrontation semblait inévitable.

Dans le doute, Henderson estima qu'il fallait se préparer au pire.

— Comment ça se présente, derrière ? cria-t-il.

— Personne, dit Paul.

— Ils ne savent pas que nous sommes ici. Tout ça n'est qu'une comédie pour terroriser les civils. Malheureusement, nous ne pouvons pas prendre le risque qu'ils découvrent les containers. La charrette à bras se trouve toujours dans l'arrière-cour ?

— Oui monsieur, répondit Marc.

— Parfait, lâcha Henderson en se tournant vers l'escalier. Sergent, vous allez évacuer les cylindres avec les garçons. Moi, je vais tâcher de faire diversion.

Goldberg et les agents transportèrent le matériel jusqu'au rez-de-chaussée. À l'instant où Paul descendait le dernier container, on frappa à la porte. Henderson épaula un sac à dos.

— Docteur Blanc, ouvrez-leur, mais empêchez-les d'entrer aussi longtemps que possible.

Tandis que la femme se dirigeait vers le vestibule, Henderson, Marc, Paul et Goldberg franchirent la porte de service et se rassemblèrent dans l'arrière-cour. Le sergent chargea les cylindres sur la charrette.

— Quel est le plan ? demanda-t-il.

— Dès que vous entendrez une explosion, quittez les lieux aussi vite que possible. Ensuite, tâchez de trouver un endroit où vous mettre à l'abri. Vous retrouverez Rosie dans les bois à huit heures, comme prévu. Si je ne m'en sors pas, vous prendrez les commandes de l'opération, Goldberg.

Le sergent était un soldat aguerri, mais il participait à sa première mission d'infiltration, et l'idée de mener l'attaque ne semblait pas l'enthousiasmer.

— Tout ira bien, le rassura Henderson avant de longer la ruelle qui courait derrière les boutiques.

Marc ferma la porte de service du cabinet. Au même instant, le Dr Blanc se présenta à l'Allemand qui tambourinait en vain depuis plus d'une minute.

— Je suis navrée de vous avoir fait attendre, dit-elle. Je croyais qu'il s'agissait d'un patient. Ils ont la fâcheuse manie de se présenter à toute heure du jour et de la nuit. Je suis obligée de rester ferme, à moins qu'il ne s'agisse d'un cas urgent.

— J'étais à deux doigts de défoncer la porte. Combien de personnes, là-dedans ?

— Qu'est-ce que c'est que ce remue-ménage ?

— C'est moi qui pose les questions, hurla le soldat. Tout le monde doit sortir pour être interrogé.

Aussitôt, une explosion assourdissante se fit entendre. L'effet de souffle repoussa le Dr Blanc dans l'encadrement de la porte, puis la maison oscilla sur ses fondations. Le phénomène avait été provoqué par un pain de plastic placé entre deux bâtiments, à une trentaine de mètres de là. Des morceaux de bois et de maçonnerie dégringolèrent sur le trottoir, puis une pluie de verre balaya le village, soulevant un concert de hurlements.

Bravant cette grêle, Marc et Goldberg saisirent chacun un bras de la charrette et se mirent en route. Paul, mitraillette au poing, fermait la marche.

Henderson était embusqué dans un renfoncement, au bout de la rue, à proximité d'un camion qui bloquait l'accès au cimetière. Il brandit son pistolet automatique et abattit froidement trois Allemands, puis il saisit sa mitraillette et lâcha plusieurs rafales à travers le nuage de fumée soulevée par l'explosion. Son objectif étant de semer la terreur en évitant les pertes civiles, il prit soin de viser vers le haut.

Tandis que les hommes et les femmes rassemblés dans la rue s'éparpillaient en criant de terreur, plusieurs soldats tentèrent de répliquer, mais Henderson, profitant de la faible visibilité, s'était mis à couvert sous le camion. Il dégoupilla une grenade et la posa sur le pavé, pile sous le réservoir. Enfin, il rampa vers le cimetière et en enjamba souplement le muret.

CHAPITRE VINGT-SEPT

Justin plongea derrière une haie, mais la vague de chaleur produite par l'explosion du réservoir le frappa en plein visage.

Quelques minutes plus tôt, après avoir progressé à travers champs, il n'avait pu atteindre le cabinet du Dr Blanc avant l'arrivée des Allemands. Alerté par l'explosion de la charge, il s'était retranché derrière la boucherie, avait rampé jusqu'au cimetière puis s'était hissé au sommet de la colline où était perchée la chapelle, un poste d'observation offrant une vue dégagée et une dizaine d'itinéraires de repli.

Il avait vu Henderson sauter le muret et se mettre à couvert derrière un monument funéraire, puis le camion stationné devant les grilles s'était transformé en boule de feu.

Un seul Allemand contourna la carcasse enflammée du véhicule mais, redoutant d'être pris pour cible, il se contenta de jeter un œil derrière le mur avant de rejoindre ses camarades.

Dans la fumée et les vapeurs de diesel, Justin vit le Dr Blanc se précipiter au secours d'une des victimes d'Henderson. Ignorant qu'il avait affaire à une femme médecin, un soldat se porta à sa hauteur et lui asséna un coup de crosse à la tempe.

— Que personne ne bouge ! aboya l'officier qui commandait le détachement.

Le forgeron resta sourd à cet ordre. Armé d'un seau, il s'escrimait vainement à éteindre le feu qui s'était propagé à son atelier.

— Laissez brûler cette maison ! gronda le SS. Ça vous apprendra à héberger des terroristes.

Mais l'artisan, ne songeant qu'à sauver son outil de travail, plongea un seau dans l'abreuvoir installé devant son échoppe.

— Allons chercher la pompe ! cria l'apprentie du boucher.

Résolu à mettre un terme à cet acte de rébellion, le lieutenant dégaina son pistolet et abattit le forgeron d'une balle dans le dos. Sourd aux cris d'épouvante des civils, il exécuta froidement une femme qui agonisait sur le sol, un morceau de métal brûlant fiché dans la cuisse.

— Mesdames et messieurs, je réclame toute votre attention, dit-il avec le plus grand calme. Deux policiers assassinés, un véhicule saboté, plusieurs de mes hommes à terre... Comprenez qu'il est de mon devoir de faire toute la lumière sur ces événements. Si vous tenez à la vie, je vous conseille de dévoiler toute information qui pourrait être utile à la manifestation de la vérité.

Constatant que personne ne bronchait, le lieutenant se tourna vers ses hommes.

— Foutez-les-moi en rang, hurla-t-il dans sa langue natale.

Justin, qui bénéficiait d'une vue imprenable sur les lieux du drame, remarqua que les soldats étaient beaucoup plus jeunes que ceux de la garnison locale. Leurs bottes et leur uniforme étaient négligés. Ils ne s'étaient pas rasés depuis plusieurs jours.

Ils bousculaient les villageois les plus âgés, distribuant sans compter claques et coups de pied. L'un d'eux n'hésita pas à tordre le bras d'un vieillard pour le contraindre à hâter le pas.

— Ainsi, aucun d'entre vous ne sait ce qui se trame dans son propre village, lança l'officier en se tournant vers la maison du forgeron, dont le toit menaçait désormais de s'effondrer.

Il fit un pas en direction du Dr Blanc, dont l'une des joues ruisselait de sang.

— Et vous, n'avez-vous rien à nous apprendre ?

La femme resta glacée d'effroi. Avait-elle été choisie au hasard, ou l'officier nourrissait-il des soupçons à son égard ?

— Je suis médecin, gémit-elle, les larmes aux yeux. J'ai reçu des patients toute la matinée. Je ne suis au courant de rien.

— Si vous êtes médecin, pourquoi ne vous êtes-vous pas portée au secours de mes hommes blessés ?

— Mais j'ai essayé ! protesta-t-elle en désignant sa tempe sanglante. Et voilà ce que j'ai récolté.

L'Allemand était trop vaniteux pour présenter des excuses, mais il ordonna à deux de ses subordonnés d'escorter le Dr Blanc jusqu'à son cabinet afin de récupérer sa sacoche.

— Écoutez-moi bien, vous tous ! gronda-t-il. Si vous ne me dites pas ce qui se passe ici, vous serez emmenés à Rennes et interrogés par la police allemande.

Les villageois demeurèrent silencieux. À l'exception du Dr Blanc, personne n'avait connaissance de l'opération menée par Henderson.

— Nous allons avoir besoin d'un nouveau camion pour transporter les prisonniers, annonça l'officier.

Après avoir observé une pause théâtrale, il partit d'un grand éclat de rire puis se tourna vers l'un des jeunes soldats.

— En attendant, voyons si un nouveau feu de joie leur rafraîchira la mémoire. Schmidt, allez chercher le lance-flammes. Forcez la porte de la boucherie, saisissez les marchandises et cramez la baraque.

.:.

Au crépuscule, Édith récoltait des légumes dans le potager, derrière la demeure de Joseph Blanc, lorsqu'elle vit se lever un panache de poussière, sur la route principale.

— Rosie ! cria-t-elle en se tournant vers la maison.

Justin les avait rejointes quelques heures plus tôt. Il les avait informées des événements qui venaient de se dérouler à La Patte-d'Oie. Un camion de l'armée allemande ralentit devant le bâtiment. Contre toute attente, un vétéran de la garnison locale descendit de la cabine puis se posta à l'arrière du véhicule pour aider le Dr Blanc à débarquer.

Rosie se planta dans l'encadrement de la porte. Justin, lui, demeura en retrait dans le vestibule.

— Tâchez de garder votre calme, dit-elle. Nous avons des papiers en règle, et rien ne peut nous mettre en cause.

Le Dr Blanc paraissait secouée. Un large bandage ceignait son front. Sa jupe était déchirée. Cependant, le soldat lui serra la main avant de lui remettre sa sacoche.

— Ces SS de Rennes sont des brutes sans cervelle, dit-il en remontant à bord du camion. Chaque fois que je les vois à l'œuvre, j'ai honte de porter l'uniforme allemand.

Lorsque le véhicule se fut remis en route, le Dr Blanc se traîna jusqu'à la maison.

— Est-ce que tout va bien ? demanda Rosie. Avez-vous besoin de quelque chose ?

— Un triple cognac, répondit la femme en se laissant tomber sur une chaise de la cuisine.

Édith se précipita vers l'armoire vitrée où étaient alignées les bouteilles d'alcool.

Le Dr Blanc fusilla Rosie du regard.

— Où est Joseph ? demanda-t-elle.

— Lorsqu'il a appris que les SS avaient investi les environs, il a préféré rejoindre Jean et Didier dans la forêt.

Édith posa devant la femme médecin un grand verre bombé rempli d'un liquide ambré.

— Au moins, il est hors de danger. Ton chef, que lui est-il passé par la tête ? Il a déclenché une explosion qui a détruit la maison du forgeron et abattu trois soldats allemands. Nous allons avoir les Boches sur le dos pendant des mois.

— Après votre départ pour l'hôpital, ils ont arrêté deux hommes puis ils ont pillé les boutiques, annonça Justin. Les hommes de la Gestapo ont même dû intervenir pour les empêcher d'incendier le village.

Le Dr Blanc écarquilla les yeux.

— Tu étais là ? s'étonna-t-elle.

— Je me cachais dans le cimetière. Je voulais prévenir Henderson que les Allemands procédaient à des perquisitions, mais ils sont arrivés avant moi.

— Ta famille est saine et sauve ?

Justin hocha la tête.

— Heureusement, mes sœurs se trouvaient chez ma tante. Ma mère a dû aller les chercher, à l'heure qu'il est.

— Tout ça n'explique pas le comportement d'Henderson, gronda le Dr Blanc en se tournant vers Rosie. Qu'est-ce qui lui a pris ?

— Je ne me trouvais pas sur les lieux, dit Rosie, mais il me semble évident qu'il s'agissait d'une manœuvre de diversion destinée à éviter la saisie des containers.

— Il a abattu trois hommes de sang-froid. Et la maison du forgeron est partie en fumée.

Rosie envisagea d'expliquer que les résistants, à l'image de leurs ennemis, n'étaient pas des enfants de chœur, mais le Dr Blanc était bouleversée. Mieux valait calmer ses inquiétudes et adopter un discours apaisant.

— Je suis convaincue que le capitaine Henderson n'a pas fait usage de la force sans y être contraint. Mais vous pourrez lui demander des explications lorsque nous le retrouverons.

— C'est la première fois que je vois des Allemands se comporter de façon aussi brutale, dit Justin à l'adresse de la femme. J'ai eu si peur quand ils vous ont emmenée.

— Le temps d'arriver à l'hôpital de Rennes, je suis parvenue à stabiliser l'un des blessés. Je gage que c'est ce qui m'a permis d'échapper à l'emprisonnement. Mais selon le soldat qui m'a reconduite ici, les SS qui ont investi La Patte-d'Oie ne sont rien moins que des criminels. Ils se sont battus sur le front de l'Est. Leurs chefs les ont autorisés à torturer et à tuer les civils qui croisent leur route.

— Nous n'en avons pas fini avec eux, fit observer le garçon. Ils ont dressé des barrages dans tout le village.

Le Dr Blanc hocha la tête.

— Mon chauffeur a été contraint de présenter son laissez-passer à deux reprises, confirma-t-elle, alors que nous nous trouvions à bord d'un camion de l'armée allemande.

Édith se tourna vers Rosie.

— Nous ne pensions pas avoir affaire à des barrages. Cela pourrait-il compromettre le déroulement de la mission ?

— Henderson prendra la décision de retarder l'opération ou de continuer comme prévu… si seulement il est encore en vie.

CHAPITRE VINGT-HUIT

Marc, Paul et Goldberg trouvèrent refuge dans une grange abandonnée, à quelques kilomètres de La Patte-d'Oie, puis attendirent le moment de se remettre en route. Des heures durant, Henderson guetta leur passage, embusqué à proximité de la voie de chemin de fer, et les rejoignit à l'orée du bois.

Peu avant huit heures du soir, ils atteignirent leur point de rendez-vous, une grotte connue de tous les enfants du voisinage. Ils y retrouvèrent les agents et les civils impliqués dans l'opération rassemblés autour d'une lampe tempête : Luc, Sam, Jean et Didier, Rosie, Édith, Justin, le Dr Blanc et son fils Joseph.

Selon le plan initial, la participation du Dr Blanc et de Justin aurait dû s'achever dès l'arrivée en forêt des membres du commando, mais Rosie avait tenu à ce qu'ils assistent à cette ultime réunion et témoignent des événements dramatiques survenus à La Patte-d'Oie.

— Nous venons de vivre une journée difficile, dit Henderson. Nous avons pu constater une fois de plus que les stratégies les plus solides étaient à la merci d'un événement imprévu. Nos ennemis se sont comportés comme des bourreaux, et des civils innocents ont eu à souffrir de nos actions. Mais chacun de nous a mis sa propre vie en jeu pour mettre en place cette opération. Si nous reculons maintenant, tout cela aura été accompli en vain.

Jean, Didier et Justin lancèrent des exclamations enthousiastes, mais le visage du Dr Blanc traduisait un trouble profond.

— Il ne sert à rien de tergiverser, continua Henderson. Mon métier consiste à évaluer les risques. La présence de ce détachement SS et l'établissement de barrages le long de notre itinéraire de retraite ne nous faciliteront pas la tâche, mais plus longtemps nous nous attarderons dans les parages, plus grandes seront les chances que les Allemands découvrent notre matériel ou des indices prouvant que nous préparons une mission de sabotage.

Henderson marqua une pause et scruta le visage grave de ses complices.

— N'oublions pas que nos actions doivent rester coordonnées avec celles du réseau Lacoste et de l'US Air Force. Si le temps le permet, nous passerons à l'action vendredi soir, comme prévu. Nous aurons deux jours pour peaufiner les instructions individuelles, nous entraîner et effectuer une ultime sortie de repérage aux abords du bunker. Vendredi, nous observerons une journée de repos. Je veux que tout le monde soit au meilleur de sa forme pour se lancer à l'assaut de l'objectif, quatre kilomètres à l'est de cette grotte.

Jean, Justin et Didier échangèrent un sourire complice.

— Je suppose que vous vouliez dire à l'*ouest*, monsieur, dit Rosie, tandis que les garçons partaient d'un grand éclat de rire.

Le visage d'Henderson s'empourpra.

— Euh... eh bien, j'espère que d'ici vendredi, je me serai fait une idée plus claire de la géographie de ces bois.

∴

Luc, Goldberg, Henderson et leur précieux équipement passèrent la nuit dans la grotte. Paul, Marc et Samuel dormirent dans le salon de Joseph Blanc. Le lendemain, le capitaine, Rosie et les garçons avaient prévu une excursion en forêt afin de reconnaître le bunker et ses environs. Goldberg, lui, devait initier Jean et Didier au maniement des armes et aux techniques de progression furtive.

Lorsque Paul s'éveilla, Marc ne se trouvait plus à ses côtés. Dans l'une de ses bottes, il trouva un message manuscrit.

Paul,

Je pars pour Beauvais. Je serai de retour vendredi au plus tard. Surtout, ne cherche pas à me couvrir. Je ne veux pas que tu t'attires des ennuis. J'affronterai ma punition sans discuter, mais je dois revoir Jade.

Ton ami,

Marc

Lorsque Rosie les eut conduits jusqu'à la grange de Jean et Didier, Paul remit le morceau de papier à Henderson.

— De qui parle-t-il ? gronda Henderson.

— Jade Morel, expliqua le garçon. Marc la connaît depuis son enfance, mais il en est tombé amoureux l'année dernière, après son évasion.

Le capitaine le fusilla du regard.

— Je parie qu'il a médité cette fugue dès qu'il a su que nous nous rendions en France. Les yeux dans les yeux, oseras-tu me dire que tu n'étais pas au courant ?

— Je le jure sur la tombe de mes parents, répondit Paul. Tout ce que je sais, c'est que Marc est fou de cette fille et qu'il garde une mèche de ses cheveux sous son oreiller. Je n'imaginais pas qu'il ferait une chose aussi insensée.

— Tu mens, lança Luc. Laissez-moi m'occuper de lui à ma façon, capitaine, et je vous garantis qu'il crachera le morceau.

— Ferme-la, pauvre crétin, cracha Rosie. La situation est sérieuse.

— Marc possède des papiers en règle, dit Paul. Il s'est évadé d'une prison de Francfort et a pu survivre sans secours extérieur. Ce voyage à Beauvais sera une balade de santé.

— Là n'est pas le problème, dit Henderson. Tous les aspects de la mission ont été soigneusement planifiés de façon à limiter les risques. En n'en faisant qu'à sa tête, Marc met en jeu la sécurité de tout le groupe.

— Il a dû prendre le train du matin pour Rennes, puis l'express de Paris, dit Rosie. Il n'y a plus rien à faire.

Henderson se frotta pensivement le menton.

— Peu importe, nous continuerons sans lui.

— J'ai une bonne et une mauvaise nouvelle, annonça Rosie. Par laquelle souhaitez-vous que je commence ?

— Je n'ai pas de temps à perdre avec ces enfantillages, gronda Henderson.

— Oh, comme vous voudrez. Joyce m'a adressé un message. La bonne nouvelle, c'est qu'on annonce un ciel dégagé dans la nuit de vendredi à samedi. Malheureusement, le réseau Lacoste l'a informée que les Allemands avaient apporté des modifications aux laissez-passer réservés à la main-d'œuvre.

— Quelles modifications ?

— Les nouvelles cartes sont vertes, et non violettes, et leur présentation est radicalement différente. Les documents vierges dont nous disposons ne nous serviront à rien. Même les tampons ont été changés.

— La poisse, lâcha Henderson.

— Le réseau Lacoste va faire tout son possible pour se procurer ou contrefaire de nouveaux laissez-passer, ajouta Rosie.

— Quelles sont leurs chances ?

— Oh, ils y arriveront tôt ou tard. Mais quand ? Ça, personne ne le sait.

Jean et Didier, qui venaient de sortir de la grange, n'avaient entendu que des bribes de cet échange.

— Il y a un problème ? demanda Didier.

— Il y a toujours des problèmes, répondit Henderson. Mon rôle, c'est d'y apporter des solutions.

.:.

Tous les agents avaient étudié le bunker sur des photos de surveillance aérienne, mais Paul sentit un frisson courir le long de sa colonne vertébrale lorsqu'il aperçut la clôture rouillée et les sentinelles en armes, à une cinquantaine de mètres de sa position.

Les Allemands avaient goudronné la piste menant à l'installation, de façon à permettre la circulation des camions de la Luftwaffe quelles que soient les conditions météorologiques. Le grillage était couronné de trois rangs de fil de fer barbelé et flanqué de panneaux portant l'inscription : *Tout intrus sera abattu sans sommation, tout survivant sera pendu*.

Selon Rosie, qui s'était rendue sur les lieux une dizaine de fois, les soldats ne patrouillaient pas le long du périmètre. Deux gardes surveillaient l'entrée de l'unique portail, ne quittant que rarement leur poste pour s'isoler dans les bois et satisfaire un besoin pressant.

Lors de la construction du bunker, l'armée française avait planté des arbres afin de le rendre invisible depuis les airs, mais leur croissance s'était interrompue lorsque leurs racines étaient entrées en contact avec la structure souterraine. Vus d'avion, ils formaient une tache claire au beau milieu de la forêt, un rectangle d'environ cinq cent soixante mètres sur trois cents.

Au niveau du sol se trouvaient deux hangars à l'abandon et un espace dégagé où les chercheurs étaient autorisés à faire de l'exercice deux par deux. Seul indice de la présence de la base souterraine, deux puits d'aération saillaient du sol, à proximité d'une casemate en béton renforcé qui constituait le seul point d'accès au laboratoire.

Située à trois cents mètres du portail, trois de ses faces étaient inclinées de façon à détourner le souffle des bombes. La quatrième était percée de deux ouvertures.

La plus large menait au garage où les camions déposaient et embarquaient leur chargement. La plus étroite était une porte d'aspect ordinaire. En cas de danger, un panneau d'acier permettait de fermer hermétiquement les deux accès, rendant l'édifice inexpugnable.

— Tu as déjà vu ce blockhaus entièrement clos ? demanda Henderson, accroupi parmi les fourrés à côté de Rosie.

— Oui, une fois, pendant une alerte antiaérienne. Malgré son poids, la porte d'acier se ferme en une vingtaine de secondes en produisant un sifflement. Un système à air comprimé, je suppose.

— Ça ne nous laisse pas le droit à l'erreur.

— Alors, quel est votre plan ?

Henderson avait tenu des réunions de préparation avec ses agents avant leur départ pour la France, mais depuis que Rosie avait fait parvenir ses pellicules photographiques en Angleterre avec la complicité du réseau Lacoste, elle n'avait pu communiquer avec le quartier général de CHERUB que par l'intermédiaire de courts messages radio.

— Dès que nous avons connu l'existence du carnet, chuchota le capitaine, nous avons rassemblé des informations liées au bunker grâce aux résistants français réfugiés au Royaume-Uni et aux États-Unis. Nous avons eu la chance d'entrer en contact avec un dessinateur industriel exilé à Chicago qui a participé à la conception de cet abri. Il a dressé un plan de mémoire, que nous avons comparé à tes notes et à tes photos de façon à nous faire une idée aussi précise que possible des modifications effectuées par les Allemands. Notre premier objectif sera de détruire leurs moyens de communication afin de les empêcher de donner l'alerte. Ensuite, nous tâcherons de les attirer à la surface, et nos tireurs en élimineront le plus grand nombre possible. C'est alors que nous devrons investir la base, pénétrer dans la casemate et investir le laboratoire avant que les soldats demeurés au sous-sol ne réalisent ce qui se passe et ne ferment le panneau blindé.

Rosie était frappée par le discours clinique d'Henderson.

— Lorsque nous serons en bas, nous progresserons de pièce en pièce jusqu'à ce que nous ayons neutralisé tous les Boches et localisé les chercheurs. Avec toutes les bombes qui sont stockées là-dessous, nous devrons utiliser du gaz incapacitant. Le plus important, c'est que l'état-major allemand ne soupçonne pas une seule seconde que nous avons exfiltré les scientifiques : dès que le bunker sera sécurisé, nous traînerons les cadavres des gardes à l'intérieur, nous poserons des explosifs dans l'arsenal puis nous placerons la radiobalise afin de guider les avions de l'US Air Force. Dès que nous aurons quitté les lieux, vingt bombardiers B-17 prendront le complexe pour cible. Il est peu probable qu'ils viennent à bout de la structure de béton, mais notre propre charge devrait suffire à amorcer toutes les bombes allemandes.

Rosie hocha la tête.

— Si je comprends bien, même si les Américains ratent leur objectif, les Boches resteront persuadés que leur arsenal est parti en fumée à cause du raid aérien.

— Exactement. Compte tenu du nombre de bombes qui vont s'abattre ici dans la nuit de vendredi à samedi, il ne devrait en rester qu'un énorme cratère.

— Et du coup, les Allemands n'imagineront même pas que les chercheurs aient pu survivre au bombardement.

Ce plan est excellent. Je ne vois pas comment il pourrait échouer.

Henderson éclata de rire.

— Bien sûr que ce plan est infaillible. Ai-je jamais dit ou fait quoi que ce soit qui puisse te faire douter de moi ?

CHAPITRE VINGT-NEUF

À son arrivée en gare Montparnasse, Marc se joignit à la longue file d'attente qui s'était formée devant le poste de sécurité dressé à l'entrée du quai.

— Paris est votre destination finale ? lui demanda l'un des policiers chargés de contrôler l'identité des passagers.

Marc lui présenta ses papiers.

— Non. Je me rends à Beauvais pour rendre visite à une amie.

— Vous avez de l'argent ?

— Vingt-deux francs.

— Pas de bagages ?

Marc secoua la tête.

— Je compte regagner Rennes demain matin. Regardez, j'ai déjà mon billet.

— Très bien, dit le policier en considérant d'un œil las la foule qui se pressait sur le quai. Vous pouvez circuler.

Marc s'engouffra dans la bouche de métro et rejoignit la gare du Nord, d'où il emprunta le premier train pour Beauvais.

Cinquante minutes plus tard, il retrouva la ville qu'il avait fuie l'été passé à bord d'un chasseur allemand. Il se présenta au caporal de la Luftwaffe chargé d'établir les laissez-passer des nouveaux arrivants. Ce dernier recopia sur un registre les informations figurant sur ses papiers d'identité puis examina le contenu de ses poches. Enfin, il lui remit un rectangle de carton jaune offrant accès à la zone placée sous le contrôle des forces aériennes allemandes, ainsi qu'un formulaire permettant d'obtenir des tickets de rationnement durant son séjour.

Marc marcha plus d'une heure avant d'atteindre les abords de l'orphelinat où il avait passé les douze premières années de sa vie. La gorge serrée par l'émotion, il poursuivit son chemin et atteignit la ferme de M. Morel peu avant trois heures de l'après-midi.

— Tiens, tiens, mais qui voilà ? demanda le contremaître. Tu es venu reprendre ta place ? Tu tombes bien. Quatre de mes gars ont été transférés en Allemagne. Trois autres ont préféré fuir pour éviter de tomber dans une rafle.

— Je suis ici en simple visiteur, dit Marc.

L'homme lui adressa un clin d'œil.

— Elle est derrière l'étable, dans le champ de patates, chuchota-t-il, tout sourire.

En dépit du calme apparent qui régnait sur la campagne picarde, le pays était en guerre, les bombardements fréquents, et Marc n'avait jusqu'alors cessé de trembler pour Jade. Il se tourna vers un champ en jachère et se mit à courir. La ferme offrait un spectacle de désolation, témoignage effrayant de la disette dont souffrait le pays, mais ces sombres pensées se dissipèrent dès qu'il aperçut la silhouette de celle qu'il aimait. Elle avait grandi de quelques centimètres. Si elle était restée longiligne, ses épaules quotidiennement sollicitées par les travaux des champs s'étaient considérablement élargies.

Il approcha dans son dos, à pas de loup, se pencha à son oreille et lança :

— Besoin d'un coup de main, mademoiselle ?

Jade sursauta puis fit volte-face.

— Nom d'un chien ! lâcha-t-elle. Qu'est-ce que tu fiches ici ?

Les larmes aux yeux, elle se jeta dans ses bras. Il enfouit son visage dans son cou et respira son parfum. L'odeur de sueur et de terre mêlées réveilla une foule de souvenirs.

— Je t'aime tellement, dit Marc. J'ai pensé à toi tous les jours.

— L'un des hôtes allemands de mon père a confirmé qu'un avion avait été dérobé, dit Jade, mais je ne savais pas si tu avais pu rejoindre l'Angleterre sain et sauf.

— Sain et sauf, oui, mais l'atterrissage a été *légèrement* mouvementé.

Pendant dix minutes, ils restèrent enlacés, les lèvres jointes, se couvrant de caresses. Des mois durant, Jade avait hanté les rêves de Marc, si bien qu'il redoutait de se réveiller dans le dortoir de l'école, bercé par les ronflements de Luc. Enfin, ils se séparèrent, firent un pas en arrière et se dévorèrent longuement du regard.

— Alors, comment va la vie ? demanda Marc.

— C'est horrible, répondit Jade. Et pas seulement à cause de ton absence. Nous n'avons plus d'employés et le service des réquisitions nous harcèle continuellement. M. Thomas a toujours détesté mon père, mais depuis ton départ, les choses ont empiré.

À l'époque où il dirigeait l'orphelinat, M. Thomas avait fait de l'enfance de Marc un enfer. Après l'invasion, il avait accepté un poste haut placé au sein du service des réquisitions. La population détestait cette organisation inféodée aux Allemands chargée de contrôler la production du pays, des légumes aux véhicules motorisés, et d'en saisir une part toujours croissante afin de soutenir l'effort de guerre nazi.

— M. Thomas l'a fait arrêter un nombre incalculable de fois, poursuivit Jade. Il obtient de lui tout ce qu'il veut en le menaçant de le faire juger pour marché noir. Mon pauvre père... tout ça est en train de le ronger de l'intérieur. Il a perdu ses cheveux. Il n'a jamais été bien gros, mais maintenant, on dirait un fantôme.

— Je ne pourrai rester ici qu'une seule nuit. Je suis en France pour mener une nouvelle mission.

— Une mission dangereuse ?

— Tu sais, toutes les missions comportent des risques, répondit Marc sur un ton faussement léger. Mais crois-moi, les Boches ne sont pas près d'avoir ma peau.

— Quel héros tu fais, sourit Jade avant de déposer un baiser sur ses lèvres. Tu sais, j'ai été arrêtée, moi aussi. À trois reprises. La dernière fois, Thomas m'a collée en cellule. Comme il refusait de me laisser aller aux toilettes, j'ai pissé dans l'une de mes bottes, et je l'ai douché comme il faut, ce salaud.

— J'aurais tellement voulu voir sa tête !

— Mon père m'a drôlement engueulée. Il a dit que j'aurais pu m'attirer de graves ennuis.

— Il n'a pas tout à fait tort, dit Marc.

Jade lui donna une claque sur l'avant-bras.

— Ne prends pas son parti ! s'indigna-t-elle. Après tout, je n'ai pas grand-chose à perdre. Toi, tu vis la grande aventure. Moi, je m'ennuie à mourir. J'ai de la bouse de vache séchée sous les ongles et un épouvantable mal de dos.

— Tu es la plus jolie péquenaude du monde, gloussa Marc.

Jade s'accroupit, ramassa une poignée de terre et la lui jeta au visage. Marc se tourna pour protéger ses yeux, puis répliqua par une pluie de petits cailloux. Ils chahutèrent ainsi jusqu'à perdre l'équilibre et roulèrent étroitement enlacés entre deux sillons.

.:.

Même en ces temps de pénurie, les Morel mangeaient largement à leur faim. La nourriture servie au réfectoire de CHERUB était correcte, mais Marc préférait de très loin la cuisine française. Il engloutit une assiette de soupe à l'oignon, se servit quatre tranches de rôti de bœuf et siffla deux verres de vin rouge.

Comme l'avait annoncé Jade, la dégradation physique et morale de M. Morel était effrayante. Aux yeux de Marc, il n'avait plus rien de l'homme réservé qui lui inspirait crainte et respect, lorsqu'il vivait à l'orphelinat. Mince et élégant, c'était alors un notable qui, à ce qu'on disait, faisait subir les pires tourments aux garçons qui s'approchaient un peu trop près de sa fille unique.

Désormais, il tolérait que son ancien garçon de ferme dîne à sa table, à côté de sa fille. Il avait beaucoup trop bu. Les flammes des chandeliers se reflétaient sur son crâne chauve. Il écoutait d'une oreille distraite Marc évoquer les événements survenus dans le monde au cours des derniers mois.

— Où sont passés les officiers de la Luftwaffe qui logeaient chez vous ? demanda ce dernier.

— Les communistes ont assassiné plusieurs soldats allemands, expliqua Jade. Désormais, tous les militaires sont cantonnés aux abords de la base aérienne.

— C'est une honte, bredouilla M. Morel avant de vider d'un trait un énième verre de vin. Les miens se sont toujours très bien comportés. En plus, ils foutaient les jetons à Thomas. Ils m'ont aidé à sortir de cellule à plusieurs reprises. Maintenant, je ne peux plus lever le petit doigt sans que ce salaud ne vienne me demander des comptes.

Sur ces mots, il poussa sa chaise en arrière, se dressa d'un bond et se mit à brailler :

— Le service des réquisitions m'impose des quotas. Ensuite, il rafle la moitié de mes hommes. Pour finir, je suis arrêté parce que je n'ai pas rempli mes objectifs, quand ils ne m'accusent pas carrément d'écouler ma production au marché noir. Cette ferme faisait la fierté de ma famille, autrefois. S'ils voyaient ce qu'elle est devenue, mon père et mon grand-père se retourneraient dans leur tombe.

Jade se leva à son tour et posa une main dans le dos de son père.

— Tu devrais peut-être te mettre au lit, papa.

— Je vais faire un détour par la bibliothèque. J'ai besoin d'un cognac.

Soudain, l'homme, semblant reprendre du poil de la bête, pointa un doigt accusateur en direction de Marc.

— Je ne suis peut-être plus ce que j'ai été, mais si tu oses manquer de respect à ma fille, je suis encore capable de te flanquer un coup de chevrotine !

— Papa, couina Jade sans desserrer les dents. C'est affreusement embarrassant.

— Non, non, pardonne-moi, tu es un bon garçon, se radoucit M. Morel. Je suis fatigué. Je ne sais plus très bien ce que je dis.

Tandis que Jade aidait son père à gravir l'escalier menant à l'étage, Marc s'adressa à la cuisinière.

— C'est triste de le voir dans cet état.

La femme baissa les yeux, comme si le simple fait d'émettre un avis concernant son patron constituait un péché mortel.

— Monsieur, tout comme son père, a toujours été un gros buveur, mais ce sont la méchanceté de M. Thomas et le manque de personnel qui l'ont affaibli à ce point.

Marc avala les dernières miettes de gâteau, termina son verre, quitta la salle à manger puis attendit Jade au pied de l'escalier.

— Je n'avais pas réalisé à quel point il...

Jade le fit taire en posant un doigt sur ses lèvres.

— Ne dis rien, soupira-t-elle. Les gens n'arrêtent pas de jaser sur son compte. Je n'en peux plus de les entendre.

Elle marqua une pause puis ajouta :

— Je sais que tu dois prendre ton train tôt demain matin. Mais tu sais... je n'ai jamais été aussi heureuse que cet été.

— Tu penses aux moments passés près du lac, n'est-ce pas ? sourit-il. Et si nous allions prendre un bain de minuit ?

CHAPITRE TRENTE

Marc et Jade quittèrent la maison sans faire de bruit puis empruntèrent le chemin de terre menant au lac. Ils se dévêtirent, plongèrent dans les eaux noires puis chahutèrent quelques minutes avant de battre en retraite, transis de froid. Ils se pelotonnèrent l'un contre l'autre dans l'herbe humide.

S'ils n'éprouvaient plus la moindre gêne à se trouver nus l'un devant l'autre, ils n'avaient jamais fait l'amour. Le cœur battant, Marc hésitait à tenter sa chance. Des pensées négatives se bousculaient dans son esprit. Il avait vu PT harceler Rosie pour qu'elle couche avec lui, et cette insistance avait eu raison de leur relation. En outre, il redoutait que Jade ne tombe enceinte et ne soit mise au ban de la société.

Lorsque ses mains s'aventurèrent timidement entre les jambes de sa petite amie, c'est avec un certain soulagement qu'il l'entendit lâcher un *non* à peine audible. Une seconde baignade dans les eaux froides lui permit de calmer définitivement ses ardeurs. Après s'être ébroués joyeusement, ils se rhabillèrent puis s'enlacèrent longuement. Marc aurait voulu jouir du moment présent, mais il ne pouvait s'empêcher de compter les minutes qui le séparaient de l'instant où il devrait, une nouvelle fois, dire adieu à celle qu'il aimait.

Jade s'assoupit, la tête sur ses cuisses. Il resta éveillé, essayant de fixer pour toujours son visage dans sa mémoire.

Il la réveilla au lever du soleil.

— Il est cinq heures et demie, dit-il. Si je veux attraper le premier train pour Paris, il faut que je me mette en route.

Jade se redressa puis chercha ses chaussures du regard en massant ses épaules endolories. Deux grosses larmes roulèrent sur ses joues.

— Qu'est-ce qui ne va pas ?

— J'ai tellement mal au dos, gémit-elle. J'aurais besoin d'un jour de congé, mais ce n'est même pas la peine d'y penser.

— Je serai de retour à Paris samedi matin, après la mission. Nous nous reverrons sans doute avant mon départ pour l'Angleterre. Je pourrai même te donner un coup de main aux champs pendant quelques jours.

— Croisons les doigts. Mais ne risques-tu pas de t'attirer des ennuis, si tu quittes ton unité ?

— C'est possible, mais tu vaux bien toutes les punitions. Jade, il faut que je parte. Tu fais un petit bout de chemin avec moi ?

— J'en meurs d'envie, mais c'est déjà l'heure de la traite.

Marc se serait damné pour quelques heures passées avec sa bien-aimée, fût-ce dans une étable empestant la bouse de vache, mais l'heure des adieux avait sonné. Les deux amoureux s'étreignirent puis fondirent en larmes.

— Ça me brise le cœur de devoir t'abandonner, sanglota Marc.

Sur ces mots, ne pouvant en supporter davantage, il fit deux pas en arrière, adressa à Jade un signe de la main, puis s'en fut sans se retourner.

Un quart d'heure plus tard, arrivé en vue de l'orphelinat, il enjamba un muret qui bordait la route et se tint à l'écart du bâtiment, de peur d'être aperçu par ses occupants.

Lorsqu'il regagna la chaussée, il reconnut une petite maison dont la cheminée crachait un panache de fumée. En ce chaud matin d'été, cela signifiait que son occupant était aux fourneaux. Et cet occupant n'était autre que M. Thomas.

Contrairement à ce qu'il avait affirmé pour rassurer Jade, Marc n'était pas certain de regagner Paris une fois l'opération achevée. L'assaut sur le bunker comportait des risques considérables, et les chances étaient grandes d'être tué ou capturé. L'idée que l'homme qui avait fait de son enfance un enfer lui survive lui était insupportable. Il était demeuré auprès de Jade jusqu'à la dernière seconde, et il ne lui restait que quelques minutes pour accomplir son funeste projet.

Il franchit la clôture de la propriété et progressa prudemment jusqu'à la maison. Il s'adossa à un mur et jeta un coup d'œil par la fenêtre entrouverte donnant sur la pièce unique du rez-de-chaussée. Vêtu d'un maillot de corps et d'un caleçon, Thomas, armé d'une cuiller en bois, remuait le contenu d'une cocotte posée sur le poêle à bois tout en mordant à belles dents dans un quignon de pain.

Marc était un lanceur de couteau émérite. Son canif était mal équilibré, mais compte tenu de la faible distance qui le séparait de son ennemi, il ne doutait pas une seule seconde de pouvoir l'atteindre en pleine poitrine. La pensée d'ôter la vie de sang-froid le troublait profondément, mais il n'était pas seul à avoir souffert des agissements de Thomas. À cause de lui, M. Morel n'était plus que l'ombre de lui-même et Jade était condamnée à effectuer des travaux éreintants. Tous les paysans de la région pliaient sous son joug.

Cependant, il était en cheville avec l'occupant nazi. Son assassinat pourrait être mis sur le compte de la Résistance et conduire les Allemands à exercer de sanglantes représailles contre les civils. Le crime devait être maquillé et orienter les enquêteurs vers la thèse d'une mort naturelle.

Marc se planta sur le seuil de la maison et frappa trois coups. Lorsque Thomas poussa un juron et se tourna vers la porte, il battit précipitamment en retraite. Il poussa précautionneusement la fenêtre, en enjamba le rebord et se laissa tomber à l'intérieur au moment précis où son ennemi tournait la poignée.

— Saletés de morveux ! hurla l'homme. Ces abruties de bonnes sœurs sont incapables de faire régner la discipline.

À l'instant où Marc se saisissait d'une lourde poêle à frire suspendue au-dessus de la cuisinière, Thomas, percevant un mouvement du coin de l'œil, fit volte-face puis claqua la porte d'un coup de talon.

— Toi ! gronda-t-il, les yeux grands comme des soucoupes. Sale petit bâtard insolent.

Marc n'était à ses yeux que l'un des innombrables orphelins qu'il avait corrigés au cours de sa carrière de directeur. Ce qu'il ignorait, c'est que cet orphelin-là était un combattant surentraîné. Lorsque Thomas passa à l'attaque, Marc esquiva sa charge puis lui asséna un formidable coup de poêle au niveau de la tempe.

L'homme s'effondra comme une masse. Après avoir inspecté sa victime, Marc se réjouit de constater qu'elle ne souffrait d'aucune fracture, et que la peau ne s'était pas déchirée à l'impact. Pas une goutte de sang n'avait été versée.

— Ça, c'était pour toutes les raclées que tu m'as flanquées, lâcha-t-il.

Il se mit à genoux, souleva un revers de pantalon, en déchira l'ourlet intérieur et fit rouler dans sa paume deux petites capsules remplies de cyanure.

Après avoir écarté les mâchoires de Thomas, il en plaça une entre ses molaires puis lui ferma la bouche.

Un craquement discret se fit entendre. Marc avait déjà éliminé un ennemi grâce à ce procédé durant son séjour dans la prison de Rennes. Il s'attendait à ce que l'homme soit secoué de spasmes et pris de vomissements à l'instant où le poison ferait effet, mais il préféra ne pas assister à ce triste spectacle.

Il remit la poêle à sa place puis souleva le couvercle de la cocotte. Il y trouva trois des chemises brunes que Thomas arborait fièrement dans l'exercice de ses fonctions. Il le saisit par les épaules, le traîna au pied de la cuisinière puis le plaça dans une posture évoquant un décès causé par une attaque foudroyante. Enfin, il arrosa sa tête d'eau bouillante puis jeta le récipient sur le sol. Ainsi, les enquêteurs estimeraient que la victime, avant de perdre connaissance, avait entraîné l'objet dans sa chute.

Le visage de Thomas se flétrit aussitôt. Une forte odeur de lotion capillaire envahit la pièce. Pour parfaire le tableau, il posa l'une des mains du mort sur le couvercle de fonte. La peau grésilla au contact du métal surchauffé. Cette brûlure confirmerait que la victime avait essayé de s'en saisir avant de s'écrouler sur le sol de la cuisine.

Bien entendu, cette théorie ne résisterait pas à un examen attentif des lieux, mais la Luftwaffe laissait la gendarmerie française s'occuper des affaires courantes. Ces fonctionnaires n'étaient pas tous loyaux envers l'occupant. Sans doute ne feraient-ils pas trop de zèle, sachant que la manifestation de la vérité pouvait conduire à de terribles représailles à l'encontre de la population.

Après s'être assuré qu'il n'avait commis aucune erreur dans sa mise en scène, il consulta sa montre puis quitta la maison.

Il lui fallait hâter le pas pour ne pas rater son train. Préférant se faire discret aux abords du lieu du crime, il attendit de se trouver hors de vue de l'orphelinat pour se mettre à courir.

Marc avait déjà ôté la vie, et devrait tuer à nouveau au cours de l'opération, mais il n'avait ni la rudesse d'Henderson, qui liquidait ses ennemis sans ressentir la moindre émotion, ni la cruauté de Luc, qui se délectait de commettre les actes les plus vils.

Marc, lui, se souvenait de toutes ses victimes. Pourtant, tandis qu'il dévalait le chemin menant à la route de Beauvais, il ne voyait pas la face brûlée de Thomas. D'autres images se formèrent dans son esprit : son propre visage, lorsqu'il était enfant ; celui d'orphelins pleurant dans leur lit, incapables de trouver le sommeil à cause des blessures infligées par celui qui était censé les éduquer et les protéger.

Son pire ennemi ayant rendu l'âme, Marc se sentait fort et confiant. Il avait dû abandonner Jade, mais il venait d'éliminer celui qui avait changé son existence en calvaire.

Il atteignit le quai cinq minutes avant le départ du train. Dès qu'il eut pris place dans un compartiment et posé la tête contre la vitre, ce sentiment de fierté s'évanouit, laissant place à de sombres préoccupations.

Reverrait-il jamais Jade ? Quelle punition pouvait bien lui réserver Henderson ?

.:.

Il regagna la maison de Joseph Blanc en fin d'après-midi, dîna d'un bouillon de poulet, puis suivit ses camarades jusqu'à la grotte où le capitaine leur avait donné rendez-vous afin d'effectuer une dernière sortie nocturne aux abords du bunker.

— Bon, qu'est-ce que je vais faire de toi ? dit Henderson, dont le visage ne trahissait aucune émotion.

Goldberg et les agents de CHERUB observaient la scène en silence.

Des vingt agents que comptait l'Unité de recherche et d'espionnage B, Marc était le seul pour qui le capitaine ait jamais éprouvé de l'affection.

Il espérait recevoir une sanction légère, mais la situation pouvait se retourner contre lui. Son chef n'allait-il pas au contraire lui infliger une punition exemplaire afin d'éviter toute accusation de favoritisme ? Comment Marc avait-il pu commettre une nouvelle incartade si peu de temps après avoir saboté le fusil de Luc ?

— Tu as perdu ta langue ? demanda Henderson.

Marc baissa les yeux.

— Je sais que j'ai mal agi, monsieur. Quelle que soit la punition que vous choisirez, je l'accepterai.

Henderson esquissa un sourire.

— Je ne me fatiguerai même pas à te faire la leçon. Tu sais aussi bien que moi que tu aurais pu compromettre la mission si tu avais été arrêté, ou si tu n'avais pu revenir à temps en raison d'un problème de transport. Tu connaissais parfaitement les risques lorsque tu es parti rejoindre ta petite copine, et tu savais que tu serais puni à ton retour. Je parie que tu espérais recevoir une sanction de principe, sous prétexte que nous sommes à la veille d'une opération. Tu te figures sans doute que tout sera oublié, si elle est couronnée de succès.

Marc resta muet. À l'évidence, il avait sous-estimé l'intelligence d'Henderson. Les paroles qui sortaient de sa bouche étaient frappées au coin du bon sens.

— Aussi ai-je décidé de ne pas te punir, ajouta le capitaine.

Marc réprima un sourire et leva les yeux vers son chef.

— Je suis sincèrement désolé, monsieur.

— Oh, je le connais par cœur, ton numéro de petit garçon modèle, s'esclaffa Henderson. La vérité c'est que tu n'es pas désolé pour un sou. Si une nouvelle occasion de voir cette Jade se présente, tu n'hésiteras pas une seconde. Si j'ai décidé de ne pas te punir, c'est parce que je préfère qu'un autre se charge d'appliquer la sanction.

Marc se tordit nerveusement les mains. Sans doute serait-il livré à un instructeur pour quelques jours d'exercices éreintants dès son retour au quartier général de l'unité.

— Luc, va chercher une branche de la longueur de ton bras, pas plus épaisse que ton pouce, dit Henderson. Ensuite, tu lui en colleras six coups sur les fesses.

— Quoi ? s'étrangla Marc.

Un sourire mauvais éclaira le visage de son rival.

Endurci par les années passées à l'orphelinat et sa période d'instruction au travail de sabotage et de renseignement, Marc endurerait sa punition sans ciller. En revanche, l'idée d'être fouetté en public par son ennemi juré lui était insupportable.

— Ce type est une ordure, capitaine ! protesta-t-il tandis que Luc se mettait en quête d'une baguette. Vous êtes plus fort que lui. Je souffrirai davantage si vous vous en chargez.

Henderson haussa un sourcil puis parla d'une voix ferme.

— Je te donne l'ordre d'endurer ce châtiment. Si tu désobéis, je serai contraint de te mettre aux arrêts et de te chasser de mon unité dès que nous serons de retour en Angleterre.

— Bon sang, marmonna Marc. C'est tellement injuste.

Luc jaillit d'un sous-bois armé d'un véritable gourdin. Sa taille était tellement extravagante qu'en dépit de la situation, Paul, Samuel, Rosie et Édith éclatèrent de rire.

— C'est ça que tu appelles *pas plus épais que ton pouce* ? grogna Henderson.

Luc désigna l'extrémité du bâton.

— Regardez, au bout, il est tout fin.

Henderson le lui arracha des mains et le brisa sur son genou. Il ramassa la première branche convenable qui lui tomba sous la main.

— Tiens, sers-toi de ça, imbécile.

Marc lui adressa un regard incrédule, comme s'il gardait l'espoir d'entendre son chef annoncer qu'il s'agissait d'une plaisanterie.

Quelques instants plus tard, il se trouva penché en avant, les mains sur les genoux, son postérieur exposé aux regards de tous. Hilare, Luc prit quelques pas d'élan avant d'abattre la branche de toutes ses forces sur les fesses de son rival.

CHAPITRE TRENTE ET UN

L'opération visant le laboratoire souterrain impliquait des agents de renseignement, des tireurs d'élite, une dizaine de membres du réseau Lacoste et une escadrille de bombardiers de l'US Air Force. Pourtant, en ce vendredi, à six heures moins le quart du matin, son succès reposait entièrement sur un garçon de dix ans.

Assis sur son matelas, Justin crachait ses poumons. Son mouchoir était saturé d'une substance gluante teintée de poussière de charbon. Une minuscule main se posa sur son dos.

— Tu es malade ? demanda Isabelle, la plus jeune de ses sœurs.

La petite fille possédait son propre lit mais Justin la laissait se glisser à ses côtés chaque fois qu'un cauchemar la tourmentait.

— Non, je vais bien, gémit Justin entre deux quintes de toux. Rendors-toi.

— Maman va te soigner. Ou t'envoyer chez le Dr Morel.

— Rendors-toi, j'ai dit, insista-t-il en enfilant sa chemise.

— Où est-ce que tu vas ?

— Tu veux vraiment que je dise à maman que tu as dormi dans mon lit ?

La petite fille plissa le front, bascula sur le dos puis enfouit sa tête sous l'oreiller.

— Je ne serai pas long, la rassura Justin.

Terrorisée par les représailles qui avaient suivi le meurtre des policiers, sa mère lui avait fait promettre d'interrompre ses expéditions nocturnes dans le convoi de charbon et de se tenir à l'écart de Rosie.

Après avoir descendu l'escalier, il jeta un coup d'œil à la rue par la porte principale.

Pendant deux jours et demi, les SS avaient pillé les commerces et harcelé les villageois. Lassés de ce petit jeu, ils avaient levé leurs barrages la veille, en fin d'après-midi, et avaient regagné leur garnison rennaise.

Justin contourna la maison, enjamba un muret puis traversa un pré jusqu'à la voie ferrée. Un vieux chemineau était posté à proximité du château d'eau, signe qu'un convoi était sur le point d'effectuer une halte.

Justin avait emporté la montre à gousset de son grand-père, une relique à laquelle sa mère tenait plus que tout au monde. Un coup d'œil au cadran confirma qu'il avait un quart d'heure d'avance. Redoutant d'égarer l'objet, il le glissa dans la poche de sa chemise et la boutonna soigneusement.

Affamé et ensommeillé, il lâcha un bâillement qui provoqua une nouvelle quinte de toux. Un convoi de marchandises passa devant lui sans s'arrêter. Le train de passagers qu'il attendait fit son apparition avec vingt minutes de retard. Justin était contrarié : plus le temps passait, plus les risques étaient grands que sa mère se réveille avant son retour.

Lorsque le chemineau eut rempli la chaudière de la locomotive, le mécanicien actionna le sifflet puis le convoi s'ébranla avec une lenteur inhabituelle. À l'instant où il passa à la hauteur de Justin, il lâcha sa pelle à charbon et jeta un petit sac de cuir hors de la cabine.

L'objet pirouetta dans les airs, roula le long du remblai puis acheva sa course contre le mur de la demeure de Mme Vial. Justin avait reçu une mise en garde de Rosie. Selon elle, les Allemands avaient pu faire de certains villageois leurs informateurs. Des affiches placardées sur les murs de la grand-rue promettaient deux mille francs et le retour d'un prisonnier de guerre contre toute information concernant les activités de la Résistance.

Tandis que le grondement produit par les wagons diminuait dans le lointain, Justin ramassa le sac, le glissa sous son bras puis regagna la maison.

À peine eut-il poussé la porte qu'il entendit le pas de sa mère dans le couloir. Il dissimula hâtivement le paquet derrière le porte-manteau.

— Qu'est-ce que tu fichais dehors à cette heure ? demanda-t-elle en se plantant devant son fils, les mains sur les hanches.

— Je n'arrêtais pas de tousser, répondit Justin. J'avais peur de réveiller les filles, alors je suis allé prendre l'air.

— Tu as vu des Allemands dans les parages ?

— Non, dit Justin.

Du coin de l'œil, il réalisa qu'une partie du sac était restée visible. Il fit un pas vers sa mère pour l'empêcher d'approcher.

— Je me fais du souci pour tes bronches, avec tout le charbon que tu respires, dit-elle avant de déposer un baiser sur son front. Je ne veux plus que tu montes sur ce maudit train.

— Nous aurons besoin d'argent pour passer l'hiver. Souviens-toi comme nous avons souffert, l'année dernière.

— Nous trouverons bien une solution. Avec la pénurie de main-d'œuvre, je n'aurai aucun mal à trouver un second emploi, si besoin est.

∴

Rosie devait lancer un dernier appel radio à six heures trente du matin. Les Allemands disposant d'équipes mobiles chargées de traquer les communications de la Résistance, elle avait l'habitude d'emporter son émetteur compact dans les bois, à deux kilomètres au moins de la maison de Joseph Blanc, et changeait d'emplacement à chaque transmission.

D'ordinaire, elle transportait seule l'appareil, sa lourde batterie et sa bobine de cinquante mètres d'antenne. Cette fois, Paul, Samuel et Édith se répartirent son fardeau.

Après avoir déroulé l'antenne sur le sol et attendu que les lampes de la radio chauffent, Rosie composa un message chiffré en morse informant le quartier général que les préparatifs étaient en cours, que les Allemands avaient levé leurs barrages et que la mission se déroulerait à l'heure prévue.

La réponse lui parvint par groupe de cinq caractères. En temps normal, elle aurait dû regagner la maison pour décoder la transmission, mais Paul l'aida à en venir à bout à l'aide d'un disque de décodage en tissu. Édith et Samuel, eux, étaient occupés à creuser une fosse.

— Tout va bien, annonça Rosie. Il fera beau, comme prévu. Cinquante bombardiers américains prendront Rennes pour cible. La moitié d'entre eux recevront l'ordre de se dérouter vers le laboratoire s'ils reçoivent le signal émis par notre balise. Selon le réseau Lacoste, les faux papiers ont bien été embarqués à bord du train. Joyce et tous les membres de CHERUB nous souhaitent bonne chance.

— On va en avoir besoin, soupira Paul en grattant une allumette afin de réduire en cendres le disque de décodage.

— Samuel, veux-tu un coup de main pour finir de creuser le trou ? demanda Rosie. Je dois accompagner Édith. Sans quoi, elle risque de rater son train.

Le garçon secoua la tête. Il mettait toujours un point d'honneur à prouver qu'il n'avait pas besoin de l'aide de ses aînés.

— Vérifie que la boîte de la radio est correctement fermée, avertit Rosie. Si les choses tournent mal, il se pourrait que nous devions la déterrer. Quand tu auras terminé, couvre la fosse avec des branchages.

Samuel leva les yeux au ciel.

— Je ne suis pas complètement idiot, tu sais. Occupe-toi de ce que tu as à faire.

Il serra brièvement Édith dans ses bras.

— Bonne chance pour cette nuit, lui glissa-t-elle à l'oreille. On se retrouve à Paris.

— J'espère bien, répondit Samuel.

— Et quand tu verras Marc, dis-lui que je compatis pour ses fesses.

Le garçon éclata de rire.

— T'inquiète, c'est un dur à cuire, gloussa-t-il.

Compte tenu des efforts qu'elle avait consentis pour transporter et faire fonctionner la radio, Rosie n'était pas mécontente de la voir disparaître sous une ultime pelletée de terre. Lorsqu'elle se fut assurée qu'elle était correctement cachée, elle se dirigea vers la maison de Justin, Édith et Paul sur ses talons.

— Édith, on dirait qu'il y a quelque chose entre Samuel et toi, plaisanta ce dernier.

— Il est beaucoup trop jeune, fit observer Rosie.

Édith rougit jusqu'à la pointe des oreilles.

— Oh, mais taisez-vous donc, bredouilla-t-elle. Il est adorable, mais ce n'est encore qu'un gamin.

— Nous avons un autre modèle à te présenter, en Angleterre. Son grand frère Joël. Le même en plus vieux.

— Quel âge ? demanda Édith en esquissant un sourire timide.

— Quatorze ans, répondit Paul.

La demeure de Justin se trouvait à moins d'une heure de marche. Les membres de l'équipe se réjouirent de trouver le village désert. Craignant que des soldats allemands ne se fussent embusqués, Rosie ordonna à ses coéquipiers de faire halte, remit son pistolet automatique à Paul puis approcha seule de la fermette.

— Par ici, chuchota Justin, posté derrière un muret, alors qu'elle se trouvait à cinquante pas de la façade.

— Quelque chose ne va pas ? Tu n'as pas réceptionné le colis ?

— Si, si, j'ai les documents. Mais ma mère est là. Si elle vous aperçoit, ça va barder pour mon matricule.

Justin la conduisit jusqu'à la porte d'un abri de jardin situé à deux maisons de là.

— Pas de panique, dit-il. Le propriétaire sait qui je suis. Il ne nous causera pas d'ennuis.

Lorsqu'il poussa la porte, Rosie découvrit un amoncellement de sacs en toile de jute remplis de charbon.

— C'est ici que je range la marchandise, expliqua Justin. Ce cabanon appartient au boucher. Il fout la trouille à tout le monde, et personne n'oserait mettre le nez dans ses affaires. Je l'autorise à se servir, et comme ça, je suis sûr qu'on ne viendra pas piocher dans mes réserves.

— Tu es un petit malin, dit Rosie. Presque un homme d'affaires. Je parie que tu finiras par posséder ta propre usine, un de ces jours.

Le garçon sourit, se saisit d'un sac rempli aux deux tiers et en sortit le colis récupéré près de la voie ferrée.

— Débarrasse-toi de la poussière avant de l'ouvrir. Tout est là. Cinquante documents vierges et trois tampons.

— Cinquante ?

Justin haussa les épaules.

— J'imagine qu'ils ont prévu large, au cas où vous commettriez des erreurs.

— Oui, c'est sans doute ça, dit Rosie en tirant une grosse enveloppe de la poche de son gilet. Henderson m'a demandé de te remettre ceci, en remerciement de tout ce que tu as fait pour nous. Mille francs, et deux onces d'or.

— De l'or ? s'étonna Justin en jetant un œil au contenu du paquet.

— La monnaie ne vaut plus grand-chose en temps de guerre. L'or est rare. C'est pour ça qu'il ne peut pas perdre sa valeur, et qu'on te donnera toujours quelque chose en échange.

Justin afficha un large sourire, puis ses traits s'affaissèrent.

— Tu es sûre que je ne peux rien faire pour vous, cette nuit ?

— Si tu ne nous étais pas venu en aide, Édith ne serait plus de ce monde. Nous n'aurions ni rencontré le Dr Blanc, ni découvert l'existence du bunker. En plus, tu m'as présenté Jean et Didier, qui nous ont appris à nous orienter dans la forêt.

— Ah oui, eux… Vous accompagneront-ils à Paris ?

Rosie hocha la tête.

— Si le bunker est détruit, ces bois grouilleront de Boches. Nous leur procurerons une nouvelle identité et un faux certificat médical, afin d'échapper au service du travail obligatoire.

— On ne se reverra sans doute jamais, soupira Justin avant d'essuyer une larme d'un revers de manche.

Aux yeux de Rosie, ce garçon, malgré ses dix ans, était incroyablement mûr et vif d'esprit.

— J'aimerais pouvoir continuer à vous aider, poursuivit Justin. Je veux rejoindre la Résistance, comme Samuel et toi.

— Nous savons où te trouver si nous avons besoin de toi. Mais pour le moment, tu n'as qu'une mission : t'occuper de ta mère et de tes sœurs. Et faire attention à ne pas passer sous un train, au beau milieu de la nuit. Et dépenser ton argent avec parcimonie. Les gens pourraient jaser, tu sais comme ils sont.

— Je serai raisonnable.

— Si la mission est un succès, je parie qu'on en entendra parler dans le monde entier. Après la guerre, tu pourrais bien recevoir une médaille.

L'air profondément abattu, Justin haussa un sourcil.

— Pour le moment, promets-moi juste de ne pas te faire tuer.

— Je ferai de mon mieux, répondit Rosie en s'emparant du sac. On se revoit à la remise des décorations.

— À Buckingham Palace ou aux Invalides ?

— Ça n'a pas grande importance, s'esclaffa Rosie avant de tourner les talons.

Elle était heureuse d'avoir pu remonter le moral de Justin, mais son expression s'assombrit à la pensée de l'opération qui s'annonçait.

— Qu'est-ce qui ne va pas ? demanda Paul lorsque sa sœur le retrouva sous l'arbre où elle avait ordonné à ses coéquipiers de patienter. Il n'a pas réussi à récupérer les papiers ?

— Si, si, tout va bien. Je pensais à autre chose.

Édith lâcha un soupir de soulagement.

— Il faut que je file à la gare, dit-elle. Dès mon arrivée à Paris, je dirai à Lacoste que nous avons bien réceptionné les documents et que tout est en place pour l'opération de ce soir.

Paul remit le pistolet à sa sœur.

— Moi aussi, il faut que j'y aille. Goldberg et Luc doivent être en train de préparer la balise et les fusils à lunette. Tu es sûre que tu ne veux pas faire un saut à la grotte, le temps de nous faire la tambouille ?

— Oh, ce n'est pas la peine que je me déplace, répliqua Rosie. Je suis certaine que vous ne mourrez pas de faim.

Elle était ulcérée par l'attitude de ses coéquipiers, qui ne voyaient en elle qu'une fille tout juste bonne à faire la cuisine et laver leurs vêtements.

— Bon, tant pis, on se contentera d'un pique-nique, soupira Paul. Dans ce cas, il ne me reste plus qu'à retrouver Henderson et lui annoncer que nous sommes prêts à passer à l'action.

CHAPITRE TRENTE-DEUX

Les neuf membres du commando étaient tapis dans les fougères, à une centaine de mètres du complexe souterrain : Henderson, Goldberg, Rosie, Paul, Marc, Samuel, Luc, Jean et Didier.

— Vous savez tous ce que vous avez à faire, dit le capitaine.

Les météorologues s'étaient trompés sur toute la ligne : un nuage occultait la lune, et un crachin s'abattait sur la forêt par intermittence, des conditions peu favorables au tir de précision.

— Réglons nos montres, ajouta Henderson. Souvenez-vous : nous devons à tout prix respecter les horaires de façon à nous synchroniser avec les bombardiers. Il n'est pas question de les laisser tourner au-dessus de nos têtes, à la merci des chasseurs ennemis. Onze heures sept, à mon signal... Top !

Ses huit coéquipiers enfoncèrent le remontoir de leur montre. Huit clics discrets se firent entendre. Ils échangèrent des poignées de main avant de se séparer.

Goldberg progressa vers la gauche ; Paul et Samuel se dirigèrent vers leur poste d'observation situé à proximité du portail ; Henderson, Marc et Luc se déplacèrent vers le flanc droit. Rosie, chargée de préparer la balise radio, demeura sur place en compagnie de Jean et Didier, qui ne devaient pas jouer de rôle dans la première phase de l'opération.

Le trio mené par Henderson était chargé de saboter le système de communication afin que les gardes ne puissent alerter la garnison locale. Vêtus de combinaisons noires, le visage maculé de poussière de charbon, ils se déplacèrent furtivement, sans échanger un mot. Marc et Luc portaient chacun un fusil à lunette en bandoulière, un pistolet automatique, un poignard et des grenades suspendus à la ceinture, ainsi qu'un sac à dos contenant, entre autres pièces d'équipement, un masque à gaz et des rations de survie.

L'abri était relié au monde extérieur par radio et par téléphone. Lors de l'invasion allemande, les Français avaient détruit la ligne souterraine avant d'abandonner les lieux. Les nouveaux occupants s'étaient contentés de faire courir un câble au sommet des arbres.

Luc escalada un chêne situé à une centaine de mètres du grillage et sectionna la ligne à l'aide d'une paire de pinces. Marc avait tiré de son sac un téléphone de campagne à piles datant de la Grande Guerre. Il ramassa l'extrémité de la section de câble reliée à la base, s'accroupit au pied de l'arbre, dégagea quelques centimètres de fil de cuivre de leur gaine isolante puis le brancha sur l'appareil à l'aide d'un petit tournevis.

Luc et Henderson se dirigèrent vers la clôture. Rosie avait assuré que les Allemands n'effectuaient pas de patrouilles, mais ils optèrent pour une approche discrète avant de pratiquer une ouverture dans le grillage avec un coupe-boulon.

— À toi de jouer, dit le capitaine. Je te couvre.

Il se posta à genoux, pistolet au poing, un pas à l'intérieur du complexe. Luc entra à son tour et sprinta entre les arbres jusqu'à une antenne dressée à une cinquantaine de mètres, une perche rouillée maintenue à la verticale par trois solides câbles d'acier.

La base du dispositif était fichée dans une armoire métallique. D'un coup de pied, il dégagea la terre qui s'était accumulée au bas de la porte puis la força à l'aide d'un pied-de-biche. Enfin, il se pencha à l'intérieur et arracha les câbles d'un coup sec.

— Mission accomplie, chuchota-t-il après avoir regagné la clôture.

Quelques secondes plus tard, ils retrouvèrent Marc dans la forêt. Ce dernier tendit fièrement le téléphone à Henderson, qui le porta à son oreille et perçut un léger bourdonnement.

— J'appellerai dans quelques minutes, dit-il. Marc, va prévenir l'équipe postée près du portail qu'ils peuvent passer à l'action, puis fais le tour de la base pour rejoindre Goldberg.

•••

Alors que le reste de l'équipe portait l'uniforme noir des commandos, Samuel marcha vers le portail vêtu d'une culotte courte et d'une chemise claire. Un couteau de chasse était glissé dans sa ceinture. La tête d'un lapin dépassait de sa musette souillée de sang.

— Il y a quelqu'un ? lança-t-il d'une voix tremblante lorsqu'il se trouva à proximité du poste de garde. Est-ce que vous parlez français ?

— Si tu ne fiches pas le camp immédiatement, je te boucle pour violation du couvre-feu, grogna le soldat posté sur le seuil de la baraque de planches.

C'était un homme entre deux âges, au ventre rebondi. Une cigarette jaunâtre pendait entre ses lèvres.

— Veuillez me pardonner, gémit Samuel en réprimant un sanglot. Je sais que je ne devrais pas être dehors à cette heure. Mon ami s'est blessé à la jambe, et nous sommes complètement perdus. Il saigne beaucoup. S'il vous plaît, nous avons besoin d'aide.

Le visage innocent et le ton affolé du petit garçon convainquirent l'Allemand de quitter son abri pour voir de quoi il retournait.

Posté à cent dix mètres de là, Paul vit la silhouette du garde apparaître dans sa lunette. Son rythme cardiaque s'accéléra imperceptiblement.

La sentinelle suivit Samuel jusqu'à une clairière située à soixante-dix mètres de la clôture.

— Qu'est-ce que ça veut dire ? demanda l'homme. Où est ton ami ?

Samuel se hissa sur la pointe des pieds pour saisir un pistolet équipé d'un silencieux posé sur la fourche d'un arbre. Alors, comme dans un rêve, il accomplit mécaniquement le geste auquel Henderson l'avait longuement préparé : il pressa la détente à deux reprises, visant la tête puis le cœur.

D'une main tremblante, le jeune garçon glissa l'arme dans un holster d'épaule dissimulé sous sa chemise. Tandis que sa victime se vidait de son sang, il récupéra un sac à dos dissimulé dans un buisson. Il en tira une combinaison de combat noire aux poches pleines de grenades et de munitions pour fusil de précision. Lorsqu'il l'eut enfilée, il plongea les mains dans la terre meuble et s'en barbouilla le visage.

∴

Henderson était assis dans l'herbe, le téléphone de campagne sur les genoux. À l'heure prévue, il enfonça l'unique bouton de l'appareil.

— Allô ? fit une voix à l'autre bout du fil.

— Quartier général de Beauvais, dit-il dans un allemand irréprochable. Avez-vous un problème avec votre antenne radio ? Nous vous avons adressé un message urgent concernant un rapport d'inventaire, et nous n'avons toujours pas reçu de réponse.

— Nous n'utilisons notre émetteur-récepteur que pour les situations d'urgence, répondit l'homme.

— Notre système téléphonique a été saboté, grogna Henderson. C'est pour cette raison que nous vous avons contactés par radio.

— Euh… bredouilla son interlocuteur, qui regrettait manifestement d'avoir décroché le combiné. Je vais demander à mon supérieur de vous rappeler.

— Impossible, tempêta le capitaine. Nos lignes ne sont toujours pas rétablies. J'en suis réduit à utiliser une cabine téléphonique. Que quelqu'un de chez vous se dépêche de vérifier l'émetteur-récepteur. Nous répéterons le message dans cinq minutes, et je vous conseille d'appliquer les instructions qui y figurent dans les plus brefs délais.

— Cinq minutes ? Mais la radio n'aura même pas le temps de chauffer.

— Très bien. Alors disons dix. Et je vous rappelle que le commandant entend bien que vous répondiez immédiatement à notre requête.

Sur ces mots, Henderson mit un terme à la communication et adressa un sourire à Marc.

— À présent, voyons s'ils mordent à l'hameçon. Mets-toi en position et tiens-toi prêt à faire feu à mon signal.

.:.

Le plan d'Henderson consistait à attirer autant d'Allemands que possible à la surface. Dès que l'opérateur eut fait chauffer la radio, il comprit que l'antenne avait cessé de fonctionner. Quelques secondes plus tard, deux soldats de la Luftwaffe quittèrent l'abri souterrain, découvrirent les traces du sabotage puis suivirent les empreintes de pas laissées par Luc jusqu'à la brèche pratiquée dans le grillage. L'un des hommes demeura à l'extérieur tandis que l'autre se précipitait à l'intérieur du bunker pour donner l'alerte.

Au même moment, la seconde sentinelle en faction dans le poste de sécurité commença à s'inquiéter de l'absence prolongée de son collègue. Ne pouvant abandonner son poste, il décrocha son téléphone et demanda que deux hommes se lancent à sa recherche.

Paul les vit jaillir de la casemate. Il savait que Samuel, qui se trouvait désormais à une centaine de mètres à l'ouest, les avait lui aussi dans son viseur. Goldberg et Marc étaient postés sur une élévation de l'autre côté du complexe, tandis que Marc couvrait le flanc est.

Henderson, perché dans un arbre à proximité de ce dernier, surveillait la base à l'aide de ses jumelles. Il se réjouit de voir le commandant sortir à son tour accompagné d'un sergent de la Wehrmacht et d'un homme de la Luftwaffe.

Selon Rosie, le contingent de la base s'élevait à seize hommes. Ravi d'avoir pu en débusquer neuf, et doutant de pouvoir en attirer davantage, Henderson estima que le moment était venu pour les tireurs d'élite de passer à l'action.

CHAPITRE TRENTE-TROIS

Henderson dévissa le silencieux de son automatique, le glissa dans l'une de ses poches puis tira deux coups en l'air. Une nuée d'oiseaux prit son envol.

Aussitôt, Luc abattit deux soldats postés près de l'antenne.

Marc et Goldberg se concentrèrent sur le commandant et son escorte. Les deux subordonnés reçurent une balle en pleine tête. L'officier, fou de terreur, se mit à courir droit devant lui. Le sergent l'atteignit entre les omoplates.

Devant l'entrée de la base, Paul prit un soldat pour cible, mais Samuel l'envoya *ad patres* avant qu'il n'ait pu presser la détente. Repérant un individu qui courait vers la baraque des sentinelles, il visa la porte et attendit que sa victime fasse halte sur le seuil. Malgré son appréhension à faire feu, il fit le vide dans son esprit, se remémora les consignes de Goldberg et toucha le fuyard à l'arrière du crâne.

Tandis qu'il actionnait le levier de culasse, Samuel élimina le dernier Allemand qui avait réchappé au massacre.

— Secteur nettoyé ! cria Henderson avant de lâcher ses jumelles, de se laisser tomber de l'arbre et d'enfiler son masque à gaz.

Comme prévu, les tirs de précision avaient considérablement réduit les effectifs ennemis, mais la phase suivante de l'opération était bien plus dangereuse, et son issue des plus incertaines. Le commando devait investir la casemate permettant d'accéder au laboratoire souterrain avant que les Allemands demeurés au sous-sol ne réalisent ce qui venait de se passer et n'abaissent le panneau blindé.

— C'est à vous, lança Rosie à l'adresse de Jean et Didier.

Les deux garçons passèrent leurs masques à gaz puis, pistolet-mitrailleur en bandoulière, se précipitèrent vers le portail en portant une lourde bonbonne de gaz.

Luc et Henderson furent les premiers à atteindre l'entrée du bunker. Marc et Goldberg, qui avaient dû pratiquer une seconde brèche dans la clôture, fermaient la marche.

— À mon signal, dit Henderson en posant une main sur la porte.

Luc braqua sa mitraillette droit devant lui afin de couvrir son chef. Didier ôta la goupille du cylindre de gaz.

— Trois, deux, un, *go* !

Henderson poussa la porte et découvrit un couloir étroit menant à une volée de marches. Il progressa prudemment, adossé au mur de gauche.

Une détonation retentit à l'instant où il atteignit l'escalier. Une balle se ficha dans la paroi située dans son dos, soulevant une pluie de plâtre.

— Envoyez le gaz ! cria Luc en saisissant Henderson par le bras pour le dégager de la ligne de feu du tireur posté au sous-sol.

Didier brandit un flexible relié à la bonbonne vers la cage d'escalier et dispersa un nuage bleu clair. Un sifflement se fit entendre, signe que le panneau métallique était en train de se fermer. Luc fit un pas de côté et lâcha une rafale vers le sous-sol.

— Quels sont vos ordres, monsieur ? demanda-t-il.

Henderson semblait désorienté. Aveuglé par le sang qui obstruait sa vision, il posa une main à son visage. La balle avait atteint son masque et traversé sa joue, pulvérisant plusieurs dents au passage.

Marc et Goldberg eurent beau hâter le pas, ils ne purent pénétrer dans le bunker avant la fermeture de la porte blindée. Jean et Didier n'ayant suivi que quelques heures d'instruction et ne possédant aucune expérience du terrain, la réussite de la mission reposait entièrement entre les mains de Luc.

— Restez près de moi, dit-il lorsqu'il entendit claquer le panneau de métal.

Considérant que le complexe disposait désormais d'un maigre effectif, il estimait qu'un ou deux hommes étaient postés en bas de l'escalier. Sans possibilité de battre en retraite, il lui fallait agir avant que le reste de la garnison ne vienne leur prêter main-forte.

En temps normal, il se serait contenté de leur lancer quelques grenades, mais il redoutait que l'onde de choc n'amorce l'une des bombes stockées au sous-sol. Une seule solution s'offrait à lui : dévaler les marches en priant pour que ses ennemis aient inhalé le gaz ou battu en retraite.

À son grand soulagement, il trouva les lieux inoccupés. Il progressa prudemment jusqu'au garage. L'espace pouvait accueillir six véhicules, mais pour l'heure, seul un camion y était stationné.

Sa mitraillette ne convenant pas à l'exiguïté des lieux, il dégaina son automatique équipé d'un silencieux et avança dans la pénombre, le dos plaqué au mur.

À hauteur de la cabine du véhicule, une brève quinte de toux parvint à ses oreilles. Il plongea sous le camion à l'instant où une ombre tapie dans l'obscurité ouvrait le feu dans sa direction. Il se posta entre les deux roues avant et cribla les jambes de son ennemi, lui arrachant un hurlement déchirant.

Enfin, il jaillit de sa cachette et l'acheva d'une balle en plein cœur.

— Jean, Didier ! cria-t-il. Descendez. J'ai besoin d'une couverture.

Il étudia le visage de sa victime. La bonbonne contenait un mélange d'eau, d'éther et d'extrait de poivre. La solution était censée provoquer somnolence et difficultés respiratoires, mais les yeux rougis et gonflés du mort indiquaient qu'elle était plus néfaste que ne l'avait estimé Henderson.

– Cherchez un bouton, un levier, tout ce qui pourrait permettre d'actionner ce foutu panneau, chuchota Luc. C'est une question de vie ou de mort.

Tandis que ses deux coéquipiers inspectaient les lieux, il s'approcha de l'escalier en spirale qui, circulant autour d'un monte-charge, menait à l'étage inférieur. À en croire le dessinateur industriel, le bunker avait été conçu à la hâte, de façon à résister à d'hypothétiques bombardements allemands. Il disposait d'un seul accès, d'un seul ascenseur et d'un seul escalier.

– Je crois que j'ai trouvé, dit Jean avant d'abaisser un levier déniché dans un angle du garage.

Un chuintement se fit entendre, signe que le système hydraulique commandant l'ouverture du panneau de métal venait d'être activé.

Marc et Goldberg s'engouffrèrent aussitôt dans l'abri, mais restèrent frappés de stupeur en découvrant Henderson étendu dans le couloir étroit, le visage ruisselant de sang.

Des mots prononcés en langue allemande se firent entendre au deuxième sous-sol.

– Zweig, pourquoi avez-vous fermé la porte ? Le commandant se trouve toujours à l'extérieur !

Luc ne parlait pas très bien allemand, mais son accent était passable et il espérait que l'acoustique du bâtiment lui permettrait de duper son adversaire.

— Le commandant dit que nous avons été victimes d'un sabotage, dit-il. Il veut que tout le monde sorte pour inspecter la base.

Marc se figea. Pour lui qui maîtrisait la langue de Goethe à la perfection, ce qu'il venait d'entendre dépassait l'entendement. Jamais les soldats ne mordraient à l'hameçon.

Il dévala les marches quatre à quatre, Goldberg sur les talons, et hurla dans un allemand parfait :

— Le commandant est fou de rage ! Sortez de votre trou et allez fouiller les bois !

— Mais... qui êtes vous ? s'étrangla l'inconnu retranché au deuxième sous-sol.

Marc et Luc restèrent muets. Quelques instants plus tard, le monte-charge se mit en branle.

— Bordel, s'étrangla Goldberg, vous croyez vraiment qu'ils sont assez cons pour évacuer les lieux ?

— C'est ce qu'on dirait, soupira Marc. Luc, réceptionne-les à ta façon. S'ils atteignent le rez-de-chaussée, ils risquent de s'en prendre à Henderson.

Il se tourna vers le sergent.

— Je crois qu'on devrait descendre pour liquider ceux qui sont restés en bas.

— On ne va pas se priver, répondit Goldberg. Didier, suis-nous avec la bonbonne.

Sur ces mots, ils s'engagèrent dans l'escalier menant au deuxième sous-sol.

Par chance, les concepteurs du monte-charge avaient privilégié la puissance à la vitesse.

— *Auf wiedersehen*, les connards, lâcha Luc en braquant son pistolet-mitrailleur, lorsque la cabine se trouva à sa hauteur.

Saisis de panique, les cinq soldats tentèrent de dégainer leur arme de service.

Luc ouvrit le feu, ne relâchant la détente que lorsqu'il fut certain qu'il ne restait plus un seul soldat en vie. Il brandit un poing vengeur puis rechargea sa mitraillette. Jean, qui se tenait à ses côtés, resta frappé d'horreur.

— Pas de pitié pour la vermine nazie, lança Luc en lui adressant une claque amicale dans le dos. Sors prévenir les autres puis occupe-toi du camion. Vérifie le niveau d'essence. Assure-toi que le moteur démarre et que la voie est dégagée. Moi, je descends faire le ménage avec les autres.

CHAPITRE TRENTE-QUATRE

De leur poste de tir, Paul et Samuel avaient vu le panneau blindé se soulever. Jean passa la tête dans l'entrebâillement et enfonça une fois le bouton d'une lampe torche. C'était le signal convenu pour faire savoir à ses coéquipiers demeurés à l'extérieur qu'ils pouvaient pénétrer dans la base, mais que l'opération était toujours en cours.

Samuel avait reçu l'ordre de rester en place afin de surveiller la partie émergée du complexe. Paul plaça son fusil en bandoulière puis courut rejoindre Rosie dans la clairière.

Elle avait sorti la balise radio de son sac et l'avait branchée à la batterie afin de faire chauffer le dispositif. C'était un cylindre du diamètre d'une grosse miche de pain, équipé de deux transmetteurs et coiffé d'une antenne rotative en forme d'assiette. Compte tenu de son caractère ultra-secret, l'appareil renfermait une puissante charge explosive qui lui permettrait de s'autodétruire si elle n'était pas pulvérisée lors de l'explosion de la base.

Le premier transmetteur émettait un signal dans un rayon de cinquante kilomètres. Le second, de moindre portée, adressait une série d'indications directionnelles qui permettaient à tout bombardier disposant d'un récepteur compatible de connaître avec précision l'emplacement et la distance de la cible.

— Alors, comment ça se passe, là-dessous ? demanda Rosie.

— Je ne sais pas trop, dit Paul. Nous n'avons reçu qu'un signal lumineux. Ils doivent être en train de progresser.

— J'ai un problème avec la balise. Il y a un faux contact. Ça fait déjà deux fois que le processus de démarrage s'interrompt.

— Trop tard pour la bricoler. Il ne nous reste plus qu'à croiser les doigts.

— Je vais la transporter, dit Rosie. Je dois faire attention à ce qu'elle ne prenne pas de coups. Toi, tu prends mon arme et mon sac à dos.

∴

Tout en dévalant l'escalier derrière Goldberg et Didier, Marc tâchait de se remémorer avec précision le déroulement de la première phase. Il estimait que huit à dix Allemands avaient été mis hors d'état de nuire à la surface. Samuel avait éliminé une sentinelle dans la forêt et une poignée de soldats avaient péri dans le monte-charge.

— Il ne doit pas rester plus de deux ou trois ennemis, là-dessous, chuchota-t-il.

— Je passe en premier, dit Goldberg. Marc, couvre-moi. Didier, tiens-toi prêt à les asperger.

Ils débouchèrent sur un couloir dont les deux murs étaient percés de larges portes. À l'extrémité étaient stationnés deux chariots élévateurs. La puanteur qui émanait de la plomberie défectueuse se mêlait aux effluves de tabac froid.

Il n'y avait pas âme qui vive, mais la plupart des portes disposaient de hublots. Selon son témoignage, le Dr Blanc avait soigné le chercheur suicidaire dans l'avant-dernière pièce sur la droite. D'après ce qu'elle avait pu observer, le laboratoire se trouvait juste en face.

Luc descendit l'escalier à son tour.

— Et cinq de moins, dit-il fièrement.

Il se posta devant la porte du monte-charge, en position de tir, dans l'axe du couloir. Goldberg et Marc progressèrent à pas de loup en jetant des coups d'œil discrets aux hublots.

De forme rigoureusement identique, les salles mesuraient dix mètres de large sur soixante mètres de long. Des ampoules nues étaient suspendues au plafond.

Dans la première pièce à droite, Marc découvrit des caisses de munitions destinées aux chasseurs de la Luftwaffe. Dans la deuxième, il trouva d'énormes râteliers où étaient alignées des centaines de bombes.

Dans la troisième, les nouveaux occupants des lieux avaient entreposé l'équipement que les Français avaient abandonné derrière eux, des effets vestimentaires aux grenades datant de la Grande Guerre.

À l'instant où Goldberg atteignit la porte du dortoir, il entendit tourner un verrou, puis une petite porte dépourvue de hublot s'ouvrit dans son dos. L'homme qui en sortit ignorait à l'évidence que la base avait été investie. Lorsqu'il découvrit le sergent, il se figea et tenta de remonter les bretelles de son pantalon de l'armée allemande.

Marc l'abattit d'une balle en plein cœur. L'individu s'effondra à l'intérieur des toilettes, faisant basculer dans sa chute le seau et les balais qui y étaient entreposés.

Goldberg adressa à son coéquipier un hochement de tête reconnaissant avant de reprendre son exploration.

Marc jeta un œil à l'intérieur du laboratoire. Les lumières étaient éteintes, mais il pouvait apercevoir un grand nombre de voyants et de compteurs luminescents.

D'un geste, Goldberg invita Didier à le rejoindre devant le dortoir plongé dans l'obscurité.

— Tiens-toi prêt à lâcher le gaz en dernier recours, mais il vaudrait mieux que les chercheurs soient en état d'évacuer les lieux sur leurs deux jambes. Sans quoi, nous devrons les porter sur notre dos.

Le sergent abaissa la poignée puis ouvrit la porte d'un coup de pied avant de reculer d'un pas et de s'adosser au mur du couloir, de crainte d'essuyer une rafale lâchée par un survivant de la garnison.

— Vous ne pouvez pas faire un peu moins de bruit, bon sang ? fit une voix ensommeillée.

Marc glissa une main à l'intérieur de la pièce, tâtonna quelques instants puis actionna l'interrupteur commandant l'éclairage. Éblouis par l'éclat des ampoules, les hommes étendus sur les lits superposés se cachèrent le visage. Goldberg déboula dans le dortoir mitraillette au poing. Lorsqu'il se fut assuré que les lieux étaient sûrs, il ôta son masque à gaz.

— Où sont passés les Allemands ? cria-t-il.

L'individu qui occupait la couchette supérieure du lit le plus proche de la porte chaussa une paire de lunettes à fine monture puis considéra Goldberg d'un œil rond.

— On dirait qu'ils ont tous rejoint la surface. J'ignore pourquoi. J'imagine que cette soudaine évacuation n'est pas étrangère à votre présence dans ce dortoir.

Par prudence, Marc vérifia que personne ne se cachait sous les lits et les armoires.

— Vous voulez dire qu'ils vous ont laissés sans surveillance ? s'étonna Goldberg.

Son interlocuteur hocha la tête puis s'assit, laissant ses jambes pendre dans le vide.

— Nous ne leur causons jamais d'ennuis, expliqua-t-il. Comment pourrions-nous nous dresser contre des hommes armés ?

À ce stade de l'opération, Henderson aurait dû expliquer aux scientifiques ce qu'il attendait d'eux, mais il se trouvait au rez-de-chaussée, des fragments de dents plein la bouche. Goldberg ne maîtrisant pas toutes les subtilités de la langue française, il laissa Marc se charger de cette annonce.

— Votre attention, messieurs ! dit ce dernier en claquant dans ses mains.

— Les Américains ont débarqué ? demanda un homme ventripotent depuis le fond de la pièce.

— Pas encore, hélas. Nous sommes membres d'un réseau de résistance. Écoutez-moi attentivement. La plupart des gardes ont été éliminés, mais il est possible qu'il reste des survivants dans ce sous-sol. Nous disposons de faux papiers qui vous permettront de rejoindre Paris. Lors de ce transfert, vous vous ferez passer pour des ouvriers spécialisés. C'est pourquoi vous devrez enfiler les bleus de travail que nous allons vous remettre. Une fois parvenus à destination, vous formerez des binômes et suivrez précisément les instructions qui vous seront données afin de quitter le territoire français. Pour le moment, rassemblez quelques effets personnels, mais rien qui puisse rappeler votre véritable identité. Vous pouvez aussi…

Le discours de Marc fut interrompu par le son d'une balle ricochant sur les parois du couloir. Goldberg jeta un œil à l'extérieur et vit Luc posté devant la porte ouverte du laboratoire.

— J'en ai liquidé un qui se cachait sous un bureau, dit ce dernier avant d'avancer prudemment vers sa victime.

Lors de la préparation de la mission, Boo et Joyce avaient procuré aux membres de l'équipe des photos des chercheurs cités dans le carnet gris, des clichés pris à l'occasion de conférences scientifiques.

— Eh, mais c'est le bon Dr Hans Lutz, le salaud de nazi qui dirigeait le projet ! Cette pourriture n'a même pas eu le cran de sortir aider ses copains.

Marc s'efforça de parler d'une voix détendue, comme si la situation était sous contrôle, mais les hommes rassemblés dans le dortoir étaient livides.

— Lorsque nous serons certains que les lieux ont été nettoyés, vous pourrez vous rendre dans le laboratoire afin de récupérer vos notes et le matériel le plus précieux. Mais nous n'avons qu'un camion à notre disposition, et vous devrez être capables de porter votre chargement. Nous allons prendre des photos d'identité de chacun de vous afin de compléter les documents d'identité.

— Vous êtes ici à cause du carnet que Jaulin a remis à cette femme médecin ? demanda un grand échalas en sous-vêtements.

Marc comprenait que les scientifiques aient pu être choqués par la violence de l'intervention, mais cet homme-là semblait particulièrement hostile.

— Oui, nous avons récupéré ce carnet. Mais je vous fournirai de plus amples explications quand nous serons en route. Pour l'heure, notre priorité, c'est de quitter cette base au plus vite.

— J'imagine que cette évasion n'est pas sans risques, grogna l'individu. Et si nous refusons de vous suivre ?

— Nous sommes intervenus parce que nous avions de bonnes raisons de croire que vous étiez retenus prisonniers et contraints de développer un projet d'arme secrète. Ceux qui veulent rester ici et continuer à travailler pour les nazis seront considérés comme des traîtres et des criminels de guerre, et je devrai les passer par les armes.

— Vous n'avez pas le droit de faire une chose pareille, s'étrangla son interlocuteur. Je reconnais votre accent, vous savez. De qui tenez-vous vos ordres ? Du gouvernement français en exil ou des impérialistes américains ?

— Secret défense, grogna le sergent.

— Et nos familles, vous y avez pensé ? s'inquiéta un autre scientifique. Si nous fuyons, elles risquent de subir des représailles.

— N'ayez aucune inquiétude, répondit Marc. Nous piégerons ce bunker avant notre départ. Quelques minutes plus tard, vingt-cinq bombardiers américains le rayeront de la surface de la terre. Nul ne pourra imaginer que vous avez survécu à cette attaque.

— Mais nos femmes, nos enfants... Ils nous croiront morts ?

— C'est probable, mais pensez à la joie qu'ils éprouveront lorsqu'ils apprendront que vous en avez réchappé.

— Nous avons risqué nos vies pour vous sortir de là, ajouta Goldberg. Il aurait été plus simple de vous laisser crever sous les bombes.

Mais l'homme filiforme ne semblait pas disposé à se rendre aux arguments de ses bienfaiteurs.

— Vous n'avez aucune légitimité, dit-il en bravant le sergent du regard. Vous autres, les Américains, ne songez qu'à voler notre technologie. Vous n'êtes pas meilleurs que les Allemands.

À bout de patience et d'arguments, Goldberg fit un pas en avant et lui porta un coup de poing à la tempe qui lui fit aussitôt perdre connaissance.

— Lui, il reste ici, annonça le sergent. Je vous déconseille de suivre son exemple. Nous sommes en guerre, et je ne suis pas votre nounou. Alors bougez-vous et ne me causez pas d'ennuis.

Les scientifiques se vêtirent sans dire un mot puis rassemblèrent leurs maigres possessions. À tour de rôle, adossés à un mur blanc, ils passèrent devant l'appareil photo de Marc.

— Nous sommes heureux que vous soyez intervenus, dit l'un d'eux. Ce qu'on nous forçait à accomplir ici me rendait malade. Jaulin a passé des mois à rédiger clandestinement le carnet. Où est-il passé, au fait ?

— Il doit encore être aux toilettes, gloussa l'un de ses compagnons. Il peut y passer des heures. Comment peut-il seulement supporter l'odeur ?

Marc haussa les sourcils.

— Jaulin ne se trouve pas parmi vous ?

Il jeta un regard circulaire à la pièce et dénombra onze hommes, en comptant celui qui gisait sur le sol.

À cet instant, il fit le rapprochement entre la photographie de Jaulin jointe aux documents qu'il avait étudiés lors de la préparation de la mission et l'homme en pantalon d'uniforme allemand qu'il avait éliminé au sortir des toilettes. Aussitôt, il sentit la nausée le gagner, puis les murs se mirent à danser autour de lui.

— Paul et Rosie sont arrivés avec la balise ! annonça Luc, posté au pied de l'escalier.

Goldberg autorisa trois chercheurs à pénétrer dans le laboratoire avant de se tourner vers Marc.

— Tu as bientôt terminé ? demanda-t-il.

— Je dois développer les photos. Ensuite, vu la quantité de bagages dont ils se sont encombrés, ils devraient mettre pas mal de temps à rejoindre la surface.

— Tu crois qu'un quart d'heure suffira ? demanda Goldberg.

— Amplement, répondit Marc.

Le sergent se pencha dans la cage d'escalier.

— Luc, dis à Paul de déclencher la balise dans douze minutes. Si mes calculs sont bons, nous devrions être à un kilomètre de ce trou à rats au moment où les bombes commenceront à pleuvoir.

CHAPITRE TRENTE-CINQ

Marc sortit la pellicule de l'appareil, la plaça dans un sac parfaitement opaque contenant plusieurs boîtes remplies de produits chimiques. Ce dispositif de développement ultrarapide conçu par les techniciens du SIS exigeait qu'il travaille en aveugle. Il avait répété ce processus complexe un nombre incalculable de fois, mais jamais sous une telle pression. Une fois le négatif révélé, Marc installa sur une table du laboratoire un agrandisseur miniature et plusieurs feuilles de papier photo.

Pendant ce temps, Didier aida deux scientifiques à hisser jusqu'au rez-de-chaussée une énorme maquette du nez d'un FZG-76 équipée du dernier prototype de guidage.

Chargés comme des mules, leurs compagnons leur emboîtèrent le pas, préférant ignorer le monte-charge, dont la cabine était jonchée de corps enchevêtrés.

— Tout le monde dehors ! cria Marc en glissant dans sa poche les photos d'identité fraîchement développées.

Il inspecta une dernière fois les lieux pour s'assurer qu'il ne laissait aucun traînard derrière lui. Dans le dortoir, il trouva un vieil homme nommé Ballanger penché au-dessus de l'individu que Goldberg avait assommé.

— Il est juste un peu grande gueule, dit le scientifique. Il aurait fini par la boucler. Il ne mérite pas ça.

— Possible, soupira Marc. Mais des dizaines de patriotes ont risqué leur vie pour vous faire quitter la France. Il semblait tellement hostile à notre égard… Nous ne pouvions pas prendre le risque de l'emmener avec nous. Allez, sortez de là.

— Je me fais trop vieux pour vivre de telles aventures, gémit Ballanger en se baissant pour soulever une énorme sacoche de cuir. Et toi, mon garçon, quel âge as-tu ?

— Aujourd'hui, j'ai l'impression d'avoir cent ans, répondit Marc, la gorge serrée, en s'emparant du bagage du vieillard. Monsieur, je dois vous avertir… Vous avez été informé de nos objectifs. Maintenant, vous *devez* me suivre. Il m'est impossible de laisser des témoins derrière moi. Les chances de survivre au bombardement sont minces, mais je ne peux écarter aucune possibilité. S'il vous plaît, ne me forcez pas à commettre l'irréparable. Je porterai votre valise. Nos camarades parisiens savent que vous n'êtes plus un jeune homme. Ils prendront soin de vous, je vous le promets.

Ballanger secoua la tête puis quitta le dortoir d'un pas hésitant. Lorsque Marc le suivit dans le couloir, il vit un physicien barbu nommé Rivet dévaler l'escalier.

— Retournez là-haut immédiatement ! gronda Luc. Bon sang, mais vous déciderez-vous jamais à décamper ?

— J'ai oublié des notes de la plus haute importance.

— Bon, dépêchez-vous. Nous devons avoir quitté les lieux dans *trois* minutes.

Rivet lui adressa un regard apeuré. Il venait de comprendre que sa vie était entre les mains d'un adolescent en proie à une anxiété extrême qui agitait un pistolet automatique à quelques centimètres de son visage.

Chargé de son sac à dos et de la sacoche de Ballanger, Marc se dirigea vers l'escalier. Il s'immobilisa à hauteur de la pièce où étaient stockées les bombes.

— Tout se passe bien ? lança-t-il.

Luc et Goldberg se tenaient près d'un râtelier. Ils avaient réparti quatre pains de plastic, et étaient en train de placer un détonateur sur une bombe Hermann d'une tonne.

Si tout se passait comme prévu, l'onde de choc produite par la première frappe de l'US Air Force amorcerait le dispositif. L'explosion de cet arsenal suffirait amplement à pulvériser l'ensemble du complexe. En vérité, le bombardement aérien n'était qu'un leurre censé persuader les Allemands que les chercheurs avaient perdu la vie. Même si les avions manquaient leur cible, les charges connectées à une minuterie détonneraient un quart d'heure après leur passage. Selon toute probabilité, il ne resterait plus de la base qu'un gigantesque cratère au cœur de la forêt.

— Ces détonateurs sont mal usinés, grogna Luc. Il faut forcer pour les visser dans les charges. Ça va nous prendre des heures.

— Tout va bien, il n'en reste plus que deux, dit Goldberg, soucieux de calmer le jeu. Marc, dis à tout le monde de monter dans le camion. Nous n'en avons plus que pour quelques minutes.

— C'est compris. Rivet, Ballanger, en haut, immédiatement !

Alors qu'il gravissait les ultimes marches menant au garage, Marc entendit Paul hurler :

— Qu'est-ce qui se passe, bordel ? Pourquoi reste-t-il du monde en bas ?

Marc consulta sa montre et haussa les sourcils.

— Pas de panique, dit-il. Les bombardiers ne frapperont pas avant que la balise ne soit activée.

— Mais ça fait dix minutes qu'elle émet !

— Pardon ? s'étrangla Marc. Mais pourquoi tu l'as activée ?

— Ben c'est Luc qui m'a dit de...

— Il t'a dit de l'actionner *dans* douze minutes. Merde !

— Ce n'est pas du tout ce que j'ai entendu.

— Si, je te jure, dit Marc. J'étais juste à côté de lui quand il t'a transmis l'ordre de Goldberg.

Samuel, Jean et Didier avaient rassemblé les corps des Allemands éliminés lors de la première phase de la mission au rez-de-chaussée. Ainsi, ils seraient pulvérisés lors du bombardement, éliminant toute preuve des tirs dont ils avaient été victimes. La plupart des chercheurs avaient pris place à l'arrière du camion. Henderson était étendu à leurs pieds. Rosie, agenouillée à ses côtés, lui prodiguait les premiers soins.

Marc jeta la sacoche de Ballanger dans le véhicule.

— Tirez-vous aussi vite que possible, dit-il à Paul. Moi, je retourne en bas.

— Les avions survoleront la base d'une minute à l'autre.

— Nom de Dieu, je crois que je les entends, lâcha Didier, qui se tenait près de la porte du garage.

Lors d'un raid aérien, les bombardiers volaient à plus de deux cents kilomètres à l'heure. Si Didier n'était pas victime d'hallucinations auditives, Marc n'avait plus aucune chance d'alerter Luc et Goldberg avant la frappe, mais il avait cessé de penser rationnellement à l'instant où il avait réalisé la méprise qui l'avait conduit à éliminer Jaulin. Sans l'ombre d'une hésitation, il s'engagea dans l'escalier menant au deuxième sous-sol.

— Vous deux, courez ! hurla-t-il en bousculant Rivet et Ballanger qui se déplaçaient avec une lenteur exaspérante et avaient encore douze marches à gravir. Luc, Goldberg, évacuez immédiatement !

— Trois bombardiers en vue ! cria Didier avant de sauter à l'arrière du camion. Il faut qu'on se barre !

Sans cesser d'alerter ses coéquipiers, Marc, les mains en appui sur les rampes, franchissait plusieurs mètres à chaque foulée.

Des pensées affluaient dans son esprit dans le plus grand désordre : il pensa à Jade, puis imagina une boule de feu jaillissant de la cage d'escalier. Il manqua une marche et se tordit la cheville, mais l'adrénaline qui déferlait dans ses veines le rendait insensible à la douleur.

— La balise a été activée, les avions arrivent ! hurla-t-il en déboulant dans l'arsenal.

Au même moment, il réalisa que si Didier avait bel et bien aperçu des avions, ils auraient déjà dû frapper le complexe.

— Qui ? rugit Goldberg. Qui a déclenché la balise ? Elle aurait dû être activée *maintenant* !

— On a piégé cinq bombes sur six, dit calmement Luc. Ça devrait être amplement suffisant.

— Alors courez, pour l'amour de Dieu ! ordonna le sergent.

CHAPITRE TRENTE-SIX

Étendu à l'arrière du camion bâché, Henderson leva les yeux vers Rosie. Elle lui avait posé cinq points de suture à la joue droite, lui avait rempli la bouche de compresses et lui avait recommandé de maintenir fermement un bandage contre la partie extérieure de la plaie jusqu'à ce que le saignement s'interrompe.

Il essaya de la questionner sur le déroulement de la mission, mais des sons inarticulés jaillirent de sa gorge.

Henderson était un meneur d'hommes et un stratège né. Il ignorait tout de la situation, et cet état d'impuissance était pour lui infiniment plus douloureux que la terrible blessure dont il était victime.

— Je ne comprends rien à ce que vous dites, capitaine, dit Rosie. Et je vous ai demandé de garder la bouche fermée jusqu'à nouvel ordre.

Rivet et Ballanger se hissèrent tant bien que mal aux côtés du capitaine. Jean, qui occupait la place du conducteur, tourna la clé de contact.

— Démarre, lança Paul. Suis la route sur environ un kilomètre. J'essaierai de vous rattraper, mais je ne veux pas partir sans les autres. Marc a les photos d'identité.

Rosie ouvrit la bouche pour dissuader son petit frère de s'attarder dans le bâtiment promis à une destruction imminente, mais Jean, fou de terreur, enfonça l'accélérateur.

Le camion franchit la rampe et disparut dans l'obscurité. Paul considéra la forêt toute proche et évalua ses chances de survivre s'il courait s'y réfugier sans plus attendre. Trente secondes s'écoulèrent sans qu'il aperçoive le moindre avion, puis il sentit le sol gronder imperceptiblement sous ses pieds. Enfin, des taches orange apparurent dans le ciel.

Le raid de diversion au-dessus de Rennes venait de débuter. Paul devina que les trois appareils que Didier avait signalés étaient des chasseurs allemands volant à la rencontre de l'escadrille de l'US Air Force. Mais la balise émettait depuis près de quinze minutes, et les bombardiers chargés de pilonner le bunker n'allaient pas tarder à se dérouter.

— Ils nous ont abandonnés, gronda Luc lorsqu'il déboucha de la cage d'escalier, Marc et Goldberg sur les talons.

— Non, je suis là, lança Paul depuis la porte du garage. C'est moi qui leur ai demandé d'évacuer les lieux. Le camion nous attend à un kilomètre.

Luc se précipita à sa hauteur.

— Espèce d'abruti, tu es sourdingue ou quoi ? J'avais dit douze minutes ! Si on se sort de ce merdier, je m'occuperai personnellement de ton cas.

— C'est pas ma faute. Tu as entendu comme ça résonne, dans l'escalier ?

— Engueulez-vous tant que vous voulez, moi, je cours, annonça Goldberg avant de s'élancer vers le portail.

Paul, Luc et Marc se lancèrent dans son sillage.

Lorsqu'ils atteignirent la clôture, vingt-cinq bombardiers quadrimoteurs apparurent à l'horizon, puis l'air se mit à vibrer.

Lorsqu'ils se trouvèrent à une centaine de mètres du périmètre, Marc, qui avait placé son équipement dans le camion, se chargea du sac de Paul, le plus lent du groupe.

— Je suis désolé pour la balise, gémit ce dernier. J'avais mal entendu.

⁘

À cinq cents mètres de là, penchée au-dessus de la ridelle arrière du camion, Rosie, qui avait ordonné à Jean de faire halte sur le bas-côté, vit ses quatre coéquipiers apparaître dans le faisceau de sa lampe torche.

— Dépêchez-vous ! cria-t-elle.

Les six premiers bombardiers grondèrent au-dessus de leurs têtes. Chacun d'eux s'apprêtait à lâcher trente-deux bombes de deux cents kilos. Marc fut le dernier à embarquer.

— Démarrez, glapit Ballanger en martelant du poing la cloison qui le séparait du conducteur.

Les premières bombes touchèrent leur cible au moment où Jean passait la seconde, semant l'affolement parmi les chercheurs. L'un d'eux marcha sur la main d'Henderson, lui arrachant un cri inarticulé.

Le signal émis par la balise était censé permettre une frappe précise, mais les bombes pleuvaient un peu partout à l'intérieur mais aussi hors du complexe. L'une d'elles tomba à proximité de la route. Une grêle d'échardes arrachée aux arbres cribla la bâche du camion.

Par chance, cette première vague n'activa pas les détonateurs placés dans l'arsenal, si bien que le véhicule put parcourir un kilomètre de plus avant qu'une explosion d'une violence inouïe n'ébranle la campagne.

Jean sentit le train arrière du camion se soulever et vit distinctement la route de bitume onduler comme la surface d'un cours d'eau. Un éclair blanc illumina le ciel puis une formidable vague de chaleur embrasa la cime des arbres.

À l'arrière, les chercheurs hurlaient d'effroi, s'étreignant comme des enfants, convaincus que leur dernière heure avait sonné. Temporairement aveuglé, Jean parvint tant bien que mal à maîtriser la trajectoire du camion. Puis le ciel s'assombrit et la température revint à la normale.

Luc souleva un pan de bâche déchirée afin d'observer les boules de feu qui s'élevaient au-dessus de la base.

— Sacré feu d'artifice, sourit-il.

∴

Selon le plan initial, Henderson aurait dû se trouver au volant, vêtu d'un uniforme de la Wehrmacht. Par chance, l'occupant manquait à tel point d'effectifs qu'il n'était pas rare de voir des Français aux commandes de véhicules allemands, surtout lors du transfert de travailleurs forcés.

Marc colla les photographies sur les documents d'identité à la lumière d'une lampe torche puis les remit à Jean. Aux environs du Mans, ce dernier dut les présenter à une sentinelle chargée de contrôler l'accès à un dépôt de carburant. L'homme n'y jeta qu'un bref coup d'œil puis lui fit signe d'avancer vers la citerne.

Trois heures plus tard, aux abords de Paris, l'état d'Henderson souleva les soupçons de deux Allemands postés à un barrage, mais les faux documents que leur remit Jean faisaient état d'une équipe d'ouvriers du bâtiment. Il les assura que la blessure du capitaine était la conséquence d'un coup de pioche maladroit. Par chance, les gardes mordirent à l'hameçon et s'abstinrent de fouiller le camion bourré d'armes, de notes scientifiques et de matériel d'expérimentation.

Au petit matin, six heures après avoir quitté la base, le camion entra dans Paris puis fila à tombeau ouvert le long des rues désertées en raison du couvre-feu.

Le plan prévoyait que les chercheurs soient débarqués par binômes à six endroits de la ville, mais deux d'entre eux manquant à l'appel, le véhicule n'effectua que cinq arrêts.

Les deux premiers scientifiques durent entrer dans une boulangerie et demander à parler à une certaine Lucienne.

Les suivants se présentèrent au bureau des objets trouvés de la gare Saint-Lazare.

Le cinquième et le sixième se joignirent à la file d'attente à l'entrée des bains publics...

Les dix chercheurs suivirent scrupuleusement leurs instructions. Pris en main par des membres du réseau Lacoste, ils purent prendre un bain, se raser et passer des vêtements civils. On leur remit de nouveaux papiers et des instructions supplémentaires. Certains devaient se cacher pendant quelques semaines, d'autres emprunter un train le jour même afin de rejoindre les abords de la frontière suisse.

Ils avaient de grandes chances de quitter la France sans encombre. Ils disposaient d'argent, de papiers en règle et de l'aide de passeurs rompus à de telles opérations. En outre, les autorités allemandes n'imaginant pas une seule seconde qu'ils avaient pu survivre à la destruction du laboratoire souterrain, aucun avis de recherche n'avait été délivré à leur encontre.

Lorsque tous les chercheurs eurent débarqué, le camion acheva son périple dans un entrepôt où étaient alignés trois corbillards.

— Laissez les notes et le matériel à l'intérieur, dit un individu tout de noir vêtu. Ils seront acheminés par avion en Angleterre dans les jours à venir.

Rosie aida Henderson à descendre du véhicule. Ce dernier éprouvait les pires difficultés à tenir sur ses jambes. Il lâcha quelques sons incompréhensibles.

— Je n'ai pas de brancard, mais je peux vous procurer un cercueil, suggéra l'inconnu.

Le capitaine fronça les sourcils puis secoua la tête. Constatant qu'il tenait à peine debout, Luc passa un bras sous son épaule pour le soutenir.

— Je vais tâcher de vous trouver un docteur, dit le croque-mort. Grâce au dernier largage américain, nous disposons enfin de médicaments et de matériel de chirurgie dignes de ce nom.

L'homme invita les membres du commando à descendre les marches menant au sous-sol. Ils franchirent une porte à double battant et débouchèrent sur la morgue de l'entreprise de pompes funèbres. Enfin, ils gravirent l'escalier menant au luxueux appartement du croque-mort. Alertée par le bruit de leurs pas, Édith ouvrit la porte avant même qu'ils n'aient atteint le troisième et dernier étage.

— Alors, comment s'est passée l'opération ? demanda-t-elle.

— Ça aurait pu être pire, dit Paul, enivré par l'odeur du café et du pain chaud.

— Il doit juste voir un médecin pour se faire déboucher les oreilles dès son retour au quartier général, plaisanta Marc avant de se laisser tomber dans un fauteuil. Quant à moi, je me suis tordu la cheville. Rien de très grave, mais elle a doublé de volume et ça fait un mal de chien.

Alors que Luc aidait Henderson à s'installer dans le canapé, Maxine Clerc franchit la porte de la cuisine.

— Ce n'est pas si grave que ça en a l'air, expliqua Rosie, mais il doit voir un dentiste de toute urgence.

Maxine déposa un baiser sur la joue indemne du capitaine. Ce dernier esquissa un sourire, mais la moindre mimique lui causait une vive douleur. Conscient qu'il n'était plus en mesure de se faire comprendre, il s'était résolu à observer le silence.

— Je le préfère comme ça, se moqua gentiment Maxine. D'habitude, on ne peut pas en placer une en sa présence.

— Selon certains, elle ne vous a pas toujours dérangée tant que ça, sa présence, grogna Luc.

Le garçon n'aurait jamais osé lancer une telle insinuation si Henderson avait été en état de répliquer. Marc, Rosie et Paul échangèrent un sourire discret. Profondément embarrassée, Maxine baissa les yeux.

— Je ne peux pas m'attarder, dit-elle. Mais j'ai fait en sorte que vous ne manquiez de rien. Je vous ai trouvé du savon et des serviettes propres, des vêtements, des vivres et de nouveaux documents d'identité. Ne sortez en aucun cas de cet appartement, parlez à voix basse et ne tirez la chasse d'eau qu'une fois sur trois.

— Je ne suis pas censé abriter une famille nombreuse, expliqua le croque-mort.

— Quand le médecin pourra-t-il examiner le capitaine Henderson ? l'interrogea Rosie.

— Il sera là dans une demi-heure.

Maxine passa un manteau bleu marine trop épais pour la saison.

— Et ensuite, que ferons-nous ? demanda Marc.

— Si vous souhaitez regagner l'Angleterre, nous organiserons votre exfiltration. Mais si vous préférez rester en France, nous trouverons bien un moyen de vous tenir occupés.

Marc émit aussitôt le souhait de demeurer à Paris, à moins d'une heure de train de Beauvais. Ses coéquipiers étaient plus indécis.

— Prenez le temps de réfléchir, dit Maxine. Pour le moment, reposez-vous, vous l'avez bien mérité.

Le croque-mort ouvrit poliment la porte de l'appartement.

— Oh, j'allais oublier, dit-elle en faisant volte-face sur le palier. Bienvenue à Paris !

ÉPILOGUE

FZG-76

Le prototype d'arme secrète fut rebaptisé V1. Le 13 juin 1944, la première bombe téléguidée allemande s'abattit sur Londres.

Dans les quatre-vingts jours qui suivirent, près de 2 500 V1 touchèrent la capitale britannique, tuant plus de 6 000 civils et en blessant 17 000. Toutefois, à la suite du débarquement en Normandie, les alliés capturèrent ou détruisirent la plupart des sites de lancement établis dans le Pas-de-Calais. Dès octobre 1944, le Reich se trouva dans l'incapacité de frapper l'Angleterre.

Le dernier V1 fut lancé en direction du port d'Anvers le 29 mars 1945.

Hiram Goldberg

Deux ans après la destruction du bunker, le sergent Hiram Goldberg retrouva sa famille à New York. De retour à la vie civile, il rédigea ses mémoires de tireur d'élite détaché auprès des services secrets des États-Unis d'Amérique. Comme tous les vétérans, il dut présenter le fruit de son travail au comité de censure de l'armée américaine avant de contacter un éditeur.

Dans un document top secret, cet organisme estima que toute référence à l'attaque du laboratoire souterrain devait être passée sous silence.

NOTE CONFIDENTIELLE
REF : GOLDBERGH/0045816 DATE : 22/8/47
RE : CHAPITRE 8-13 ATTAQUE DU BUNKER DE RENNES

Suite à la réunion du 17 août dernier, le comité a décrété impubliables les informations figurant dans le chapitre intitulé «Attaque du bunker de Rennes» pour les raisons suivantes :

1. Le capitaine Charles Henderson a fait usage de gaz toxique en violation du protocole de Genève de 1928. Cette décision, prise sans l'accord de ses supérieurs, fait toujours l'objet d'une enquête. Toute référence dans une publication à l'usage d'armes chimiques serait susceptible de ternir la réputation des armées britannique et américaine.

2. Des neuf chercheurs qui sont parvenus à quitter la France, sept travaillent aujourd'hui pour l'US Air Force dans le cadre du programme d'étude des systèmes de guidage à distance. Toute référence à ces hommes pourrait éveiller l'intérêt des services secrets soviétiques. En

outre, les autorités britanniques et françaises pourraient estimer que ces scientifiques ont été retournés à leur détriment en faveur des États-Unis.

3. Le système de guidage présenté par les chercheurs français est bien plus abouti que celui qui équipait les V1 qui ont visé l'Angleterre. Il importe que cette technologie demeure secrète et que l'Union soviétique ignore tout de son existence.

4. En dépit de la dissolution de l'Unité de recherche et d'espionnage B fin 1944, le gouvernement du Royaume-Uni reste convaincu de l'intérêt de faire appel à de jeunes agents de renseignement. Un nouveau contingent destiné à opérer en temps de paix a été rassemblé au sein d'une unité baptisée CHERUB. La CIA observe ses progrès avec intérêt et étudie la possibilité de mettre sur pied une organisation comparable. C'est pourquoi il est fondamental que les activités de l'unité au cours du récent conflit soient passées sous silence.

NOTE CONCERNANT GOLDBERG

Il convient de prendre toutes les mesures nécessaires pour s'assurer que cette biographie ne soit pas publiée en l'état.

Goldberg est un bon père de famille, aux excellents états de service, blessé à la bataille d'Okinawa et décoré à deux reprises.

Reste à choisir entre la carotte et le bâton.

Carotte : faire appel à ses sentiments patriotiques, proposer une nouvelle décoration si nécessaire et laisser le comité de censure lui trouver un éditeur que nous pourrons contrôler.

Bâton : suggérer qu'il pourrait perdre sa pension, le menacer de la cour martiale ou d'une peine d'emprisonnement pour avoir dévoilé des secrets militaires. S'il s'obstine, lui suggérer que les services fiscaux pourraient s'intéresser de près à sa boutique de cigares.

Major JT Banasyznaki,
Comité de censure de l'US Army.

Le sergent Goldberg mourut en 2007. L'unique manuscrit de sa biographie étant parti en fumée au cours de l'incendie de son appartement en 1949, ses mémoires ne furent jamais publiés.

Pour savoir ce qu'est devenue aujourd'hui l'organisation fondée par Charles Henderson,

lisez la série CHERUB

Tournez la page pour découvrir

UN EXTRAIT GRATUIT !

Avant-propos

CHERUB est un département secret des services de renseignement britanniques composé d'agents âgés de dix à dix-sept ans recrutés dans les orphelinats du pays. Soumis à un entraînement intensif, ils sont chargés de remplir des missions d'espionnage visant à mettre en échec les entreprises criminelles et terroristes qui menacent le Royaume-Uni. Ils vivent au quartier général de CHERUB, une base aussi appelée « campus » dissimulée au cœur de la campagne anglaise.

Ces agents mineurs sont utilisés en dernier recours dans le cadre d'opérations d'infiltration, lorsque les agents adultes se révèlent incapables de tromper la vigilance des criminels. Les membres de CHERUB, en raison de leur âge, demeurent insoupçonnables tant qu'ils n'ont pas été pris en flagrant délit d'espionnage.

Près de trois cents agents vivent au campus.

1. Un simple accident

James Choke détestait les cours de chimie. Avant d'entrer au collège, il s'imaginait que cette discipline consistait à manier des tubes à essai afin de provoquer des jets de gaz et des gerbes d'étincelles. En réalité, il passait chaque leçon, assis sur un tabouret, à recopier les formules que Miss Voolt gribouillait sur le tableau noir, quarante ans après l'invention de la photocopieuse.

C'était l'avant-dernier cours de la journée. Dehors, la pluie tombait et le jour commençait à décliner. James somnolait. Le laboratoire était surchauffé, et il avait passé une grande partie de la nuit précédente à jouer à *Grand Theft Auto*.

Samantha Jennings était assise à ses côtés. Les professeurs adoraient son caractère volontaire, son uniforme impeccable et ses ongles vernis. Elle prenait ses notes avec trois stylos de couleurs différentes et couvrait ses cahiers pour les garder en bon état. Mais dès qu'ils avaient le dos tourné, elle se comportait comme une vraie peau de vache. James la haïssait. Elle ne cessait de se moquer ouvertement de l'aspect physique de sa mère.

— La mère de James est si grosse qu'elle doit beurrer les bords de sa baignoire pour ne pas rester coincée.

Les filles de sa bande éclatèrent de rire, comme à leur habitude.

À la vérité, la mère de James était énorme. Elle commandait ses vêtements dans un catalogue de vente à distance réservé aux personnes souffrant d'obésité. Faire les courses en sa compagnie était un véritable cauchemar. Les gens la montraient du doigt, ou la dévisageaient avec insistance. Les enfants imitaient sa démarche maladroite. James l'aimait, mais il s'arrangeait toujours pour trouver un moyen de ne pas se montrer en sa compagnie.

— Hier, j'ai fait un footing de huit kilomètres, dit Samantha. Deux fois le tour de la mère de James.

Ce dernier leva la tête de son cahier d'exercices et plongea ses yeux bleus dans ceux de la jeune fille.

— Cette vanne est à crever de rire, Samantha. Encore plus drôle que les trois premières fois où tu nous l'as servie.

James était l'un des élèves les plus bagarreurs du collège. Si un garçon s'était permis de dire quoi que ce soit sur sa mère, il lui aurait flanqué une dérouillée mémorable. Mais comment devait-il réagir devant une fille ? Il prit la décision de s'asseoir aussi loin que possible de cette vipère dès le cours suivant.

— Essaie de te mettre à notre place, James. Ta mère est un monstre.

James était à bout de nerfs. Il se dressa d'un bond, si brutalement qu'il renversa son tabouret.

— C'est quoi ton problème, Samantha ? cria-t-il.

Un silence pesant régnait dans le laboratoire. Tous les regards étaient braqués sur lui.

— Qu'est-ce qui ne va pas, James? demanda Samantha, tout sourire. Tu as perdu ton sens de l'humour ?

— Monsieur Choke, veuillez vous rasseoir et vous remettre au travail immédiatement, ordonna Miss Voolt.

— Si tu ajoutes quoi que ce soit, Samantha, je te...

James n'avait jamais brillé par sa repartie.

— ... je te jure que je...

Un gloussement stupide jaillit de la gorge de la jeune fille.

— Qu'est-ce que tu vas faire, James? Rentrer à la maison pour faire un gros câlin à maman baleine ?

James voulait voir ce sourire stupide disparaître du visage de Samantha. Il la saisit par le col, la souleva de son tabouret, la plaqua face contre le mur puis la fit pivoter pour lui dire droit dans les yeux ce qu'il pensait de son attitude. Alors, il se figea. Un flot de sang ruisselait sur le visage de la jeune fille, jaillissant d'une longue coupure à la joue. Puis il aperçut le clou rouillé qui dépassait du mur.

Terrorisé, il fit un pas en arrière. Samantha porta une main à sa joue, puis se mit à hurler à pleins poumons.

— James Choke ! s'exclama Miss Voolt. Cette fois, tu as été trop loin !

Les élèves présents dans la salle murmurèrent. James n'eut pas le courage d'affronter l'acte qu'il venait de commettre. Personne ne croirait qu'il s'agissait d'un accident. Il se précipita vers la porte.

Miss Voolt le retint par le bras.

— Eh, où vas-tu, comme ça ?

— Poussez-vous ! cria James en lui administrant un violent coup d'épaule.

Stupéfaite et choquée, la femme chancela vers l'arrière en battant vainement des bras.

James détala dans le couloir. Les grilles du collège étaient closes. Il les franchit d'un bond et quitta l'établissement par le parking des professeurs.

∴

Il marchait sous la bruine comme un automate. Sa colère avait peu à peu cédé la place à l'anxiété. Jamais il ne s'était fourré dans une situation aussi dramatique.

Son douzième anniversaire approchait, et il se demandait s'il vivrait assez longtemps pour le célébrer. Il allait être exclu du collège, car ce qu'il avait commis était impardonnable. En outre, il était certain que sa mère allait l'étrangler.

Lorsqu'il atteignit le petit parc de jeux situé près de chez lui, il sentit la nausée le gagner. Il consulta sa montre. Il était trop tôt pour rentrer à la maison sans risque d'éveiller les soupçons. Il n'avait pas un sou en poche pour s'offrir un coca à l'épicerie du coin. Il n'avait d'autre solution que de se réfugier dans le parc et se mettre à l'abri sous le tunnel en béton.

Celui-ci était plus étroit que dans ses souvenirs. Les parois étaient recouvertes de tags, et il exhalait une révoltante odeur d'urine canine. James s'en moquait. Il avait le sentiment de mériter ce séjour dans une cachette glacée et malodorante. Il frotta ses mains pour les réchauffer. Alors, des images du passé lui revinrent en mémoire.

Il revit le visage de sa mère, mince, éclairé d'un sourire, apparaissant à l'extrémité du tunnel. *Je vais te manger, James*, grondait-elle. Les mots résonnaient sous la voûte de béton. C'était chouette.

— Je ne suis qu'un pauvre minable, murmura James.

Ses paroles résonnèrent en écho. Il remonta la fermeture Éclair de son blouson et y enfouit son visage.

Une heure plus tard, James parvint à la conclusion que deux possibilités s'offraient à lui : il devait se résoudre à croupir dans ce tunnel jusqu'à la fin de ses jours, ou rentrer à la maison pour affronter la fureur de sa mère.

.:.

Dans le vestibule, il jeta un œil au téléphone posé sur la tablette.

12 appels en absence

À l'évidence, le directeur de l'école s'était acharné à joindre sa mère. James se félicita qu'il n'y soit pas parvenu, mais il se demandait pourquoi elle n'avait pas décroché. Puis il remarqua la veste de l'oncle Ron suspendue au portemanteau.

Ce type avait surgi dans sa vie alors qu'il n'était encore qu'un bébé. C'était un véritable boulet qui fumait, buvait et ne quittait la maison que pour picoler au pub. Il avait eu un job, une fois, mais s'était fait virer au bout de deux semaines.

Si James avait toujours su que Ron était un bon à rien, sa mère avait mis du temps à en prendre conscience et à se résoudre à le mettre à la porte. Hélas, il avait eu le temps de l'épouser et de lui faire un enfant. Pour quelque raison étrange, elle conservait de l'affection pour lui et n'avait jamais demandé le divorce. Ron se pointait une fois par semaine, sous prétexte de voir sa fille Lauren. En réalité, il faisait son apparition lorsqu'elle se trouvait à l'école, dans le seul but de soutirer quelques billets.

Sa mère, Gwen, était affalée sur le sofa du salon. Ses pieds étaient posés sur un tabouret. Elle portait un bandage à la cheville gauche. Ron, lui, était avachi dans un fauteuil, les talons sur la table basse, les orteils saillant de ses chaussettes trouées. Ils étaient tous deux ivres morts.

— Maman, tu sais bien que tu n'as pas le droit de boire, avec ton traitement, protesta James, oubliant aussitôt tous ses problèmes.

Ron se redressa péniblement en tirant sur sa cigarette.

— Salut, mon petit, dit-il en exhibant ses dents déchaussées. Papa est de retour à la maison,

James et Ron se jaugèrent en silence.

— Tu n'es pas mon père.

— Exact, fiston. Ton père a pris ses cliques et ses claques le jour où il a aperçu ta sale petite face de rat.

James hésita à évoquer devant son beau-père l'incident qui s'était produit au collège, mais sa faute était un poids trop lourd à porter.

— Maman, il m'est arrivé un truc au bahut. C'était un accident.

— Tu as encore mouillé ton pantalon ? ricana Ron.

James resta sourd à cette provocation.

— Écoute, mon chéri, dit Gwen d'une voix pâteuse, nous discuterons de tout ça plus tard. Pour le moment, va chercher ta sœur à l'école. J'ai bu quelques verres de trop et je ne devrais pas conduire dans cet état.

— Maman, c'est vraiment sérieux. Il faut qu'on en parle.

— Fais ce que je te demande, James. J'ai une migraine abominable.

— Lauren est assez grande pour rentrer toute seule.

— Obéis, pour une fois ! aboya Ron. Gwen, si tu veux mon avis, ce petit con a besoin d'un bon coup de pied où je pense.

— Maman, il t'a piqué combien, aujourd'hui ? demanda James d'un ton acide.

Gwen secoua une main devant son visage. Elle détestait ces disputes incessantes.

— Bon sang, est-ce que vous ne pouvez pas passer cinq minutes dans la même pièce sans vous faire la guerre ? James, va voir dans mon porte-monnaie. Achetez-vous quelque chose pour dîner en rentrant. Je n'ai pas envie de cuisiner, ce soir.

— Mais…

— Débarrasse-nous le plancher avant que je perde patience, gronda Ron.

James était impatient d'être de taille à flanquer une raclée à son beau-père et de débarrasser une bonne fois pour toutes sa mère de ce parasite.

Il se retira dans la cuisine et inspecta le contenu du porte-monnaie. Un billet de dix livres aurait largement fait l'affaire, mais il en prit quatre. Ron avait la désagréable habitude de dérober tout l'argent qui passait à sa portée, et il savait qu'il ne serait pas soupçonné. Il fourra les quarante livres dans une poche arrière de son pantalon. Gwen ne se faisait aucune illusion sur les espèces qu'elle laissait traîner. Elle gardait ses économies dans un coffre, à l'étage.

(…)

9. Trou noir

Quelques semaines plus tard…

James jeta un regard circulaire à la pièce. Plus claire que sa cellule du centre Nebraska, elle ressemblait à celle où il avait séjourné, quelques années plus tôt, en compagnie de sa mère et de sa sœur, lors d'un séjour à Disney World, en Floride. Il n'avait pas la moindre idée de l'endroit où il se trouvait. C'était une chambre individuelle équipée d'une télé, d'une bouilloire électrique et d'un réfrigérateur. Il se souvenait que Jennifer Mitchum, la psychologue, l'avait convoqué dans son bureau à son retour du poste de police, puis plus rien. Le trou noir.

Il jeta un coup d'œil sous la couette et réalisa qu'il était nu. Il s'assit au bord du lit et regarda par la fenêtre. La chambre, située à un étage élevé, dominait une piste d'athlétisme où des enfants de son âge, chaussés de baskets à pointes, pratiquaient des étirements. Plus loin, d'autres pensionnaires assistaient à une leçon de tennis sur un cours en terre battue. À l'évidence, s'il se trouvait dans un orphelinat, c'était un établissement infiniment plus luxueux que le trou à rats où il avait passé ces derniers jours.

Des vêtements étaient posés sur le carrelage : des chaussettes et un caleçon blancs, un T-shirt orange impeccablement repassé, un pantalon de treillis kaki et une paire de rangers. Il se pencha pour examiner ces dernières. Elles sentaient le cuir. Les semelles étaient noires et brillantes. Elles étaient neuves.

Aux yeux de James, l'aspect militaire de la tenue était inquiétant. Il se demandait s'il ne se trouvait pas dans un centre de redressement destiné aux jeunes délinquants récidivistes. Il enfila les sous-vêtements et étudia le logo imprimé sur le T-shirt : un bébé ailé assis sur un globe où l'on devinait les contours de l'Europe et du continent américain. Au-dessous figurait l'inscription *CHERUB*. Ce mot n'éveillait rien dans son esprit.

Il quitta la chambre et s'aventura dans un couloir arpenté par des pensionnaires vêtus de la même tenue. Leurs T-shirts frappés du logo CHERUB étaient noirs ou gris.

Il s'adressa à un jeune homme qui marchait dans sa direction.

— Où est-ce que je suis ? demanda-t-il.

— Je n'ai pas le droit de parler aux *orange*, dit le garçon sans ralentir le pas.

James aperçut deux jeunes filles au bout du couloir.

— Salut, dit-il. Je viens d'arriver. Je ne sais pas ce que je suis censé faire.

— Je n'ai pas le droit de parler aux *orange*, répliqua l'une d'elles.

Sa camarade lui adressa un sourire.

— Je n'ai pas le droit de parler aux *orange*, dit-elle à son tour.

Sur ces mots, elle désigna un ascenseur puis tendit l'index vers le bas.

— J'ai compris, lâcha James.

D'autres garçons et filles se trouvaient dans l'ascenseur, accompagnés d'un adulte portant la tenue réglementaire et un T-shirt blanc.

— Pouvez-vous me dire où…

— Je n'ai pas le droit de parler aux *orange*, dit l'homme en pointant un doigt vers le sol.

Jusqu'alors, James avait cru qu'il s'agissait d'un rituel d'initiation réservé aux nouveaux venus, mais il n'imaginait pas qu'un adulte puisse participer à un tel canular. Soudain, il comprit que son geste signifiait qu'il devait se rendre au rez-de-chaussée.

Les portes s'ouvrirent sur un vaste hall de réception. Derrière les baies vitrées, il aperçut, au centre d'une pelouse, une fontaine d'où s'élevait un jet d'eau, une sculpture représentant un globe terrestre surmonté d'un bébé ailé, semblable au logo figurant sur son T-shirt. Il s'approcha du guichet d'accueil où se tenait une femme d'âge mûr.

— S'il vous plaît, ne me dites pas que vous n'avez pas le droit de parler aux *orange* ! Je veux juste savoir où…

Il ne put achever sa phrase.

— Bonjour, James. Le docteur McAfferty t'attend dans son bureau.

Sans ajouter un mot, elle le guida vers un couloir et frappa à une double porte.

— Entrez, fit une voix qui trahissait un léger accent écossais.

James pénétra dans une pièce dont les murs, à l'exception de deux hautes fenêtres et d'une cheminée, étaient entièrement recouverts de livres reliés de cuir. Un homme au crâne dégarni, grand et mince, d'une soixantaine d'années, se leva de son bureau pour lui serrer la main avec énergie.

— Bienvenue au campus de CHERUB, James. Je suis le docteur McAfferty, directeur de cet établissement. Mais tout le monde m'appelle Mac. Assieds-toi, s'il te plaît.

James tira l'une des chaises placées devant le bureau.

— Non, pas ici. Installons-nous près de la cheminée. Nous avons beaucoup de choses à nous dire.

Ils s'installèrent dans de profonds fauteuils de cuir. James ne s'attendait pas à un tel traitement. Il se demandait si son hôte n'allait pas poser une couverture sur ses genoux et lui servir une tasse de thé.

— Je sais que ça peut paraître dingue, mais je vous avoue que je n'ai pas la moindre idée de la façon dont je suis arrivé ici.

Mac sourit.

— La personne qui t'a conduit jusqu'à nous t'a administré une piqûre sédative pour t'aider à dormir. C'était plutôt agréable, non ? Je suppose que tu ne ressens aucun effet secondaire.

James haussa les épaules.

— Je me sens reposé. Mais pourquoi vous m'avez drogué ?

— Laisse-moi d'abord t'expliquer ce qu'est CHERUB. Ensuite, tu pourras me poser toutes les questions qui te viennent à l'esprit.

— Comme vous voudrez.

— Alors, quelles sont tes premières impressions ?

— On dirait que certains établissements reçoivent plus de dons que d'autres, dit James. Cet endroit est génial.

Le docteur McAfferty éclata de rire.

— Je suis heureux que tu t'y plaises. Nous hébergeons deux cent quatre-vingts pensionnaires. Nous disposons, entre autres, de quatre piscines, six courts de tennis couverts, un terrain de football, un gymnase, un stand de tir. Nous avons notre propre établissement scolaire. Les classes ne comptent pas plus de dix élèves. Chacun d'eux étudie au moins deux langues étrangères. Nous avons davantage d'étudiants admis dans les grandes universités que les meilleures écoles privées du pays. Penses-tu que tu aimerais vivre ici ?

— Oui, c'est sympa, le parc, et tout ça. Mais je suis un cancre.

— Racine carrée de quatre cent quarante et un ?

— Vingt et un, répondit James après une demi-seconde de réflexion.

— Je connais des gens très brillants qui seraient incapables de répondre à cette question, dit Mac en souriant. Et j'avoue que j'en fais partie.

— Bon, c'est vrai, je suis fort en maths, admit James, embarrassé. Mais je suis nul dans toutes les autres disciplines.

— Et pourquoi selon toi ? Parce que tu es un idiot ou parce que tu ne travailles pas ?

— Je m'ennuie en cours, et je finis toujours par faire des bêtises.

— Pour être admis parmi nous, chaque pensionnaire doit remplir deux critères. *Primo*, il doit réussir l'examen d'entrée. *Secundo* – et j'admets que c'est plus inhabituel –, il doit accepter de faire partie des services de renseignement britanniques.

— Qu'est-ce que vous dites ? demanda James, persuadé qu'il avait mal entendu.

— De devenir un agent secret, James. CHERUB fait partie de l'Intelligence Service.

— Mais il n'y a que des enfants ici !

— C'est exact. Car ils peuvent se charger de missions que des adultes seraient incapables de remplir. D'ailleurs, c'est ainsi qu'agissent de nombreux criminels. Prenons un exemple, si tu le veux bien : un cambrioleur frappe à la porte d'une vieille dame, au beau milieu de la nuit. Bien entendu, elle se méfie. L'homme a beau supplier, prétendre qu'il a eu un accident, jurer qu'il est à l'agonie, elle appelle une ambulance, peut-être, mais elle ne le laisse pas entrer. Maintenant, imagine que la même vieille dame trouve un jeune garçon en pleurs sur le seuil de sa porte. *Madame, mon père a eu un accident. Il ne bouge plus. S'il vous plaît, aidez-moi.* Crois-moi, la femme ouvre la porte immédiatement. Le père du garçon peut alors bondir de sa cachette, assommer sa victime et dérober les économies cachées sous son matelas. Les gens ne se méfient pas des enfants. C'est pour cette raison que les criminels les emploient. Nous, à CHERUB, nous les prenons à leur propre piège. Nous mettons en œuvre leurs propres techniques pour les jeter en prison.

— Pourquoi vous m'avez choisi ?

— Parce que tu es intelligent, en bonne condition physique et que tu ne crains pas de te fourrer dans les pires situations.

— Vous êtes le premier à me féliciter de collectionner les conneries.

— Nous sommes à la recherche de jeunes gens ayant le goût du risque. Certaines de tes tendances pourraient te valoir la prison dans le monde normal. Ici, nous les considérons comme des qualités.

— Tout ça est plutôt tentant. Mais c'est pas un peu dangereux ?

— La plupart des missions comportent peu de risques. CHERUB est en activité depuis plus de cinquante ans. Au cours de cette période, quatre de nos agents ont perdu la vie, et quelques-uns ont été gravement blessés. Statistiquement, autant d'enfants ont trouvé la mort au cours d'accidents de la route dans les établissements scolaires d'une taille comparable. Mais, bien entendu, de notre point de vue, c'est quatre de trop. Je suis directeur de ce service depuis dix ans, et je n'ai eu à déplorer qu'un vilain cas de malaria et une blessure par balle à la jambe. Tous les ordres de mission sont soumis à l'approbation d'un comité d'éthique. Nous ne confions jamais à un agent une tâche qui pourrait être effectuée par un adulte. Chaque agent est tenu informé de tous les détails de l'opération. Il a le droit de refuser d'y prendre part et de se retirer à toute étape de son déroulement.

— Qu'est-ce qui m'empêche de refuser votre proposition, de sortir d'ici et de parler à tout le monde de votre organisation ?

Mac se raidit dans son fauteuil, visiblement mal à l'aise.

— On dit qu'un secret est fait pour être brisé, James, mais pourquoi ferais-tu ça ?

— Ça ferait un article formidable.

— Sans doute. Maintenant, imagine que tu composes le numéro d'un quotidien national. Tu tombes sur la standardiste. Qu'est-ce que tu lui dis ?

— Hum... Il existe un service d'espionnage qui n'emploie que des enfants. J'ai visité leur centre.

— Très bien. Et où se trouve-t-il ?

— Je ne sais pas... Ah, je vois. C'est pour ça que j'ai été drogué, n'est-ce pas ?

Mac hocha la tête.

— Exactement, James. Question suivante de la standardiste : avez-vous ramené la moindre preuve ?

— Eh bien…

— Tu seras fouillé avant de partir, James.

— Alors je suppose que non.

— Connaissez-vous une personne ayant un lien avec cette organisation ?

— Non.

— Possédez-vous le moindre indice ?

— Non.

— Penses-tu que le journal publierait ton histoire, James ?

— Non.

— Si tu parlais de tout ça à ton meilleur ami, penses-tu qu'il te croirait ?

— C'est bon, j'ai compris. Je n'ai plus qu'à la boucler.

Mac sourit.

— Parfaitement résumé, James. D'autres interrogations ?

— Je me demande ce que signifie CHERUB.

— Excellente question. C'est le premier directeur du service qui a trouvé ce sigle. Il a aussitôt fait imprimer six mille feuilles de papier à en-tête. Malheureusement, ses relations avec sa femme étaient pour le moins orageuses, et elle l'a abattu d'une balle de gros calibre au cours d'une dispute conjugale, avant qu'il ait pu dire à quiconque ce que signifiaient ces initiales. Tout cela se passait juste après la guerre, et il était hors de question de mettre tout ce matériel à la poubelle. Le sigle CHERUB a donc été conservé. Si tu as une idée de ce que ça peut signifier, n'hésite pas à me tenir au courant. C'est un peu embarrassant, dans certaines circonstances.

— Je ne sais pas si je dois vous croire, dit James.

— Tu as peut-être raison. Mais pourquoi te mentirais-je ?

— Peut-être que la signification réelle de ce sigle pourrait me fournir des indices concernant la localisation du campus. Peut-être contient-il le nom de quelqu'un, ou de quelque chose d'important.

— Et tu essaies de me convaincre que tu ne ferais pas un bon agent...

James ne put s'empêcher de sourire.

— Quoi qu'il en soit, James, tu peux passer l'examen d'entrée, si tu le souhaites. Si tu réussis, je t'offrirai une place dans notre organisation. Tu retourneras alors au centre Nebraska, et tu auras deux jours pour prendre une décision définitive. L'examen comporte cinq épreuves et il durera tout le reste de la journée. Es-tu prêt ?

— Oui, je crois.